공포의 세기

백민석 장편소설
공포의 세기

펴낸날 2016년 11월 15일

지은이 백민석
펴낸이 주일우
펴낸곳 ㈜문학과지성사
등록번호 제1993-000098호
주소 04034 서울 마포구 잔다리로7길 18(서교동 377-20)
전화 02) 338-7224
팩스 02) 323-4180(편집) / 02) 338-7221(영업)
전자우편 moonji@moonji.com
홈페이지 www.moonji.com

© 백민석, 2016. Printed in Seoul, Korea.
ISBN 978-89-320-2905-4 03810

이 도서의 국립중앙도서관 출판예정도서목록(CIP)은 서지정보유통지원시스템 홈페이지
(http://seoji.nl.go.kr)와 국가자료공동목록시스템(http://www.nl.go.kr/kolisnet)에서
이용하실 수 있습니다. (CIP제어번호: CIP2016026479)

공포의 세기

백민석 장편소설

문학과지성사

차례

공포의 세기

나는 아무도 아니다

  뉴밀레니엄이 시작되고 오 분쯤 지났을 때, 레스토랑의 문을 열고 밝은 와인 색상의 윈드브레이커를 걸친 어린 친구가 들어섰다. 갸름한 턱선에 추위로 약간 붉어진 뺨을 하고 검은 가죽 챙 모자를 썼다. 모자는 사이즈가 맞지 않는지 윗눈썹까지 내려왔고 챙이 조금 돌아가 있었다. 손에는 꼭 달라붙는 얇은 오렌지색 가죽 장갑을 끼고 있었다. 바지도 꼭 달라붙는 검정색 스키니진이었다. 그는 정해놓은 자리라도 있는 것처럼 빠르게 걸음을 옮겼다. 레스토랑 천장에는 뉴밀레니엄을 한 글자씩 새겨 넣은 색색의 풍선이, 세계 여러 나라의 국기가 찍힌 삼각 플래그와 엇갈려 가는 철사에 매달려 있었다. 전체적으로 어두운 홀의 조명은 테이블과 룸 칸막이 위마다 정렬해놓은 수백 개의 티라이트 양초 불빛에 의지하고 있었다. 웨이터들은 꼭대기에 리본과 꽃볼이 달린 고깔모자를 쓰고 바쁘게 테이블과 룸 사이를 오가고 있었다. 출입구 쪽에도 웨이터가 있었지만 빈 맥주병과 접시를 치우느라 막 들어선 그를 보지 못했다. 그는 잰걸음으로 홀을 가로질렀다. 홀 양편으로 진보라색 비로드 커튼이 드리워진 룸이 줄지어 있었다. 커튼이 열려 있는 룸은 하나도 없었다. 두 줄로 홀에 늘어서 있는 테이블도 빈 곳이 없었다. 바로 앞 테이블에서 폭죽이 터지고 불꽃이 코끝까지 튀어 올랐지만 그는 눈도 깜짝 안 했다. 그저 폭죽을 손에 쥐고 즐거워하는 파티남의 얼굴을 한번 흘기기만 하고는 걸음을 계속 옮겼다.

홀 스피커에선 엘비스 프레슬리의 「웰컴 투 마이 월드」가 막 끝나고 루이 암스트롱의 「왓 어 원더풀 월드」가 흘러나오기 시작했다. 흑인의 거친 목소리가 법석이 난 홀의 소음에 묻혀 어린 친구에겐 이물감이 느껴지는 지저분한 잡음처럼 들려왔다. 한 테이블의 남녀는 오 분 전에 시작된 밀레니엄을 기념하는 키스를 아직도 하고 있었다. 다른 테이블에선 와이셔츠 주머니에 넥타이를 구겨 넣은 사내들이 러브 샷을 나누고 있었다. 맥주잔을 높게 치켜들고 「왓 어 원더풀 월드」를 따라 부르는 테이블도 있었다. 파티는 새벽 일출 때까지 계속될 것이었다. 그는 테이블의 한 여자와 눈이 마주치자 이번 주 내내 거울을 보고 연습한 미소를 지어 보였다.

홀 끝엔 주방과 이어진 칵테일 바가 있었다. 남녀 몇이 스툴에 앉아 어깨를 맞대고 샴페인이나 레몬색 칵테일을 홀짝이고 있었다. 바텐더는 그중 하나와 이야기를 나누느라 어린 친구를 눈여겨보지 못했다. 그는 바의 왼편으로 방향을 틀었다. 폭이 좁은 어두운 복도가 이어져 있었다. 복도 양편으론 레스토랑에서 좀더 은밀한 용도로 쓰이는 룸 몇 개가 자리 잡고 있었다. 복도 끝에는 레스토랑의 비상구가 있는데 낮에 확인해본

바로는 안에서 잠겨 있었다. 그는 걷는 속도를 늦추고 룸 하나
하나에 주의를 기울이며 걸어 나갔다. 그는 어느 룸 앞에 멈춰
섰다. 반 뼘 정도 열린 비로드 커튼 사이로 매상 장부의 숫자와
맞춰보며 지폐를 세고 있는 두툼한 손 두 개가 보였다. 오른손
검지와 왼손 약지에 낀 금반지가 눈에 익었다.

어린 친구는 커튼을 들어 올리고는 몸을 던지듯 안으로 들어
가 털썩 소파에 앉았다.

"사장님 핸드폰 줘봐."

레스토랑 사장은 이게 무슨 일인가 싶은 표정으로 눈만 껌벅
이고 있었다. 중학생 이상으로는 보이지 않는 앳된 얼굴에 날
씬한 체구, 여자처럼 가늘고 높은 톤의 목소리를 내는 이놈은
뭐지.

"핸드폰 줘보라니까."

사장은 잠시 생각을 가다듬었다. 어렴풋이 이 어린 친구가 누
구인지 떠올랐다.

"너 이 자식……"

하지만 이름은 알 수가 없었다. 한두 달 서빙 아르바이트를
하다가 그만두는 이놈 또래의 아이들이 일 년이면 열둘은 되
었다. 사장은 매상 장부를 덮고 지폐 뭉치와 함께 벽 쪽으로
밀었다.

"아, 저 역겨운 것 좀 *끄*면 안 돼?"

어린 친구는 복도 쪽으로 고개를 돌리곤 누구에게랄 것도 없이 중얼거렸다.

"너 뭐야?"

사장이 두 손을 펴 위협적으로 테이블에 내려놓으며 말했다.

"뭐긴. 핸드폰 줘봐."

어린 친구는 눈을 부라리면서 손을 뒤로 돌려 허리춤에 꽂아두었던 것을 꺼내 사장의 눈앞에 대고 흔들었다. 장갑과 같은 오렌지색의 가죽 칼집을 벗기자 길이가 한 뼘도 안 되어 보이는 뼈칼의 강철 날이 드러났다. 그는 뼈칼로 사장의 살진 두손 사이를 갈라 보였다. 양초 불빛이 날을 타고 날렵하게 흘러내렸다.

사장은 놀라서 엉덩이를 들썩이며 소리를 지르려 입을 벌렸다. 어린 친구는 팔을 뻗어 사장의 벌어진 입속으로 칼날을 밀어 넣었다. 그러곤 손목에 힘을 주어 칼등을 사장의 아랫니에 대고 내리눌렀다. 강철과 치아의 에나멜질이 부딪는 소리가 짧게 귓전을 때렸다. 사장은 당황한 표정으로 턱관절을 쩍 벌리고는 소파에 다시 주저앉았다.

"이거 뼈칼이라고 하는데, 찌르는 데는 별 쓸모가 없어. 하지만 베는 데는 정말 최고지. 사장님 해골에서 살을 다 발라내는 데 삼 분이면 될 거야."

어린 친구는 미소를 짓느라 말을 멈췄다. 이 미소를 짓기 위해 한 주 내내 얼마나 연습했는지 모른다. 사장의 입에서 흘러내린 끈끈한 침이 턱 밑에 길게 매달렸다.

"그런데 핸드폰은?"

어린 친구는 시장 할인마트에서 만 오천 원을 주고 벽거울을 사서는 자취방 피시 모니터 옆에 걸어두었다. 가슴의 빗장뼈까지만 겨우 나오는 작은 크기의 거울이었다. 그는 인터넷을 검색해 이름을 기억하고 있는 몇몇 배우의 사진을 모니터에 띄웠다. 자취방에는 텔레비전이 없었다. 텔레비전에서는 볼 만한 것이 없었다. 저따위 심심한 걸 사람들이 왜 보는지 알 수가 없었다. 그는 먼저 장동건의 움직이는 사진을 찾아 모니터에 띄웠다. 귀신을 쫓아다니는 형사가 나오는 드라마의 한 장면이었다. 그는 미소를 봤다. 장동건의 미소는 작은 입이 왼쪽으로 살짝 비틀리면서 반원을 이루며 윗니를 드러냈다. 눈을 거의 감지 않았다. 다음은 잠수함이 나오는 영화에서 뽑아낸 정우성의 움직이는 사진이었다. 정우성의 미소는 두툼한 두 볼이 두드러지고 아랫입술이 동글게 휘어지면서 윗니가 잇몸까지 드러났다. 눈초리가 부드럽게 휘어지면서 주름이 여러 겹 잡혔다. 이정재의 미소도 있었는데 건달로 나오는 영화에서 뽑아낸 사진으로, 치아는 거의 보이지 않고 입가가 크게 올라가면서 다문 입술이 반원을 이뤘다. 두 눈초리는 입꼬리가 올라가는 만큼이나 아래로 처졌다. 그는 세 배우의 움직이는 사진을 번갈아가며 모니터에 띄워놓고 며칠이고 미소를 흉내 냈다. 그들의 미소가 머릿속에 들어와 박힐 때까지 연습했다. 그는 어떤 이야기가 그들을 미소 짓게 했는지는 알지 못했다. 사진의 출처인 드라마도 영화도 보지 않았다. 보았더라도 저들이 어째서 미소를 짓는지 어차피 알지 못했을 것이다. 그걸 감지할 능력이 그에게 있다면 굳이 거울 앞에 서지도 않았을 것이다. 어떤 감정 상태가 사람들을 미소 짓게 하는지 안다면 일주일이나 거울과 모니터를 번갈아보며 남의 미소를 따라 하지 않았을 것이다.

그렇게 연습했지만 어린 친구의 미소는 세 배우 중 어느 누구의 미소와도 닮지 않았다. 입가를 지나치게 끌어당긴 나머지 입술은 역삼각형에 가까워졌고 위아래 잇몸이 흉하게 드러났다. 눈가도 이정재의 미소를 따라 어떻게든 처지게 만들었지만 정작 눈은 화가 난 듯 보였다. 게다가 힘을 지나치게 준 끝에 두 뺨이 굳어 쥐가 난 듯이 아파왔고, 콧구멍이 입가를 따라 넓어져 오뚝하고 날렵한 콧날과의 균형을 망쳐놓고 있었다. 하지만 어찌되었든 그는 지금 이번 주 내내 꼼꼼하게 다듬은 자신의 어설픈 미소를 사장 앞에 드러내놓고 있었다.

"그런데 핸드폰은 어디 있냐고."

어린 친구는 다시 한 번 물었다. 사장은 입에 칼을 넣은 채로 바지 주머니에서 휴대폰을 꺼내 테이블에 올려놓았다. 팔이 제대로 펴지지가 않았다. 칼등에 닿은 앞니가 불에 덴 것처럼 화끈거렸다. 어린 친구는 사장이 테이블 구석으로 밀어둔 지폐 뭉치를 집어 윈드브레이커의 속주머니에 쑤셔 넣었다.

어린 친구는 휴대폰의 폴더를 열고 번호를 찍고 통화 버튼을 눌렀다.

"아, 여기 천호동 궁 레스토랑인데요, 궁 레스토랑이요. ……아저씨 하나가 쓰러져 있어요. ……아 예, 피 장난이 아니게 나요. 서둘러야 할걸요. ……몰라요, 피가 왜 나는지. 내가 의사예요? ……나요? 내 이름이 왜 필요해? 아, 나는 아무도 아니에요. ……정말로 나는 아무도 아니에요."

어린 친구는 전화를 끊고 다시 미소를 지어 보였다.

"잘 들어. 지금 일일구를 불렀는데 여기는 소방서가 가까우니까 십 분이면 도착할 거야. 내가 시키는 대로 하면 일일구 아저씨들이 왔다가 그냥 갈 거고, 시키는 대로 안 하면 그 아저씨들이 살을 다 발라낸 사장님 해골을 보게 될 거야. ……피 난다고 했으니 어쩌면 경찰도 올지 몰라. 그러면 일이 커지겠지. 안 그래?"

어린 친구는 잠깐 말을 멈췄다. 홀 스피커에선 어느새 루이 암스트롱의 노래가 끝나고 에릭 클랩튼의 「원더풀 투나잇」이 흐르고 있었다.

"저 역겨운 것들 때문에라도 이 집은 혼이 나야 해."

어린 친구는 눈을 부라렸다.

"사장님이 복도에 있는 난간에 왁스 칠 안 했다고 날 쫓아냈잖아? 그랬지? 그럼 사과해."

사장은 아랫니를 누르고 있는 칼등 때문에 말을 할 수가 없었다. 고개도 끄덕일 수가 없었다. 그래서 목의 울대에서 올라오는 가래 끓는 소리밖엔 낼 수가 없었다.

"사과는 하기 싫어? 하기 싫은 거야, 못 하는 거야? 이씨…… 지갑이나 꺼내봐."

어린 친구는 사장이 지갑을 꺼내 테이블에 올려놓을 때까지 잠자코 기다렸다.

"카드 있지? 영업장 카드하고 개인 카드하고 있는 대로 다 꺼내봐. 현금도."

사장은 곱은 손가락을 바들바들 떨면서 지갑에서 카드를 세 장 빼 어린 친구에게 내밀었다. 어린 친구는 매상 장부에 끼워져 있던 만년필을 뽑아 사장에게 카드와 함께 다시 디밀었다. 사장의 벌린 입에서 흘러나온 침이 턱을 타고 떨어져 흥건하게 테이블을 적시고 있었다.

"카드 뒷면에 비밀번호를 써. 잘 써. 이제 육 분 남았어."

사장은 만년필로 카드 세 장의 뒷면마다 비밀번호를 적어나갔다. 그러는 동안에 울대의 가래 끓는 소리는 점점 거칠고 커져갔다.

"난간에 왁스 칠하는 거 졸라 힘들어."

어린 친구는 뼈칼의 날을 바로 세우곤 넓적다리에 힘을 주고 소파에서 일어섰다. 그러곤 그 자세 그대로 뼈칼을 사장의 입 속 깊숙히 밀어 넣었다. 칼날에 혀가 갈라지는 부드러운 느낌이 전해졌다. 그는 뼈칼 끝이 입천장에 닿는 느낌이 들 때까지 멈추지 않았다. 날 길이가 짧은 탓에 칼의 대부분이 사장의 입 속에 들어가 있었다. 사장은 두 손으로 어린 친구의 팔뚝을 잡았지만 그저 힘만 줄 뿐 밀어내지도 쳐내지도 못했다. 오렌지색 가죽 장갑이 피와 침으로 번들거렸다.

　"나한테 잘못한 것 같으면 눈 깜박여봐. ……그렇지, 잘못했다 그거지? 그래, 난 사과를 받고 싶었어."

　어린 친구는 잠시 말을 멈추고 가만히 사장의 충혈이 된 눈을 들여다보았다. 주름지고 처진 눈가에 눈물이 고이고 있었다.

　"어라, 이젠 참회의 눈물까지? ……그래, 그래, 앰뷸런스가 오면 그냥 병원에 가면 되는 거야. 혀만 좀 꿰매면 다 괜찮을 거야."

　어린 친구는 다시 한 번 말을 멈추고 사장의 두 눈을 들여다보았다. 사장은 피에 숨이 막히고 공포로 거의 죽을 지경으로 보였다. 몇 초 뒤 사장의 두 눈이 돌아가고 팔뚝을 잡았던 두 손이 저절로 미끄러져 떨어졌다. 목구멍 안쪽에서 피거품이 끓어올라 입 밖으로 넘쳐흐르기 시작하자 그는 뼈칼을 빼냈다. 입천장에도 조금 구멍이 났을 수 있다. 하지만 그 정도 오버는 누구나 하고 그걸로 사람이 죽지 않는다.

"날 믿어봐. 한 번만이라도."

홀 스피커에선 앤디 윌리엄스의 「문 리버」가 흘러나오고 있었다. 어린 친구는 스탠더드 팝 황제의 부드러운 저음에 귀 기울이다가 곧 기분 나쁜 것이라도 털어내듯 고개를 가로저었다. 그러곤 피로 번들거리는 칼날과 장갑을, 고개를 숙이고 껵껵대며 핏물을 토해내고 있는 사장의 어깨에 대고 문질러 닦았다. 어린 친구는 뼈칼의 손잡이까지 말끔히 닦고 나서 칼집에 넣고 아까처럼 도로 허리춤에 찔러 넣었다.

어린 친구는 룸을 나와 비상구로 향했다. 하지만 비상구는 잠겨 있었고 그에겐 열 수 있는 수단이 없었다. 왔던 길로 되돌아갔다. 바의 바텐더와 눈이 마주치자 미소를 지어 보였다. 그는 홀로 나와 테이블이 늘어선 사이를 잰걸음으로 가로질렀다. 뉴밀레니엄을 기념하는 폭죽과 샴페인과 케이크 조각과 맥주 거품과 노랫소리가 어우러져 그의 앞에서 법석을 떨고 있었다. 「문 리버」는 아직도 끝날 줄 모르고 있었다. 그는 빠르게 테이블들을 지나치면서 빈 유리컵을 하나 집어 들었다. 그러곤 장갑 낀 손으로 컵을 가능한 한 넓게 감싸 쥐곤, 아까 자기 코끝에 대고 폭죽을 터뜨렸던 파티남의 뒤통수를 내리누르듯이 후려쳤다. 컵이 깨지는 둔탁한 소리와 함께 파티남은 테이블 위 안주 접시에 얼굴을 묻었다. 술에 취해 떠드느라 정신이 팔려 있는 일행은 쓰러지는 파티남을 보고서도 별다른 반응을 보이지 않았다.

어린 친구가 레스토랑을 나올 때 출입문 쪽 테이블에 앉은 누군가가 엉거주춤 자리에서 일어나 맥주잔을 높게 쳐들며 "뉴밀레니엄을 위해!" 하고 외쳤다. 다른 이들도 엉거주춤 따라 일어서며 혀 꼬부라진 목소리로 "위해!"를 외쳤다. 비명은 출입문 밖으로 한 발쯤 내디뎠을 때 들려오기 시작했다. 누군가 새된 비명을 지르고 곧이어 여럿이 소리를 지르기 시작했다. 소리만 들어서는 뒤통수가 깨진 파티남을 위한 비명인지, 혀가 갈라진 레스토랑 사장을 위한 비명인지, 아니면 둘 다를 위한 것인지 알 수 없었다. 뉴밀레니엄을 축하하는 목소리도 여전히 시끄러웠다. 어쨌든 출입문을 완전히 빠져나와 문이 등 뒤에서 닫혔을 때, 비명도 건배 소리도 함께 사라졌다.

어린 친구는 레스토랑을 나오면서 지금보다 더 어렸을 때 교회 여름성경학교에서 들었던 지복천년에 관한 이야기를 떠올렸다. 어린 친구는 휴대폰의 폴더를 열고 시간을 보았다. 세기말이 끝나고 새 천 년이 시작된 지 이십오 분이 지나 있었다. 이제 연도를 나타내는 숫자의 맨 앞자리가 바뀌는 것을 보려면 천 년을 더 살아야 한다. 그는 그게 불가능하리라는 생각은 들지 않았다. 마음만 먹으면 무슨 일이든 할 수 있을 것 같았다. 오늘처럼.

작년 이맘때엔 아침 일찍 출근해 황동 난간에 왁스 칠을 해야 했다. 레스토랑의 파티 준비를 해야 했다. 올해는 거울 앞에서 미소 짓는 연습만 하면 되었다. 구급 차량의 사이렌 소리를 들으며 어린 친구는 택시에 올라탔다. 오렌지색 유니폼을 입은 구급대원들이 들것을 들고 레스토랑 층계를 올라가고 있었다.

사장은 운이 좋다면 자살을 해서라도 죽을 것이고, 운이 나쁘다면 어떻게든 살아서 자기를 다시 보게 될 것이었다. 세상에는 죽는 것보다 훨씬 나쁜 경우도 있다는 걸 사장이 알고 있기를 바랐다.

어린 친구는 첫번째로 눈에 띄는 편의점 현금 자동 입출금기에서 카드로 현금을 뽑기로 했다. 택시가 천호대교를 건널 때 어떤 예감이 머릿속을 스쳤다. 그것은 한 시간도 채 지나지 않은 지난 세기말, 마분지로 된 붉은 십자가를 높이 치켜든 한 광신도가 천호동 사거리에서 외쳐대던 어떤 예언과 비슷하게 들렸다.

"만왕의 왕, 만주의 주."

모비는 중얼거렸다.

"공포의 왕이 온다."

나는 모두다

경은 어두운 고동색 수제 다이어리를 집어 들며 미소를 지었다. 수제 다이어리를 팔기 위해 가지고 나온 여자는 그것을 자기 아들이 만들었다고 했다. 아들이 핸드메이드 제본 공방에 다녔는데 그때 만든 작품이라고 했다. 여자는 경의 미소를 보며 절대 도로 내려놓지 않을 것임을 알았다.

경은 다이어리를 내려놓지 않았다. 제품의 질이 보기 드물게 완벽해서가 아니었다. 책을 엮은 솜씨는 대충 봐도 전문 제본가의 솜씨가 아니었다. 배피는 거슬거슬 매끄럽지 못했고 색도 그러데이션을 넣은 것처럼 일정치가 않았다. 디자인도 군데군데 균형이 맞지 않았다. 병아리색 머리끈은 너무 튀었고 가름끈 끝에 달아놓은 주전자 모양의 액세서리도 생뚱맞아 보였다.

경은 그 거슬거슬한 촉감이, 촌스러운 머리끈이, 주전자 액세서리가, 빗나간 디자인 라인이 맘에 들었다. 일반의 안목을 만족시키는 준수한 디자인을 가진 수제 다이어리는 한 블록 떨어진 반디앤루니스 문구 코너에 얼마든지 있었다.

경이 원하는 건 어느 아마추어가 공방에서 제 딴에는 갖은 노력을 다해 만들었지만 결과는 어쩔 수 없이 시원찮은, 그런 다이어리였다. 아마추어의 그저 그렇지만 어쨌든 정성은 다 바친. 제작 시간도 전문가의 두 배는 더 잡아먹었을. 그녀는 어설

프긴 하지만 들인 정성이 손끝에 만져지는 작품이 더 구하기 힘들다는 사실을 알고 있었다. 그녀는 얼른 삼천 원을 꺼내 주곤 수제 다이어리를 챙겼다.

자리를 벗어나자마자 경의 공상에 발동이 걸리기 시작했다. 그녀는 먼저 가죽에 본드를 바르는 어느 아마추어 제본가의 손가락을 떠올렸다.

경은 이곳 시민 벼룩시장을 매주 빼놓지 않고 들렀다. 어렸을 때 살던 달동네의 골목 시장과 닮은 곳이었다. 재미 삼아 사 볼 수 있는 싸구려들이 널렸고 사람 구경하는 재미도 쏠쏠했기 때문이다. 그녀는 한 시간이나 시장을 돌았다. 시민들이 벌여놓은 중고 물품들이 끝없이 그녀를 자극했다. 휴대폰 액세서리, 유니클로 티셔츠, 키플링 숄더백, 프라이팬과 찻잔 세트, 중고 소설책과 시디 들. 그녀는 거의 모든 노점 앞에서 걸음을 멈추었다.

경이 한창 다이어리를 끼고 다니며 뭔가를 끼적이던 건 지난 이십 세기의 일이었다. 그녀는 이제 일기를 쓰지 않았고 메모는 휴대폰에 했다. 그녀가 펜을 드는 건 업무 서류나 신용카드 단말기에 사인을 할 때뿐이었다.

경은 어째서 자기가 아무것도 쓰지 않게 되었는지 궁금했다. 틀림없이 어딘가에 이유 따위가 있을 텐데. 하지만 쓰는 일을 다시 시작하려고 다이어리를 사지는 않았다.

경이 수제 다이어리를 산 데는 다른 이유가 있었다. 그녀는 아마추어 제본가의 목덜미를 떠올리고 있었다. 제본가가 실제로 눈앞에 서 있는 듯, 그녀의 시선은 그의 팔뚝과 어깻죽지를 훑고 있었다.

벼룩시장의 부산한 거리를 헤집으면서도 경은 아마추어 제본가의 턱을 향해 탄성을 질렀다. 그 부드러운 만곡을 손가락으로 쓰다듬어보며 탄성을 질렀다. 반디앤루니스 쇼케이스의 잘빠진 다이어리들은 아무리 쳐다보고 만지작거려보아도 눈앞에 제본가의 턱 선을 보여주거나 하지 않는다. 눈앞에 어떤 남자도 불러내주지 않는다. 벼룩시장을 빠져나올 때쯤 그녀는 아마추어 제본가의 상체 대부분을 보고 있었다.

제본가는 반라의 차림으로 작업대 스툴에 앉아 창밖을 바라보고 있었다. 공방에는 어쩐지 현실에서 두어 뼘쯤 비껴난 느낌이 드는 햇살이 비쳐 들고 있었다. 빗장뼈와 가슴팍의 굴곡으로 멋지게 햇살이 흘러내리고 있었다. 그녀는 스툴을 반 바퀴 돌려 몸의 왼편이 이쪽을 향하게 했다. 오른 얼굴보다는 왼 얼굴의 만곡이 더 멋져 보였다.

흐린 날이 보름이나 이어졌다. 비 한 방울 없이 먹구름만 가득한 장마철이 경을 감질나게 했다. 이제는 비가 오든가 해가 나든가 해야 했다. 이번에야말로 올 것만 같은, 그런데 또 아닌, 이런 결말이 나지 않는 느낌이 그녀를 불안하게 했다.

그렇다고 경이 날씨에 민감한 직업을 가진 것도 아니었다. 기껏해야 비가 오면 우산을 쓰고 햇살이 강하면 선크림을 바르는 것이 그녀 삶에 기상 상태가 미치는 영향의 전부였다. 하지만 지난 보름 내내 그녀는 불안에서 벗어나지 못했고, 그래서 그 보름 만의 햇살 아래에서 그녀는 각성제라도 복용한 것처럼 평소보다 더 많은 것을 보고 있었다. 그녀는 달아오르고 있었다. 수제 다이어리가 그녀 몸에서 잉걸불이 되고 있었다.

경은 여자가 다이어리를 건네줄 때 아들의 유품이니 잘 써달라고 당부했다고 공상했다. 우리 아들은 죽었어, 이건 그 애 유품이야, 그 애인 것처럼 사랑해줘, 사랑해줘. 여자의 상심한 표정이 모든 걸 분명히 말해주고 있었다고 그녀는 여겼다. 정말 아마추어 제본가는 죽었을지도 몰라, 벼룩시장에 죽은 피붙이의 물건을 들고 나오지 말란 법은 없으니까.

경은 벼룩시장을 나와 아파트 단지로 향하면서 아마추어 제본가가 죽는 순간을 보고 있었다. 그가 가름끈으로 쓰이는 나일론 줄을 공방 처마에 걸치고 매듭을 짓는 순간을 보고 있었다. 그가 공방 창문을 활짝 열고 창틀에 올라서서 허벅지 근육을 긴장시키는 순간을 보고 있었다. 그가 가죽 재단용 나이프를 손목에 대고 뚫어져라 쳐다보고 있는 순간을 보고 있었다.

경은 미소까지 짓고 있었다. 그녀가 사는 아파트의 정문 경비원은 그녀가 종종 혼자 미소 짓곤 한다는 사실을 어렴풋 알고 있었다. 이름과 동 호수까지는 몰라도 그녀가 요즘 부쩍 그러고 다닌다는 사실을 어렴풋이 알아차렸다.

벼룩시장에서 경과 말을 섞고 흥정한 사람들은 그녀를 산책 삼아 구경 나온 이웃 정도로 여겼다. 다이어리를 판 여자도 그녀를 그 이상으로 여기진 않았다. 그게 아니라면 왜 그 시간 그 장소에 나와 어슬렁거리겠는가.

하지만 경이 머릿속에서 무슨 공상의 나래를 펼치고 있는가를 들여다보았다면 그들 모두는 틀림없이 그녀를 평범하지 않게 여겼을 것이다. 그녀의 미소가 달라 보였을 것이고 다이어리를 누가 뺏어가기나 할까 꼭 쥐고 있는 그 손놀림이 남달라 보였을 것이다.

경이 보고 있는 것을 만일 그들도 보았다면.

심은 성대가 가리가리 찢기도록 소리를 지르고 싶었다. 악을, 고함을. 어떤 행인에겐 하찮은 거리 소음처럼 들릴 수도 있고 어떤 행인에겐 비명이나 발작처럼 들릴 수도 있겠지만 상관없었다.

심은 자기 소리가 어떤 뜻으로 이해되든 상관없었다. 그저 한 가지만, 자기가 화가 났다는 사실 그것 하나만 알아주었으면 했다. 그래, 그뿐이었다. 자기가 꼭지까지 치밀어 오른 노여움을 억누르기 위해 어금니를 부러져라 앙다물고 있다는 것,

그 하나만 알아주길 바랐다.

심은 고함은커녕 이를 악무느라 입술조차 떼지 못하고 있었다. 찌그러진 입술 새로 그르렁거리는 소리만 새어 나왔다. 그렇게 그가 주춤하는 사이, 간발의 차이로 누군가 건너편 보도에서 선수를 쳤다. 왕복 팔차로 저편에서 희멀건 얼굴의 한 청년이 갑자기 악을 써대며 넥타이를 풀어헤쳤다. 그러곤 재킷을 벗어 바닥에 동댕이치고 와이셔츠를 잡아 찢어 맨가슴을 드러냈다. 양편 보도의 행인들은 걸음을 늦추며 주위를 두리번거렸다. 고함은 계속됐다. 청년은 그치지 않았다. 청년은 찢을 셔츠 조각이 더 이상 남아 있지 않자 가슴팍의 맨 살갗을 쥐어뜯기 시작했다.

경관 둘이 나타나 청년을 둘러쌌다. 그들은 골목 안쪽으로 함께 사라졌다. 청년은 계속 고함을 질러댔다. 고함의 내용은 알 수 없었다. 하지만 그 고함을 들은 보도의 행인들, 가까운 곳에서 차창을 내리고 있던 차 속의 탑승자들, 창문을 열어놓고 있던 건물 안 구경꾼들에겐, 그 순간 그만치 명확한 것은 없었다. 청년을 보고 청년의 고함을 들은 모두에게 그만치 명확한 것은 없었다.

청년은 지금 어마어마하게 화가 나 있는 것이다.

심도 그 못지않았다. 그는 엉겁결에 버스에 올라탔다. 그의 두 뺨은 붉어졌다. 자신의 삼십 초 뒤 모습을 도로 건너편에서 보자 고함 하나 제때 못 지르는 자기가 부끄러웠을 수도, 그런 자신이 실망스러웠을 수도 있다.

심은 버스 뒤창 아래 좌석에 자리를 잡고 앉았다. 몇 정거장 달리자 흐트러졌던 주의가 다시 돌아오기 시작했다. 그의 주의는 다시금 그의 내면 한 지점에 집중되기 시작했다.

심 내면의 어떤 한 지점, 어찌나 작은지 잘 인식되지도 않지만 더할 나위 없이 명확하고 어마어마한 힘이 응축된 어떤 한 점. 지금 동통이 오른 늑골 아래 그 한 점에 집중되고 있었다. 청년처럼 비록 셔츠는 찢지 않았지만, 그도 결코 화를 가라앉힐 수가 없었다. 진정되지 않은 노여움의 찌꺼기가 정과 망치처럼 그의 내면을 쪼고 있었다.

몇몇 일들이 있었다. 아침 식탁에 어제저녁 먹던 밥이 올라왔다. 심은 아내가 몸살이라도 났나 싶었다. 그가 갓 지은 밥은 어디 있느냐고 묻자 아내는 식탁의 밥공기를 거둬 쓰레기통에 밥을 털어 넣더니 그에게 소리를 질러댔다. 출근길 지하철에선 줄을 서 있는데 그의 코앞에서 노숙자가 전광판을 들여다보며 허리를 굽혔다 폈다 하고 있었다. 지린내와 똥내가 진동을 했다. 욕지기가 지하철 안까지 쫓아왔다. 오전에는 작년 가을 퇴사한 동료가 사무실로 놀러 왔다. 악수를 나누는데 이름이 기억나지 않았다. 그리고 보니 한 사무실에 있는 동료들 절반의 이름이 생각나지 않았다. 거래처로 나와 볼일을 마치고 점심을 먹는데 음식점에서 누군가 그의 구두 끝에 와 부딪혔다. 그러곤 그에게 왜 다리를 꼬고 앉았느냐고 눈을 부라렸다.

마음 같아선 심도 거리에서 고함을 지르고 자해 소동을 벌이고 싶었다. 하지만 그는 자기가 그런 일들로 화가 난 것이 아님을 잘 알고 있었다. 그는 생각할 줄 아는 사람이었다. 그는 어제오늘 일로 화가 난 게 아니었다. 그는 오래전부터, 오늘 아침 식탁에서 마누라가 심통을 부리기 훨씬 전부터 화가 나 있었다.

심은 어쩌면 태어날 때부터 화가 나 있었는지도 몰랐다. 화가 난 상태로 엄마 배 속에서 열 달을 보내다 화난 상태 그대로 태어나, 이십 세기를 다 보내고 이십일 세기도 이십 년 가까이 화난 채로 견뎌온 건지도 몰랐다.

이제 심의 귀 안팎은 귀울음으로 가득했다. 고막은 소음이 뿜는 열기로 달아오르는 듯했다. 그는 귀 안팎을 가득 채운 소음들이 분간이 안 되었다. 발바닥 아래서 울려대는 차바퀴의 진동, 스피커에서 흘러나오는 교통 방송의 뽕짝, 승객들의 말소리, 차창의 열린 틈을 비집고 들이치는 바람만 있는 게 아니었다. 그런 평범한 것들이 아니었다. 그리고 그런 것들이 한데 뭉뚱그려진, 일그러진 소음도 아니었다.

무언가 심의 왼 고막을 뚫고 들어와 오른 고막을 뚫고 나갔다. 무언가 그의 양 고막을 두드리고 있었다. 무언가 이쪽저쪽에서 그의 고막을 억지로 열어젖히려 걷어차고 있었다. 내 애기 좀 들어보라는 듯이. 이 아우성에 귀 기울여보라는 듯이.

겉으로 보기에 심은 일진이 사나워 화가 난 사람 이상은 아니었다. 그는 버스 뒤창 아래 좌석에 앉아 느린 손놀림으로 귀를 후비고 있었다. 이따금 왼 어깨를 창문에 기대고 눈살을 찌푸리며 입술을 달싹였다. 분명하지 않은 몇 마디가 그의 입술에서 흘러나왔다. 옆 좌석 승객이 알아들을 수 있을 만치 분명한 발음은 아니었다.

승객들 눈에 심은 햇살이 따갑다고 불평하고 있는 사람 이상은 아니었다. 며칠이나 흐린 날씨가 계속되었다. 장마철이었지만 먹구름과 잘못된 예보만 가득했지 비는 오지 않았다. 그러다 오늘은 해가 나오고 거리마다 햇살이 비치기 시작했다.

승객 몇이 심을 기억하게 된 것은 그런 이유에서였다. 갑작스러운 날씨 변화가 사람들을 예민하게 했다. 어둡고 흐린 거리에 간만에 스포트라이트가 비쳤는데 그 아래 우연히 그가 앉아 있었던 것이다.

신경질적으로 귀를 후비며 혼자 주절거리던 중년 남자.

채 사흘이 지나기 전에 심에 대한 기억들은 사라졌다. 그래서 불행히도, 정작 심을 기억해내야 할 순간이 왔을 때 누구도 그를 알아보지 못했다.

령은 처음 이 생활을 시작했을 때 여건이 얼마나 거지 같았는지 생각했다. 말로는 백 제곱미터가 넘는다고 했는데 막상 들어가보니 방 두 개에 거실뿐이었다. 그나마 욕실 겸 화장실이 방마다 한 개씩 딸려 있어서 볼일 볼 때 얼굴을 덜 붉힐 수 있었다. 매니저 오빠는 오피스텔이라 전용 면적이 작게 나와서 그렇다고 했다. 실제로 쓰는 면적은 육십 제곱미터 정도밖엔 되지 않을 것이라고 했다. 그래서 사내아이들은 큰방을 차지해 놓고도 거실까지 나와서 잠을 자고, 아무 데서나 여자 친구의 젖을 주물렀다.

그 좁은 오피스텔에 홀 서빙 담당 여덟 명이 살았다. 거기에 매일 밤 꼭 한둘쯤 뜨내기가 있었다. 다른 기숙사에서 쫓겨났거나 애인이 이쪽 기숙사에 있어 놀러 왔거나 아니면 선배들의 친구였다. 령은 오피스텔의 작은방에서 여자 셋과 함께 숙식을 해결했다. 침대는 없었다. 화장품은 처음엔 제 것이 있었지만 나중엔 내키는 대로 주워 썼다. 옷도 속옷도 공동 소유처럼 됐다. 그러곤 침실도 남녀 공용이 되어 아무렇게나 뒤엉켜 잤고 욕실 겸 화장실도 급하면 아무나 되는 대로 발가벗고 들어가 용무를 보는 곳이 되었다. 그녀는 한 달 만에 사내아이들 고추를 특징별로 하나하나 구별할 수 있게 되었다.

평촌 유흥가에 있는 나이트클럽이 령의 다섯번째 직장이었고, 나이트클럽에서 얻어준 오피스텔이 그녀 생의 첫번째 기숙사였다. 열여덟이 채 되지 않은 나이였다. 거기서 일 년을 살았다. 그녀는 기숙사 생활을 받아들이고 진심으로 즐겼다. 아무리 형편없다 해도 공원 화장실에서 한겨울 새벽을 견디는 것보다는 나았다. 게다가 사내아이들 고추를 감상하는 재미도 쏠쏠했다. 보며 낄낄거리지만 않으면 그 아이들도 개의하지 않았다. 처음엔 군기를 잡는다고 방장 오빠가 속옷만 입힌 채로 머리끄덩이를 잡고 이 방 저 방으로 끌고 다닌 적도 있었다. 그녀가 징징거리기를 그치자 집단 린치도 더는 없었다. 십 개월쯤 지나자 이번엔 그녀가 신입의 머리끄덩이를 잡고 이 방 저 방으로 끌고 다녔다. 징징거린다는 것이 이유였다. 여자아이들이 석 달을 못 버티고 나가는 통에 어느새 그녀가 최고참이 되었다.

애인이라고 할 만한 것도 그 직장에서 처음 만들었다. 령은 나이트클럽 룸에서 빠져나와 망치에게 달려갔다. 새벽 세 시가 넘어 이제 테이블을 정리할 시간이었다.

"어떤 새끼가 자꾸 날 더듬거려!"

령은 빈 맥주병을 상자에 담아 치우고 있는 망치의 뒤통수에 대고 소리쳤다. 그는 피곤해 죽겠다는 표정으로 그래서 뭐 병신아, 하고 기운 없이 중얼거렸다.

"저 새끼가 자꾸 내 똥꼬에 손가락을 집어넣는다고! 내 똥꼬로 가락지를 해 끼겠대!"

그제야 망치는 허리를 펴고 령의 얼굴을 똑바로 쳐다보았다. 그러곤 너 술 취한 거 아니지, 하고 물었다. 그녀는 맥주 두 병에 취하냐, 하고 소리를 질렀다.

망치는 령이 있던 룸으로 가 따귀를 맞고 정강이에 조인트를 까여가며 실랑이를 하더니 잠시 후 손님들을 나이트클럽 밖으로 내몰았다. 그러고는 그녀에게 돌아와 집적거린 놈이 세 놈 중 누구였냐고 물었다. 술 벼락을 맞았는지 망치의 얼굴과 셔츠가 흐린 조명에 물기로 번들거렸다. 그녀는 백발에 노란색 넥타이를 매고 있는 늙은 변태 새끼라고 했다. 그는 테이블이나 의자를 수리할 때 쓰는 망치를 다용도실에서 들고 나왔다. 그러곤 한쪽 다리를 절룩거리며 나이트클럽 후문으로 쫓아 나갔다.

령은 망치의 뒤를 한 블록이나 따라갔다. 그는 스무 걸음쯤 거리를 둔 채로 세 취객을 쫓고 있었다. 세 취객은 아침까지 있을 다른 술집을 찾는 모양이었다. 마침내 소변이라도 보려는지 셋이 나란히 주택가 골목으로 사라졌다. 그녀는 그가 뛰기 시작하는 것을 보고 따라 뛰었다.

그때가 령이 망치에게서 짐승의 마력을 발견한 순간이었다. 그녀는 망치가 늙은 변태의 백발을 방범등 불빛 아래에서 시뻘겋게 물들이는 과정을 모두 지켜보았다. 비명을 지르면 망치는 입을 내리쳤다. 손으로 막으면 손을 쳐냈다. 몸을 돌려 피하면 어깨를 후려쳤다. 허리를 구부려 다리로 막으면 정강이와 허벅지를 팼다. 세 취객은 여자처럼 가늘고 떨리는 목소리로 신음을 뱉었다. 간간이 뼈 부러지는 소리 같은 것이 섞여 들리기도 했다. 그런 식으로 그는 셋 모두를 거꾸러뜨리고 머리를 깼다. 그녀는 전율했다.

며칠 뒤 령은 망치 앞에서 팬티를 벗고 뒤돌아 자기 항문을 보여주었다.

두 달쯤 더 지나 둘은 기숙사를 나와 독립했다. 평촌 나이트클럽에서 한참 떨어진 안양 구시가지의 월세방이었지만 령은 자기 삶이 한참이나 업그레이드된 듯했다. 방도 두 개라 작은 방은 옷방으로 쓸 수 있었다. 사내아이들 고추가 그립거나 여자아이들 머리끄덩이를 잡고 싶으면 언제라도 기숙사에 놀러가면 되었다.

령은 스물이 채 되지 않은 나이였지만 자신이 가정까지 이룬 어엿한 성인처럼 느껴졌다. 자신보다 두 살이 어린 망치는 늘 누나와 병신아를 번갈아가며 그녀를 부르고 있었지만 그녀에겐 이미 남편이나 다름없었다. 그녀는 그가 한 가정을 책임지는 가장으로서의 역할을 해주길 바랐다. 기숙사의 문란한 생활을 떠난 것도 그 때문이었다. 그녀는 그에게 젖을 물리고는 나지막이 속삭이곤 했다.

"아무 년한테나 좆물을 흘려서 내가 닦게 하지 마."

령은 스물이 되자 서둘러 면허를 따고 차를 한 대 마련했다.

빨간색 기아 모닝이었다. 둘의 교통비를 아낀다는 이유였지만 출퇴근길을 망치와 함께하기 위해서였다.

나이트클럽의 동료들은 망치의 뒤통수에 대고 둔한 놈이라며 혀를 찼다. 령의 뒤통수에 대곤 쌍년이라며 침을 뱉었다. 그들은 령 커플이 무슨 짓을 해서 월세방 보증금을 마련하고 차를 뽑았는지 눈치로 알고 있었다. 클럽으로 경찰이 두어 번 찾아오게 되면 매니저도 알게 될 것이었다. 하지만 어느 누구도 그녀가 그깟 돈 몇 푼 때문에 그와 한패를 이룬 것이 아니라는 사실을 알지 못했다. 그녀는 그들의 짐작처럼 싸구려가 아니었다. 그녀는 훨씬 정신적인 것을 원했다. 그녀는 전율을 원했다. 그녀에게 그는, 육체를 갉아먹지 않으면서도 더할 나위 없는 쾌락을 안겨다 주는 마약이나 다름없었다. 살아 꿈틀거리는 마약, 마력이었다. 그녀가 원할 때마다 전율을 안겨주는 마력이었다.

령의 나이트클럽 동료들은 그녀의 뒤통수에 대고 끊임없이 쫑알대면서도 정작 그녀가 앞으로 무슨 일을 벌일 작정인지 알아채지 못했다. 그들이야말로 속물이자 싸구려였다. 그들에 비하면 그녀는 대단한 야심가였다. 그녀가 자기 손안의 망치를 누구를 향해 휘두를지 미리 알았더라면 그들은 그렇게 마음 놓고 수군대지 못했을 것이다. 침을 뱉으며 그녀 앞에 얼쩡대지도 않았을 것이다.

효는 손바닥으로 두 눈을 꾹꾹 누르며 앓는 소리를 냈다. 모든 게 그의 눈앞에서 명료했다.

효가 그 음침한 나선형 층층대에 첫발을 올려놓은 것은 십 년쯤 전이었다. 그날 그의 아내가 의정부 외곽에 있다는 기도원에서 돌아왔다. 아내는 짐을 풀다 말고 전화를 받고 밖으로 나갔다. 그는 떨어져 있는 한 달 내내 아내가 그리웠다. 종교만 있었다면 그도 기도원에 따라갔을 것이다. 그는 창턱에 팔꿈치를 얹고 방충망 너머 햇볕이 따가운 거리를 내다보았다. 아내가 동네 놀이터 목련 아래 벤치에 앉아 휴대폰을 만지고 있었다. 얼굴엔 즐거운 낯빛이 가득했다. 그는 거실로 돌아와 아내의 짐을 마저 정리했다. 빨래를 세탁기에 넣고, 성경과 찬송가집은 안방 화장대에 갖다 놓고, 끝으로 세면도구를 챙겨 욕실로 가 풀어놓는데 화장비누가 무언가 이상했다. 그는 거실로 돌아와 헤어드라이어와 고데기를 챙겨 세탁기가 있는 욕실로 돌아갔다. 그런 다음 화장비누를 들어 꼼꼼히 살펴보았다. 한 달 동안 기도원에 가 있었으니 아내의 비누에 자기 수염이 붙어 있을 리 만무했다. 이 짧고 새까맣고 아주 뻣뻣한 것이 아내의 터럭일 가능성도 없었다.

그로부터 지난 십 년간 효의 일상은 나선형 층층대를 한 발 한 발 힘겹게 올라가는 망상으로 가득 찼다. 망상 속에서 배배

꼬인 비밀의 빗장을 하나씩 둘씩 열어젖힐 때마다 그의 눈앞에
는 또 다른 배배 꼬인 비밀의 층계가 계속해서 모습을 드러냈
다. 그는 지난 십 년간 투사처럼 살았다. 그의 삶은 망가졌다.

언제나 효는, 이제 얼마 남지 않았다는 생각을 했다. 비밀의
탑은 나선형으로 올라가며 꼭짓점에 가까울수록 좁아지는 층
층대다. 조만간 겨우 발 하나를 올려놓을 공간만 남을 것이고,
세상의 음모도 전모가 드러날 것이다.

효는 그 나선형 층층대 안에서 길을 잃었다. 그는 말 그대로
정신이 나가서 몸뚱이 외에는 남아 있는 게 없었다. 비밀의 빗
장을 하나 열어놓고도 앞으로 나아가지 못한 채 다시 몇 발짝
뒤로 물러서는 행위를 반복했다. 실제로 그는 광화문 세종대왕
동상 앞에서, 열 발짝 앞으로 나아갔다 열 발짝 뒤로 물러서는
동작을 하루에도 몇 시간씩 반복하며 행인들의 시선을 끌었다.

비록 끝이 가까워졌더라도 나선형 층층대는 효에겐 버거운
것이었다. 나이는 오십 줄에 들어섰고, 되는 대로 배만 채우는
식의 식사만 하다 보니 몸무게는 백 킬로그램을 훌쩍 넘어섰
다. 갈수록 행동은 굼떠졌다. 앉아 쉴 만한 계단참 하나 없이
좁다란 원을 그리며 가파르게 올라가는 층계였다. 게다가 한
손에는 에나멜로 코팅한 검정 스포츠백까지 들려 있었다. 마지
막 빗장이 벗겨지고 음모가 만천하에 공개될 때, 비참한 상황
을 종료시키기 위해 그가 준비한 묵직한 스포츠백이었다. 하지

만 지금 당장은 너무 무거웠다. 서너 걸음마다 이 손 저 손으로 갈마쥐어야 했다.

동네 놀이터에 목련꽃이 필 때 시작된 효의 망상은 그 꽃이 질 때쯤 행동으로 나타났다. 그는 아내의 휴대폰을 빼낸 다음 주소록에 저장된 전화번호마다 전화를 걸어 몰래 사귀는 남자가 있는지 확인했다. 그러고도 의심이 풀리지 않자 애프터서비스 센터에 가, 휴대폰 어딘가에 몰래 숨겨놓은 전화번호가 있을 테니 찾아달라고 했다. 센터의 접수계원은 무슨 소린지 알아듣지 못했다. 그래서 그는 수리기사를 직접 만나 한 번 더 자세한 주문을 했다. 이 휴대폰 어딘가에 남이 찾지 못하게 감춰놓은 전화번호가 있을 테니 뜯어서라도 알아봐달라고.

수백 무리의 행인들이 횡단보도를 건너며 효의 앞을 지나쳤다. 그는 광화문 이순신 동상 앞 돌 화단 주변에 종일 머물러 있었다. 해바라기를 하기에는 그만한 장소도 없었다. 보름 넘게 노상에서 장마철의 어둡고 흐린 날씨를 겪고 나자, 그는 광화문 거리의 습한 기운이 자기 몸 안 어딘가에 고여서 웅덩이가 되어버렸다고 믿게 되었다. 그리고 모처럼 날이 갠 오늘은, 그 웅덩이가 태양열을 받아 덥혀지고 있었다.

행인들이 본 것은 돌 화단에 앉아 햇살이 비치는 곳을 향해 미간을 찌푸리고 있는 비루한 행색의 중년 사내였다. 오랜 세월 되는 대로 아무거나 아무 때나 집어 먹어 고도비만이 되어

버린. 효는 종일 혼자 지껄이고 있었다. 그는 누구한테든 아무 것에 대해서라도 용서를 빌고 싶은 기분이었다. 그러다가 곧바로 누구든 걸리면 죽여버리겠다고 선언을 했다. 그는 괴로운 듯 뺨을 쥐어뜯고 입술을 깨물었다.

효는 오전이 오후가 되고 해가 져 광화문 사거리가 다시금 어젯밤 같은 어둡고 습한 기운에 물들 때까지, 혼자 지껄이고 혼자 두 뺨을 쥐어뜯고 혼자 가슴을 두드리며 자리를 지켰다. 그 길고 끔찍한 시간 중에 누구 한 사람이라도 곁에 앉아 대화를 시도했다면, 그의 안에서 막 뜨거워지기 시작한 깊고 어두운 웅덩이의 열기를 알아차렸을 것이다. 하지만 다정하게 다가가기에 그는 너무 냄새가 났고 제정신이 아닌 것처럼 보였으며, 심지어는 위협적으로까지 느껴졌다.

아무도 대화를 시도하지 않았으니, 누구도 그것이 앞으로 일어날 좀더 거창한 사건의 초입이었다는 사실을 알 수 없었다.

수는 그런 남자를 만나기가 얼마나 어려운지에 대해 오전 내내 생각했다. 신촌 헌책방에서 롤랑 바르트의 책을 찾고 있었을 때 그 남자의 목소리가 들려왔다.

"바르트 책은 나와도 금방 팔려버릴 텐데."

십 년, 이십 년 묵은 책들 너머에서 기운 없는 목소리가 들려왔다. 헌책방 주인도 알았냐는 식으로 고개를 끄덕였다. 수는 머뭇거리다 그럼 『정상적인 것과 병리적인 것』은 있냐고 다시 물었다. 주인은 책 제목을 재차 물으며 키보드를 두들겨 찾더니 이번에도 없다고 했다.

"그 책은 절판됐어요. 출판사 두 곳에서 서로 다른 제목으로 나왔는데 두 곳에서 다."

책들 너머에서 다시 졸린 목소리가 대꾸를 해왔다. 수는 목소리의 근원이 궁금했다. 문득 책들을 밀어버리고 남자의 얼굴을 확인하고 싶다는 생각이 들었다.

"절판된 것 정도는 나도 알고 있어요. 그러니까 헌책방에 왔죠."

그게 남자와 수의 첫 만남이었다. 벌써 보름 전의 일이었다. 보름 전이라면 이 지긋지긋한 먹구름의 날들이 시작될 즈음이었다. 집 밖을 나서거나 카페 밖을 나서거나 보름 내내 우산을 챙겼는데 이 감질나는 하늘 아래에서는 막상 펼쳐 들 기회가 없었다. 온다는 비는 안 오고 온종일 먹구름들만 이쪽저쪽 몰려다니는 참으로 우유부단한 날씨였다.

바로 그날 헌책방에서 수는 남자를 초대했다. 그녀는 자기가 하는 아날로그 카페가 있다고 했다.

"아날로그 카페요?"

"여기랑은 좀 먼데, 연남동 게스트하우스 골목에 있어요. 연남동 아세요?"

그러자 남자는 정확히 연남동 어디냐고, 언제가 한가하냐고 했다. 수는 항상이라고 답했다. 그러고는 메모지에 약도를 그려주었다. 메모지에는 'Bella donna'라고 쓰고 괄호 안에 자주색 간판이라고 덧붙였다.

수가 카페를 내기로 결심했던 때는 커피전문점이 골목 상권에까지 진출할 만큼 인기를 끌고 있다는 언론 보도가 나왔을 때였다. 자금을 마련하고 가게 자리를 보러 다니는 데 일 년 정도 걸렸다. 그리고 인테리어 업자를 고르고 시안을 정하는 중에, 우후죽순처럼 늘어났던 커피전문점의 폐업이 속출하고 있다는 기사가 떴다. 바리스타가 과잉 공급이라는 기사도 있었다. 그제야 그녀의 눈에 지하철 정거장 두 곳 사이에 간단히 다과를 즐길 수 있는 카페가 이미 대여섯 곳 영업 중인 게 보였다.

그래서 수는 잘 익은 으름 열매처럼 약간 회색이 도는 자주색 간판에 스카시로 카페 이름을 박고, 그 아래 필기체로 작게 아날로그 카페라고 덧붙였다. 우리 전통차와 중국과 인도, 남미에서 가져온 수입차로 메뉴판을 새로 갈았다. 카페 한쪽 벽의 인테리어를 들어내고 엘피판 레코드와 책을 꽂을 수 있는 서가를 들였다. 이런저런 전통차에 대한 설명과 음용 방법을 적은 안내판을 아기자기하게 꾸며 벽을 둘러가며 붙여놓았다. 거리로 난 창문에는 이 주의 책, 이 주의 음반, 이 주의 차라는 제하의 포스터를 만들어 붙였다. 그녀는 정말로 매주 새로운 내용으로 포스터를 갈음해 창에 바꿔 붙였다.

수는 그 짓을 벌써 삼 년째 하고 있었다. 하지만 단골의 수는 여간해선 늘어나지 않았고 마이너스 경영은 나아질 기미가 보이지 않았다. 최근에 그녀는 자신이 자신의 카페와 함께 서서히 죽어가고 있는 것이 아닌가 하는 의문에 사로잡혔다.

수가 헌책방에서 초대한 남자는 주말에 그녀의 카페를 찾았다. 이른 오후 시간이었다. 손에 우산을 들고 있었다. 다른 손엔 가죽 백이 들려 있었다. 책을 읽는 남자라니. 그녀는 테이블 맞은편에 앉아 깍지 낀 두 손에 턱을 얹곤 호기심 그득한 두 눈을 반짝였다. 그녀에게 남자가 무언가를 읽는다는 것은 피시나 휴대폰으로 인터넷 서핑을 한다는 의미였다. 그녀는 그를 위해 차를 끓여 내오고, 자기도 잘 모르는 힌데미트의 비올라 협주곡 엘피판을 틀었다.

"이러고 있으니 꼭 책 읽는 괴물 같지 않아요?"

수는 남자와 한참 책에 관한 수다를 떨었다. 그녀는 직장인 시절 책 읽는 괴물이라고 놀림을 받곤 했다고 말했다. 그는 굳은 얼굴로 잠시 생각하는 듯하더니, 자기가 직장에서 요즘 그런 소리를 듣는 듯하다고 말했다. 그러고는 둘 다 웃었다. 그녀와 비슷한 시기에 대학을 다니고 졸업한 것이 틀림없었다. 수다 삼십 분 만에 그녀는 그가 공기업의 연구원인 것을 알아냈다. 그러고 다시 삼십 분 뒤에는 그가 아직 미혼이며 긴 생머리에 달걀형 얼굴, 마른 체형의 여자를 선호한다는 것을 알아냈다. 그 점만큼은 거리에 널린 사내새끼들과 별반 다르지 않았다. 그는 니체가 쓴 어떤 책의 구절을 길게 인용하며 개그를 했다. 그러곤 백오십 년 전의 독일에서도 공무원이라는 직업은 어떤 이들에겐 웃음거리였다고 덧붙였다.

남자한테서 명함까지 건네받았다. 그는 아직 할 이야기가 많이 남았다는 표정으로 돌아갔다. 수는 책만 읽는 샌님이면서 경제적 능력도 있는 남자를 만나기가 얼마나 어려운지에 대해 오후 내내 생각했다. 퉁퉁한 몸매에 넓적한 얼굴이라는 생김새는 문제가 되지 않았다.

매일같이 수는 달아오른 몸으로 바 카운터에 엎드려 짧은 오수를 즐겼다. 카페엔 햇살이 가득했다. 태양이 길 건너편 어딘가에 우두커니 서서 카페 내부를 들여다보는 기분이었다. 그 햇살을 모아 브래지어 안에 품고 있는 것처럼 그녀는 후끈 달아올랐다.

수는 꿈을 꾸었다. 그녀는 책을 읽고 있었다. 그 책은 생기가 없고 모자라며 공허하고 애매모호하고 결여된 문장들로 가득 찬 책이었다. 그녀가 역겨움을 억누르며 마지막 책장을 넘기고 책을 덮었을 때, 그녀는 그 두꺼운 가죽 뒤표지 뒤에서 새로운 페이지가 아득하게 다시 한 번 펼쳐지는 것을 보았다. 그것은 또 다른 책의 첫 페이지였는데 마찬가지로 결여되고 결핍된 애매모호한 문장들로 가득 차 있었다.

　악몽이었다. 하지만 잠에서 깨어날 때 수는 기분이 좋았다. 그녀의 팔다리는 사랑의 에너지로 나른해져 있었다. 그녀의 얼굴은 사랑의 불구덩이에서 방금 빠져나온 사람처럼 분홍빛으로 달아올라 있었다. 자기를 꼭 껴안고 내가 꿈에서 본 책을 읽어주고 싶어요, 하고 그녀는 땀에 흠뻑 젖은 얼굴로 중얼거렸다. 손님 하나 없는 늦은 오후의 빈 카페에서, 그녀는 남자의 머리를 가슴에 꼭 껴안고 그 뜨거운 책을 읽어줄 생각에 벌써부터 가슴이 설렜다. 그는 물론 그녀가 책 괴물일 뿐 아니라, 다른 종류의 괴물일 수도 있다는 생각은 하지 못할 것이다. 그는 그저 자기 삶에 새로운 사랑의 싹이 트고 있다는 생각에 마음이 싱숭생숭할 것이고, 그 다른 괴물에 비하면 책 괴물 정도는 귀여운 수준일 거라는 생각은 조금도 하지 못할 것이다.

이주일 디너쇼

모비의 아버지는 아내의 부른 배를 물끄러미 내려다보았다. 자신의 선택은 아내였지 아내의 배 속에 든 아이가 아니었다. 하지만 그 둘이 영 다르다는 생각도 할 수 없었다. 아이의 반은 아내의 피를 이어받았으니까. 그 정도 판단은 되었다.

하지만 그 말은 아이의 다른 반은 아내의 피가 아니라는 이야기도 되었다. 그렇다고 자기 피도 아니었다. 모비의 아버지가 사랑하는 사람은 아내였다. 사랑이라니. 아내를 만나기 전에는 사랑이라는 멋쩍은 단어를 입에 올리게 될 줄은 꿈에도 몰랐다.

결혼을 앞두고 아내는 자기 배 속에 아이가 크고 있다고 고백했다. 점점 배가 불러올 테고 모두가 알게 되리라고 했다. 그러고는 예식장 예약을 취소하자고 했다. 어머니께는 기회를 봐서 따로 말씀드리겠다고 했다. 모비의 아버지는 당황해서 엉겁결에, 솔직하게 말해주어서 정말로 너무나 고맙다고 말했다. 어찌나 당황했는지 자기 마음이 산산이 조각나고 있는 것도 몰랐다. 사랑이라는 단어가 그의 입에 줄기차게 오르내리기 시작한 것은 그 순간부터였다. 그는 하루에도 열 번은 더 사랑이라는 말을 입에 올렸다. 그러지 않으면 아내는 약혼을 깨고 자기 곁을 떠나버릴 것이다. 아내는 자기보다 열 살이나 어린 이십대 중반의 나이니 얼마든지 새 사랑을 찾아 다시 시작할 수 있었다. 하지만 어쩐지 자기는 그렇게 할 수 없을 것만 같았다. 이 여자가 아니면 다시는 사랑을 할 수 없을 것만 같았다.

사랑이라는 단어는 모비의 아버지가 아내에게 줄 수 있는 가장 큰 단어였다. 모든 문제를 덮고 용서한다는 말이었으니까. 하지만 그만큼 견디기도 어려웠다. 그래서 사랑한다고 말할 때마다 그의 마음은 슬픔으로 무거워졌다. 그는 하루에도 열 번은 더 슬퍼졌다.

아이의 아버지가 누구냐고 물어도 아내는 대답하지 않았다. 그저 시선을 피한 채 입을 꼭 다물 뿐이었다. 모비의 아버지는 아내의 입가가 파르르 떨리는 모양을 보았다. 그는 내가 사랑하는 사람은 너이니 아이가 있든 없든 너를 향한 마음엔 변함이 없으리라고 했다. 아내도 자기가 진정 사랑하는 건 하나님과 그, 오빠뿐이라고 했다. 열흘쯤 지나서 그는 아이의 아버지가 아이의 존재를 아느냐고 물었다. 이번에도 아내는 시선을 피하고 입을 다문 채 입가에 경련을 일으켰다. 그는 겁을 먹고는 너를 사랑하니 네 안의 아이도 사랑한다고 말했다. 다시 열흘쯤 지나서 아이를 지울 생각은 없느냐고 넌지시 물었다. 아내는 그의 눈을 똑바로 들여다보며 그럴 생각이 있었으면 벌써 했지 않겠느냐고 나지막이 중얼거렸다. 그러고는 멀쩡한 아이를 지우는 일은 하나님께 돌이킬 수 없는 죄를 짓는 일이라고 했다. 하나님이 용서하시지 않을 거라고 했다. 그러면서 다시 한 번 헤어지자는 말을 꺼냈다. 그는 서둘러 자기 말을 취소하고 사랑이라는 단어를 스무 번쯤 입에 올렸다. 너의 하나님도 아이와 우리를 축복해주실 것이라고 했다.

이제 결혼식이 코앞이었다. 다음 주면 청첩장을 돌릴 예정이었다. 취소하려면 지금 해야 했다. 모비의 아버지는 이번 주 들어 식사를 거의 하지 않았다. 직장 동료들에게 괜한 의심을 사기 싫어 점심 식사만 억지로 어울려 먹곤 했다. 무슨 반찬이 나와도 맛이 없었다. 수저를 든 채로 얼빠진 표정을 짓는 일도 여러 번 있었다. 그러면 동료들은 몸은 회사에 있는데 마음은 와이프에게 가 있다며 놀려댔다.

퇴근해 집에 가서도 넋을 놓은 채 거실에 앉아 있곤 했다. 밥을 먹지 않아도 배가 고프지 않았고 물을 마시지 않아도 목이 마르지 않았다. 그렇게 멍하니 앉아 있으면, 식구들이 곁에 와서 텔레비전도 보고 과일도 깎아 먹고 간혹 말다툼도 하다가 자정 가까운 시간에 자러 들어가곤 했다. 그러면 모비의 아버지는 또다시 혼자가 되어 텔레비전이 애국가를 들려주고 하얗게 죽을 때까지 멍하니 앉아 있었다. 벌어진 입에서 저도 모르게 침이 흘러내리기도 했다. 그렇게 한 주가 지나갔다.

일요일 자정이었다. 이제 내일이나 모레쯤 충무로에 나가 인쇄를 마친 청첩장을 찾아와야 했다. 모비의 아버지는 새벽이 지나고 아침이 와서 거실이 다시금 환해질 때까지 그 자리 그대로 앉아 있었다. 초가을 새벽의 쌀쌀한 날씨에도 그는 끈끈한 식은땀을 흘렸다. 텔레비전에서는 다시 한 번 애국가가 나오고 새날의 방송이 시작되고 있었다. 두 눈은 빨갛게 충혈이 되어 있었다. 어머니가 침실에서 나오며 한숨도 안 잔 게냐 하고 물었다.

아침 식사 시간에 식탁에 앉아 모비의 아버지는 누구에게랄 것도 없이 물었다.

"지난 새벽에 나한테 와서 아기 얘기한 사람 있어?"

모비 아버지의 목소리는 주저하는 기색으로 시작됐지만 곧 격정이 묻어나는 떨리는 목소리가 되었다.

"새벽에 누가 와서 나한테 아기 얘기했냐고."

식탁에 둘러앉은 모비 아버지의 어머니와 동생들은 심상찮은 느낌에 입을 다물었다.

"하늘이 내려준 아기니 염려 말고 우리 연희를 데려오라고 했잖아. 하늘이 내려주다니, 그게 무슨 뜻이야? 아기는 틀림없이 나랑 연희 아기야."

"오빠……"

"구원하기는 뭘 구원해? 구원이라니, 난 뭘 구원받을 만큼 잘못하고 살지 않았어. 어머니, 그렇죠?"

어머니는 놀라서 아무 말도 할 수 없었다. 아들의 두 눈이 분노로 하얗게 타들어가고 있었다.

"처녀가 애를 배니 말이 많은 모양인데, 올림픽이 열리는 시대야. 내가 뭘 염려하고 뭘 두려워해? 처녀라고 애를 못 배? 왜들 그러는 거야, 정말."

그러고는 모비의 아버지는 밥을 두 공기나 비웠다. 동생들은 그가 일어설 때까지, 이유도 없이 꼼짝 않고 자리를 지켰다. 동생들은 그 집안의 맏이가 지난 새벽에 거실에서 무엇을 보았는지, 무슨 이야기를 들었는지, 누구와 무슨 얘기를 주고받았는지 전혀 알지 못했다. 그의 가족 모두는 그가 결혼하고 모비가 태어나 학교에 들어갈 때까지도, 모비 어머니의 혼전 순결을 주제로 해서는 그 앞에서 입도 뻥긋하지 않았다.

한 달 뒤, 결혼식을 올릴 때쯤 아내의 배는 무엇으로도 감출 수 없는 정도로 불러 있었다. 친구들과 친척들은 이 도둑놈이 속도위반을 했다고 놀려댔다. 모비의 아버지는 그때마다 호기롭게 웃으며 하나님이 아니면 불가능했을 결실이라고 농담 반 진담 반으로 지껄였다. 파혼해 하나님의 벌을 받는 게 두려웠다는 뜻이 아니었다. 그때쯤 고뇌로 지친 그는 정말로 아내 배 속의 아이가 아내의 하나님이 하늘에서 내려준 씨앗이 아닐까, 하고 반쯤은 믿고 있었다.

모비의 아버지는 아내에게 다른 남자가 있을 거라고는 상상도 할 수 없었다. 아내는 그런 여자가 아니었다. 아내를 알기 전까지 그는 어느 누구에게서도 그만한 존중을 받아본 적이 없었다. 삼 년 동안 연애를 하면서 그와의 약속을 예고 없이 어겨본 적도 없었다. 그가 나이 먹은 티를 내느라 훈계조로 잔소리를 해도 말대꾸 한 번 하지 않았다. 그가 종교를 갖는 것을 원치 않는다는 사실을 알고 나서는 그를 교회에 나가게 하려던 생각을 미련 없이 끊어버리기도 했다.

모비의 아버지도 그런 아내를 존중했다. 키스를 한 것도 약혼식 날 저녁이 처음이었다. 손을 잡는 데만도 일 년이나 걸렸다. 아내는 그와 나란히 걸을 때면 늘 그와 맞닿은 편의 손에 손지갑이나 신약성서를 들었다. 그가 슬쩍 자리를 바꾸면 아내도 손에 든 것을 바꿔 쥐었다. 아내 주변에 남자가 있다는 수상한 낌새를 느낀 적도 없었다. 남자든 여자든 아내 주변엔 사람이 얼마 없었다.

그래서 모비의 아버지는 불러오는 아내의 배에 대해 무어라 언급해야 할지 알 수가 없었다. 그때까지 아내의 맨가슴 한 번 본 적이 없는 그였다. 팔뚝과 발목과 목덜미까지가 그가 아는 속살의 전부였다. 젖꼭지가 핑크색인지 옅은 갈색인지 음부의 털이 곧고 빳빳한지 아니면 고부라져 말려 있는지에 대해서도 그는 전혀 몰랐다. 아내의 성격으로 보아 그걸 아는 남자는 이 지상엔 없을 게 분명했다.

모비의 아버지는 그렇다면 아내에게 무슨 일이 있었을까를 여러모로 공상해보다가 주체할 수 없이 화가 치밀어 그만두곤 했다. 그의 공상들이 그를 더 분노케 하고 비참하게 했다.

모비의 아버지는 그나마 가장 덜 고통스러운 쪽으로 자신을 몰고 가기로 했다. 자신이 알지 못하는 어떤 전능한 존재가 아내에게 임했던 거라고. 그 존재는 어찌되었든, 그와 같은 인간이어선 안 되었다. 결코 자기와 같은 지상의 인간, 특히 남자면 안 되었다. 그는 되뇌고 또 되뇌었다. 아내를 사랑한다고. 그리고 아이는 지상의 산물이 아니라고.

모비의 아버지는 이제, 도둑놈이라고 놀리는 친구와 친척들 앞에서 하늘에 계신 하나님의 사랑의 결실을 볼 날도 석 달밖엔 안 남았다고 너스레를 떨 수 있었다.

결혼식은 올렸지만 산달이 가까운 몸으로 신혼여행을 갈 수는 없었다. 날도 추워지고 있었다. 그래서 둘은 광화문의 호텔에서 며칠 묵기로 했다. 그러면서 내키는 대로 충무로의 극장에서 영화를 보거나 가을 고궁을 산책했다. 둘은 하루의 많은 시간을 호텔 방에서 광화문을 내다보며 보냈다. 시선을 멀리 두면 둘수록 마음은 차분해지고 머리는 맑아졌다. 한 달 전 새벽에 거실에서 했던 다짐과 아내에 대한 사랑은 더욱 또렷해졌다. 모비의 아버지가 티테이블에 앉으면 아내는 침대에 누웠다. 때로는 그 반대이기도 했고, 또 때로는 둘 다 티테이블에 앉거나 침대에 누워 있곤 했다. 모비의 아버지는 창밖을 내다 보다가 종종 아내의 안색을 살피곤 했다. 아내는 몸을 움직이 기가 불편해 신음할 때 말고는 표정에 변화가 없었다. 그러다 그와 눈이 마주치면 그가 아는 한 세상에서 가장 아름다운 억 지웃음을 지어 보였다. 그는 거실 소파에서 밤을 새우고 청첩 장을 찾아온 날 이후로, 아내에게 원망은커녕 얼굴 한 번 찌푸 리지 않았다. 아내도 돌아올 수 없는 강을 건넜다고, 이제는 나 아갈 길밖엔 남지 않았다고 생각했는지 얼굴에서 슬프고 불안 한 기색을 지워버렸다.

신혼여행의 마지막 날 저녁, 둘은 반포 고속터미널 근처의 극장 식당에서 이주일 쇼를 보았다. 모비의 아버지도 아내도 이주일을 좋아했다. 흥겨운 자리에 부모님도 모시고 싶었지만 더 큰 테이블은 당일로는 예약할 수가 없었다. 아내는 남은 여 행 경비로 인켈의 오디오 세트를 사고 싶어 했다. 그는 그래서 쇼가 시작되기 전에 대리점에 들러 아내와 함께 오디오 세트 를 골랐다. 내일이면 신혼집으로 배달될 것이었다. 고속터미 널 상가의 레코드점에서는 폴 모리아 악단의 경음악과 김수철 의 음반을 샀다. 아내는 슈베르트의 가곡이 담긴 음반을 더 집 었다.

아내는 사이즈가 좀 작은 중절모를 비스듬히 쓰고 나온 이주 일의 벗겨진 이마를 가리키며 헤프게 웃어댔다. 모비의 아버지도 덩달아서 웃었다. 그는 식전 음료로 맥주를 시켰고 아내는 데운 우유를 주문했다. 이주일은 상아색 정장을 입고 나와 「각설이 타령」을 불렀다. 전속 밴드가 이주일의 우스운 스텝에 맞춰 악기를 흔들고 있었다. 무대 스포트라이트의 색깔이 바뀌면 그들이 걸친 정장의 색도 함께 바뀌었다. 오렌지색으로 불안하게 타들어가다가 하늘색으로 가볍게 떠오를 듯하다가 갓 내린 벌꿀처럼 달콤한 색을 띠기도 했다. 이주일은 재담을 하다가 불쑥 뽕짝 메들리를 꺼내 부르곤 했다. 이번엔 「울긴 왜 울어」였다. 그는 이주일이 그리 허튼사람만은 아니라는 걸 알았다. 훤칠한 키와 네모난 안경테 안쪽의 두 눈에서 번뜩이는 위압감이 보통이 아니었다. 그는 점차 이주일의 코미디를 보며 소리 내 웃는 관객들은 여자들과 늙은이들뿐이라는 사실을 깨달았다. 「못생겨서 죄송합니다」를 부를 때에도 삼사십대 사내들은 그저 희미한 미소나 짓고 있을 뿐이었다. 그는 혼자 맥주를 따라 마셨다. 이주일은 이제 「단장의 미아리 고개」를 부르고 있었다.

모비의 아버지는 쾌적한 극장 식당 한가운데서 진땀을 흘리고 있었다. 기름기로 번들거리는 끈끈한 점액성 땀이었다. 무대에서는 이주일의 전신에 노란색 조명이 흘러내리고 있었다. 그는 뽕짝 메들리를 부르는 이주일의 뒤로 문 하나가 나타나 활짝 열리는 것을 보았다. 흔한 원통형 방문 손잡이가 달린 그의 집 욕실 문 같기도 했다. 문에도 마찬가지로 노란색 조명이 역겹게 흘러내리고 있었다. 그는 숨이 막혔다.

모비의 아버지는 어느 순간 그 문을 닫을 사람이 없다는 사실을 깨달았다. 그는 어쩔 줄 몰랐다. 그는 당황했다. 이제 문은 열렸고 세상 어느 누구에게도 그 문을 닫을 능력은 없다. 조명이 청량한 하늘색으로 바뀌었다. 이주일은 「수지 큐」를 부르고 있었다. 그는 이주일의 왼손에 검은색 표지의 두꺼운 책 한 권이 들려 있는 것을 보았다. 이주일의 얼굴만큼이나 커다랗고 무게 있어 보이는 책이었다. 오른손엔 마이크가 들려 있었다. 그는 숨이 막히고 진땀이 났다. 겨드랑이와 혁대로 조인 허리춤이 젖고 있었다. 코끝에 맺힌 땀방울이 그의 눈에 커다랗게 아른거렸다. 그는 어쩔 줄 몰랐고 당황해 안절부절못했다. 그는 문득 크나큰 슬픔에 사로잡혔다. 아내가 임신 사실을 고백하던 날 이후로 이 정도로 감당이 안 되는 슬픔은 처음이었다.

이번엔 슬픔의 원인이 아내가 아니었다. 그의 슬픔은 이주일의 손에 난데없이 나타난 그 책을 펼쳐 읽을 이가 이 세상에 없다는, 황당한 깨달음에서 비롯된 것이었다. 세상 어느 누구에게도 그 책을 펼쳐 읽어낼 능력은 없다. 그는 테이블 건너편에서 아내가 팔을 뻗어 손을 잡는 것을 느꼈다. 아내의 시선은 당혹감과 두려움으로 떨리고 있었다. 그는 아내를 똑바로 바라보면서 입을 벌리고 소리 내 울었다. 한 손으로 무릎을 꽉 쥐고 다른 한 손으로 테이블보를 감아쥐면서, 있는 대로 입술을 벌리고 일그러뜨리며 더운 콧김을 내뿜었다. 맥주병이 떨어져 깨지고 바닥에서 거품이 부글거리며 끓어올랐다. 아내의 입술에 경련이 일고 있었다. 만삭의 아내였다. 멀리 매니저가 잰걸음으로 다가오는 것이 보였다. 그는 매니저가 그의 어깨를 잡고 흔들어 깨울 때까지 아내를 똑바로 바라보며 소리 내 울었다.

내 마음은 늑대와 함께 갇혔다

경이 지난주에 사온 수제 다이어리는 이제 죽은 자의 무덤이
자 죽은 자가 드나드는 통로가 되었다.

경은 냉장고에서 하이네켄 오백 밀리리터 캔맥주를 꺼내 거
실 소파에 가 앉았다. 그녀는 다탁에 다이어리를 내려놓았다.
그러곤 견과류 그릇에서 구운 아몬드 몇 개를 집어 손에 쥐고
캔의 탭을 땄다. 그녀는 등받이 쿠션에 등을 파묻고는 맥주를
홀짝였다. 왼편 베란다에서 쏟아져 들어오는 햇살이 거실에
가득했다. 일요일 한낮의 햇살이 속눈썹에 부서지며 그녀를
눈부시게 했다. 구름은 손톱 반달만큼도 남아 있지 않았다. 그
녀는 아몬드를 입에 던져 넣고는 소리 나게 씹었다. 갈색 원목
다탁에 놓인 수제 다이어리의 가죽 표지에 반질반질 윤가가
흘렀다.

경의 부신 눈 너머에서 이제 죽은 자의 무덤을 덮고 있던 고
동색 가죽 뚜껑이 저절로 열리고 있었다. 그리고 그녀가 입안
에 든 아몬드 조각을 깨끗이 삼키고 남은 짠맛을 맥주 한 모금
으로 씻어 내릴 때쯤, 무덤이 활짝 펼쳐졌다. 그 위로 부서진
햇살 같은 죽은 제본가의 망령이 흐릿한 형체를 드러냈다.

이제 죽은 제본가의 망령은, 어리둥절한 몸짓으로 멈칫거리
다가 고개를 갸웃거리기도 하고 허청허청 발을 떼어놓기도 했

다. 경은 망령이 느릿느릿 거실을 소요하는 동안 냉장고로 가 캔맥주를 하나 더 가져왔다. 그녀는 상기된 얼굴로 뿌듯한 미소를 지으며 자신이 불러낸 망령을 느긋하게 즐겼다. 망령은 다탁을 몇 번 가로지르다 텔레비전을 올려놓은 거실장을 뚫고 욕실로 들어갔다. 잠시 뒤 손에 목욕 수건을 들고 욕실 벽을 뚫고 나타났다. 그녀는 캔맥주를 남은 몇 방울까지 입에 탈탈 털어 넣었다. 망령은 목욕 수건으로 매듭을 만들어 목에 걸고는 거실 벽 등기구에 한끝을 걸쳤다.

경은 망령이 스스로 중심을 무너뜨리고 십 센티미터쯤 허공에 들린 채로 꿈틀대다 벽등 아래로 축 늘어지는 것을 지켜보았다. 그녀가 세번째 캔맥주를 꺼내올 즈음에 망령은 여름 햇볕에 드라이아이스가 증발하듯 흔적도 없이 사라졌다. 그녀는 다탁에 손을 뻗어 다이어리를 덮었다. 죽은 제본가의 무덤 뚜껑은 가볍기 그지없었다. 게다가 그 감촉이라니. 그녀는 세번째 캔맥주를 다 비울 때까지 그 거슬거슬하면서도 연한, 죽은 동물의 가죽을 매만지고 또 매만져보았다. 그녀는 지쳐 쓰러지듯 소파에 몸을 묻고 잠이 들었다.

경은 뺨을 툭툭 치는 느낌에 눈을 떴다. 왼쪽 입가가 축축했다. 그녀는 손등으로 입가를 훔치며 몸을 일으켰다. 에이치가 허리를 굽히고 그녀를 내려다보고 있었다.

"대낮부터 잠이나 처자고."

경은 자세를 똑바로 잡고는 고개를 숙이고 머리를 흔들었다.

"내 몸에 손대지 말라고 그랬지. 그리고 나한테 고따위로 말하지 마."

"오, 기분이 나쁘셨어?"

에이치는 다시 손등으로 경의 뺨을 툭툭 쳤다. 경은 고개를 돌려 그의 손을 피했다. 그러자 기다렸다는 듯이 주먹이 날아왔다. 그녀는 어깨를 움츠리며 고개를 꺾었다. 그의 주먹은 아슬아슬하게 옆머리를 스치며 지나갔다. 웃는 소리가 들렸다.

"나 배고파."

경은 주방으로 가 식탁 의자에 털썩 주저앉는 에이치의 등에서 시선을 떼지 못했다. 그녀가 아는 남자의 등은, 바람 많은 바닷가 마을에서 자란 그녀에게는 든든한 방풍막이자 방파제였다. 적어도 서울로 올라오기 전까지는. 하지만 대학에 들어가고 여러 남자를 사귀면서 남자의 등이 모두 다 아버지나 삼촌들의 등 같지만은 않다는 사실을 깨달았다. 어떤 등은 거짓의 어두운 베일이었고 어떤 등은 짐승의 것이나 다름없었고 어떤 등은 오물뿐인 가죽 부대이자 통곡의 벽이었다. 그리고 서른을 넘긴 나이에 마지막이다 싶어 동거를 시작한 에이치의 등은 이제 흉기였다. 그 흉기가 지금 주방 식탁에 앉아 그녀가 점심상을 차려주기를 기다리고 있었다.

경은 에이치의 널따란 등을 노려보다가 휘파람 소리를 듣곤

몸을 일으켜 주방으로 갔다. 그녀는 달걀과 햄을 부치고 젓갈
과 김치를 새로 덜어 담고 콩나물국을 데웠다. 공기에 밥을 담
아 식탁에 올렸다.

"넌 안 먹냐?"

경은 잠자코 가스레인지 앞에 서서 국이 끓길 기다렸다. 그
러면서, 동거를 시작하고 나서 에이치가 퇴근하고 들어와 그녀
를 부르던 그 첫날의 저녁을 떠올렸다. 그는 욕실 욕조에 걸터
앉아 그녀를 향해 두 발을 쭉 내밀었다. 양말을 벗겨달라고 하
면서 대야에 따뜻한 물을 받아 씻겨달라고 했다. 그녀가 욕실
문에 기대서서 어처구니없다는 표정을 짓자 그는 우리 엄마도
만날 해줬어, 이젠 네가 해줘야 해, 하고 애처롭게 낑낑거렸다.

경은 콩나물국을 담은 국그릇을 에이치 앞에 밀어주면서,
그때 단념하고 짐을 싸서 나왔어야 했다고 생각했다. 그때 썩
은 내를 맡으며 양말을 벗기고 더운물로 발을 씻겨주지 말았어
야 했다고. 그 생각을 그녀는 지난 삼 년 동안 천 번도 더 한 것
같았다.

"저러고는 또 몰래 처먹지."

에이치가 으르렁거렸다. 경은 거실 소파로 돌아와 식탁 앞
에 앉은 그의 등을 뚫어져라 바라보았다. 저 둔한 짐승은 지금
자기를 노려보는 눈이 있다는 사실도 모르고 밥을 퍼 넣고 있
다. 그녀는 소파에 기대 다시 한 번 수제 다이어리의 가죽 표

지를 펼쳤다. 다시 한 번 무덤 뚜껑이 열리고 부서진 햇살 같은 흐릿한 윤곽의 망령이 모습을 드러냈다. 속이 훤히 비치는 몸체의 길쭉한 괄태충 같기도 했다. 더듬이인지 뿔인지 머리에 돋아나 있는 것도 있었다. 그녀는 번뜩이는 눈으로 거실을 가로지르는 망령을 바라보았다. 곧 고동색 무덤 뚜껑에서 두번째 망령이 꾸물꾸물 모습을 드러내자, 그녀는 황홀경에 달뜬 넋나간 표정으로 깊은 한숨을 내쉬었다. 이제 세번째 망령이 기어 나와 거실을 배회하기 시작했다. 네번째 망령이 나타났을 즈음에 거실은 망령들이 내뿜는 냉랭한 빛으로 가득 찼다.

경은 망령들이 주방 식탁 앞의 에이치를 둘러싸는 것을 보았다. 망령들이 그를 방풍막처럼 둘러싸고 고개를 숙여 그의 정수리를 물끄러미 내려다보는 것을 보았다. 그녀는 경이로운 예감에 사로잡혔다. 그 예감은 결코 빗나가지 않을 것이며 조만간 실현될 것이고, 절대 그녀를 실망시켜 아프게 하지 않을 것이다. 든든한 등처럼 그녀를 지켜줄 것이다.

심은 일주일 내내 상머리에서 귀를 후볐다. 밥을 먹다가 수저를 내려놓고 귀를 후비기도 하고 보리차를 마시면서 다른 손으로 귀를 후비기도 했다. 손가락 끝에 묻어나는 것은 없었다. 하지만 귓속의 이물감은 여전했다.

"당신, 뭐라고 했어?"

심은 거실에서 차를 마시고 있는 아내에게 물었다. 대답은 없었다. 일주일 전에 아침 식탁에서 한바탕 성을 낸 뒤로 아내는 줄곧 그 앞에서 입을 닫아걸었다. 잠도 거실에서 잤다. 한여름 밤의 열기를 피하기 위해 그러는 것일 수도 있었다. 그래도 아침 일곱 시에 침실에서 나오면 주방에 꼬박꼬박 식탁이 차려져 있었다.

"뭐라고 했냐니까?"

심이 소리를 지르자 작은방 방문이 열리며 딸이 고개를 내밀며 아빠 뭐야, 하는 표정을 지어 보였다. 아내가 실눈을 뜨고 그를 돌아보았다. 그는 손을 뻗어 휘휘 내저었다. 그러곤 다시 수저를 들었다.

심은 다시 귀를 두어 번 후비고 손가락을 빼서는 그 끝을 유심히 들여다보았다. 초점이 맞지 않아 침침하고 머리만 아파왔다. 두어 해 전부터 그의 눈은 그도 믿지 못할 물건이 되어가고 있었다. 그는 팔을 뻗어 이마 위에 달린 식탁등에 손가락 끝을 비춰 보았다. 귓속에서 묻어나온 건 없었다. 그렇다면 귓속의 이 이물감은? 이 간질간질한 불쾌감은? 그는 손가락 끝을 코에 대고 킁킁댔다.

심은 식사를 마치고 화장실 변기에 앉아서도 귀를 후빈 다음 손가락 끝의 냄새를 맡는 일에 열중했다. 왼쪽 귀에선 아무 냄새도 나지 않았다. 오른쪽 귀에서만 여름 한나절 구두 속에 들어 있던 발가락 냄새가 났다. 시큼하고 퀴퀴한. 그는 변기에서 일어나 욕실장에서 귀이개를 꺼내 귀를 팠다. 왼 귀와 오른 귀에서 나온 귀지는 색깔이며 모양이며 다를 게 없었다. 그는 한 번 더 오른 귀를 파서 귀지를 빼낸 다음 냄새를 맡았다.

"딸. 사람 뇌가 녹을 때 무슨 냄새가 날까?"

"모르지. 아빠, 왜?"

"아빠 오른 뇌가 녹아내리는 것 같아."

심은 양치질을 하고 옷을 벗고 샤워를 했다. 드레스룸에서 옷을 정장으로 갈아입고 주방 식탁에 나와 앉았다. 아내가 타 온 블랙커피가 김을 내고 있었다. 일주일 전만 해도 출근 준비를 끝낸 이 시간이면 아내와 식탁에 마주 앉아 커피를 마시곤 했다. 십 분 동안 가지는 교감의 티타임. 둘은 커피를 홀짝이며 조곤조곤 수다를 떨곤 했다. 이십 년 전 식탁을 놓을 수 있을 만큼 주방이 넓은 집을 갖게 되고 나서부터 자리 잡은, 그들 부부만의 관례였다. 여행을 가도 티타임은 꼭 가졌다. 부부 싸움 중에도 예외는 없었다.

이제는 심 혼자뿐이었다. 아내는 거실에서 머그컵을 들고 교양 프로그램에 열중하고 있었다. 그는 넥타이를 매만지고 커피를 홀짝이다 무감한 표정으로 아내를 돌아보았다. 일주일 전에 무슨 일이 있었더라? 식탁에 찬밥이 올라왔기에 타박을 좀 했지? 내가 욕을 했나, 때리기를 했나. 그러다가 그는 다시 손가락 끝으로 귀를 파고 냄새를 맡아보았다.

"뭐?"

심은 현관으로 나가다 말고 멈춰서 물었다. 하지만 아내는 놀란 것처럼 움찔할 뿐 텔레비전에 둔 시선을 거두지 않았다. 그는 아파트 단지를 빠져나오다 휴대폰을 열고 집 전화번호를 눌렀다. 그는 신호가 가는 동안 아내가 전화를 받으면 아내의 이름을 불러줘야지 했다. 여보라든가 누구 엄마가 아닌, 처녀 때처럼 그 누구의 소유도 아니었을 적의 이름을 불러줘야 했다. 하지만 막상 아내의 목소리가 들려오고 입을 떼려 하자 그는 아내 이름을 기억해내지 못했다.

심이 휴대폰을 들고 거친 숨을 내쉬고 있는 동안, 아내는 몇 번 여보세요를 반복하다가 발신자 번호를 확인했는지 소리 나게 전화를 끊어버렸다. 그는 휴대폰을 만지작거리다가 주머니에 넣었다. 사지에서 기운이 빠져나가는 듯했다. 아내의 이름은 여전히 알 수가 없었다.

지하철 승강장에서 심은 긴 줄의 끄트머리에 서서 귀를 후볐다. 손가락 끝에 묻어나는 고린내를 맡았다. 그러다 몇 줄 떨어진 자리에 파란 터틀넥 스웨터에 펑퍼짐한 회색 트레이닝복 바지를 입은 노숙자가 와 선 것을 보았다. 일주일 전에도 이 시간 이 자리에서 보았던 자다. 그때 저놈이 허리를 굽혔지, 그때 벌어진 엉덩이 골에서 악취 폭탄이 터졌어, 정말 어마어마했는데. 그는 다시 골치가 아파오고 속이 울렁거리기 시작했다. 그는 아내의 이름을 기억해내는 일도 귓속 냄새도 잊었다.

정거장 하나를 지날 때마다 승객들이 밀려들었다. 두 팔이 옴짝달싹 못하게 묶이더니 흉골에 압박감이 느껴지기 시작했다. 갈비뼈에 통증이 느껴졌다. 땀이 목덜미와 셔츠와 팬티를 흥건히 적시고 있었다. 한 정거장을 더 지나갔을 때 갑자기 통로 문이 열리더니 앞칸에서부터 웅성거리는 소리가 들려왔다. 비명을 들은 것도 같고 욕지거리도 들렸다. 그러면서 차량 간 통로를 타고 승객들이 밀려들었다. 그러자 이번에는 이쪽 칸에서 비명과 고함이 쏟아져 나오기 시작했다. 그는 쓰러지듯 옆 걸음질 치며 문쪽으로 밀려났다. 밀려드는 승객들 중에 몇몇이 손등과 손수건으로 코와 입을 가린 것이 보였다. 인상을 찌푸리고 입술을 둥글게 말며 헛구역질하는 승객도 보였다. 대부분은 무언가 역겹다는 표정이었다. 이제 두 정거장만 더 버티면 되었다. 하지만 그는 밀려든 앞칸 승객들에 출입문까지 떠밀려 있었다. 넥타이가 구겨지고 가슴이 짓눌렸다. 문이 열렸고 아우성과 함께 그는 튕겨 나갔다.

심은 다시 올라탈 엄두가 나지 않았다. 그는 승강장에서 얼이 빠진 얼굴로 이마에 맺힌 땀을 닦았다. 그리고 막 그의 앞을 스쳐 지나가는 지하철의 객차를 바라보았다. 그가 있던 칸과는 다르게 승객들 사이로 성긴 틈이 보였다. 그리고 그중 가장 크게 벌어진 틈으로, 파란 터틀넥 스웨터를 껴입은 시커먼 얼굴이 보였다. 땟물이 빗줄기처럼 흘러내리는 퉁퉁 부은 얼굴이 보였다. 그는 그 노숙자의 펑퍼짐한 트레이닝복 바지를 떠올렸다. 허리를 굽히면 불룩 튀어나오는 엉덩이를 떠올렸다. 그 순간 그는 자신이 무엇을 해야 할지 깨달았다.

"내 머릿속에서 뭔가 으르렁거려, 여보."

심은 성난 얼굴로 귀를 후비면서 중얼거렸다. 지하철 소음보다 귓속에서 들려오는 귀울음이 더 크게 느껴졌다. 아니, 어느 것이 바깥의 것이고 어느 것이 내면의 것인지 분명히 알 수 없었다. 여전히 아내의 이름은 기억나지 않았다. 하지만 그런 따위야 지금 이 순간에는 중요해 보이지 않았다. 그는 화가 났고 기회가 오면 무엇을 해야 할지 알았다. 그러면 족했다.

령은 망치의 고추를 만지작거리면서 이건 늑대야, 하고 중얼거렸다. 그녀는 늑대가 잔뜩 성을 낼 때까지 기다렸다. 그런 다음 손을 떼고 수그러들기를 기다렸다. 그녀는 과천에서 중국어 학원을 한다는 그의 엄마 얘기를 꺼냈다. 엄마가 나랑 닮았어? 나랑 얼마나 닮았어? 엄마한테 언제 나랑 인사드리러 가야지. 그렇게 엄마 얘기를 꺼내서 늑대가 수그러들면 그녀는 잠시 쉬었다가 다시 조몰락조몰락 늑대를 불러냈다. 털장갑이라도 뜨려는 듯이 손가락으로 여기저기 치수를 쟀다.

"이 정도면 다 큰 거야, 아니면 더 클 수 있는 거야?"

망치는 평촌 나이트클럽에서 가져온 조니워커 블루를 맥주 잔에 부어 스트레이트로 들이켜고 있었다.

"스무 살이 되기 전에 반 뼘은 더 클 거야."

망치는 자랑스러운 표정으로 자신의 늑대를 내려다보며 혀 꼬부라진 소리를 냈다. 령은 다시 손을 떼고 중국어 학원으로 인사드리러 갈 계획을 짜기 시작했다. 엄마가 날 보면 좋아할까…… 어머, 그럼 난 며느리 되는 거야…… 며느리가 뭔지는 알아…… 며느리 소리를 몇 번 반복하자 늑대는 다시 고개를 숙이기 시작했다. 그녀는 잠시 숨을 돌렸다가 빨간 수성 사인펜을 꺼내 와 오른손에 쥐고 왼손으로 또 한 번 늑대를 불러냈다.

"이 늑대가 다른 늑대보다 큰 거야, 작은 거야?"

"큰 거지, 병신아. 완전 커."

망치는 웃으며 령의 젖꼭지를 손가락 사이에 끼고 비틀었다. 그가 병을 다 비우고 취해서 정신을 잃어가는 사이, 그녀는 사인펜으로 그의 발기한 고추에 낙서를 했다. 그녀는 아가리를 벌린 늑대를 그리려 했지만 완성된 것은 뭔지 모를 흉악한 구멍 같은 것이었다. 귀가 있어야 할 자리엔 삼각형이 두 개, 눈이 있어야 할 자리엔 빗금이 두 개, 그리고 코는 어디에 그려야 할지 몰라 생략했다. 그저 빨간 구멍만, 발기한 고추의 삼 분의 일을 꽉 채운 시뻘건 아가리만 보였다. 그녀는 고추가 다시 수

65

그러들기를 기다렸다. 그는 코를 골았다. 고추가 작아지자 늑대는 그저 빨간 얼룩으로만 남았다.

령은 내일 망치가 깨면 문신을 새기러 갈 생각에 벌써부터 마음이 즐거웠다.

"웃는 늑대를 그려달라는 거야?"

"그럼 우는 늑대는 어떤 거지?"

지하로 내려가는 타투점 층계 앞에 쭈그리고 앉아 담배를 피우던 비쩍 마른 놈이 문신사였다. 그는 가게로 내려와서도 필터를 질겅질겅 씹어댔다. 령과 망치도 담배를 꺼내 입에 물었다. 문신사는 손을 바지춤에 쓱쓱 문질러 닦더니 아이패드를 가져와 동물 폴더를 열어 도안을 보여주었다.

"웃는 늑대와 우는 늑대의 차이는 이빨이야."

령이 늑대 도안을 하나 손가락으로 짚으며 말했다.

"우는 늑대는 이빨을 드러내지 않지. 슬프거든. 세상이 다 무너질 것 같은데 이빨이 무슨 소용이겠어. 반면에 웃는 늑대는 뭔가 기분 좋은 일이 있는 거야. 늑대한테 그게 뭐겠어. 물어뜯는 일이겠지."

령은 여러 늑대 도안 중에서 아가리를 활짝 벌리고 이빨이 유난히 도드라진 도안을 골랐다.

"이걸 어디에 해달라고?"

문신사가 프린트 버튼을 누르곤 령과 망치의 얼굴을 번갈아 바라보았다. 프린터가 켜지고 드럼이 돌아가는 소음이 카운터 너머에서 들렸다.

"그래 어디에 하려고?"

"보여줘."

령이 팔꿈치로 옆구리를 찌르자 망치는 벨트를 풀어 바지와 팬티를 내린 다음 왼손으로 성기를 꺼내 쥐었다. 문신사는 허리를 뒤로 젖히곤 피식 소리 내 웃으며 한 발짝 물러섰다.

"거기다 하다간 자칫 감염돼 자지가 썩을 수도 있는데."

"자지 썩은 거 봤어?"

"아니."

"그럼 잔말 말고 해줘."

령이 내뱉듯이 말했다.

"안 꼴렸을 땐 아가리 다물고 있다가 꼴렸을 땐 아가리 활짝 벌리고 이빨이 다 드러나게."

트레이싱 페이퍼를 대고 밑그림을 그리기 전에 먼저 망치의 고추를 빳빳하게 만들어야 했다. 령은 망치를 가볍게 뒤에서 끌어안곤 긴장이 풀릴 때까지 부드럽게 마사지했다.

"두 시간은 발기하고 있어야 해."

"여섯 시간도 가능하니까, 그건 걱정 마."

망치는 일주일 내내 고교 야구 포수들이 입는 언더아머 팬츠와 낭심 보호대를 차고 다녔다. 열흘이 지나 딱지 앉은 것을 떼자 디즈니 만화영화에 나올 것만 같은 붉은 늑대 한 마리가 아가리를 벌리고 모습을 드러냈다. 털 같은 세밀 묘사는 생략하고, 아가리만 빨갛게 다른 색은 넣지 않은 캐리커처 늑대였다.

령은 망치의 고추를 한껏 발기시킨 다음 아가리를 활짝 벌리고 이빨을 드러내고 웃는 늑대를 황홀한 눈으로 바라보았다. 그러다 이걸 엄마가 보시면 뭐라 하실까, 심장약이 필요할지도 모르겠는데, 하며 다시 기운을 빼놓았다. 붉은 늑대는 오그라들어 눈과 아가리를 꾹 다문 붉은 얼룩이 되었다.

"이게 늑대야, 셰퍼드야?"

"늑대야. 이렇게 사나운 게 개일 리 없어."

령은 만지작거려 발기시킨 다음 두 손으로 받치고 꼼꼼히 살펴보았다. 이제 더는 고추라고 부르면 안 될 것 같았다. 더는 고추가 아니었다. 늑대였다. 늑대라고 불러 마땅했다. 그녀의 어렸을 적 환상이 드디어 눈앞에 현실이 되어 나타났다. 그녀는 출근 시간이 다 되도록 이 새로이 업그레이드된 늑대를 입에 물고 빨았다.

이 늑대가 모두를 물어뜯을 것이다…… 모두, 모두를…… 늑대는 몇 시간이나 령의 입속에서 신음하고, 성을 내고, 달리고, 점프하고, 울부짖었다. 폭주했다.

"이젠 고추가 아냐, 늑대라 부를 거야! 이제부터 늑대야!"

효는 광화문 사거리를 떠나 느긋하게 세종대로를 걸어 서울역 노숙자 쉼터로 향했다. 바쁘게 서둘러야 할 일이 그에겐 없었다. 잠시 길을 잃긴 했지만 이제 확실히 마지막 빗장만 남았다. 마지막 층계에 발을 올려놓은 다음 지난 십 년간 그를 애달프게 했던 최후의 빗장을 여는 일만 남았다.

"맞아, 서두른다고 되는 일 같았으면 십 년을 쏟아붓지도 않았지."

효는 덕수궁 앞 벤치에 앉아 옆자리를 향해 말했다. 그에겐 코치가, 에이전트가, 영혼의 멘토가 있었다. 그렇지, 이젠 한 발만 남은 거야, 어쩌면 두 발일지도 모르지만, 하고 코치는 대꾸했다. 하지만 그게 무슨 큰 차이겠어, 천천히 가자고. 코치는 여름철에 다소 어울리지 않는 복장을 하고 있었다. 검은 슈트에 검은 로퍼를 신고, 검은 보잉 선글라스를 끼고 검은 공공칠가방을 들고 있었다. 넥타이에선 해바라기 몇 송이가 뙤약볕 아래 숨을 죽이고 있었다.

"오늘은 코치가 아닌 모양이네. 에이전트?"

대통령을 잡을 건가, 하고 에이전트가 약간 뜸을 들이더니 나직이 물었다. 효는 그 소리에 갑자기 기분이 좋아졌다. 서울시청 잔디 광장에 비둘기들이 날아올랐다 내려앉기를 반복하고 있었다. 미화원들의 형광 유니폼에 둘러진 반사띠에 아침 햇살이 부딪혀 반짝이고 있었다. 잔디들도 반짝였다.

"잡아야 한다면. 하지만 우리는 백이십 퍼센트짜리 증거를 원해."

효는 에이전트를 돌아보며 말했다.

'소리 좀 죽여. 아까부터 태양이 날 미행하고 있단 말이야.'

에이전트는 입을 나물고 주변을 살폈다. 이제 가봐야겠군, 자네도 가봐야 할 곳이 있지 않나, 하고 에이전트가 말했다. 효는 배가 고팠다. 그는 벤치에서 일어섰다.

이순신 동상에서 노숙자 쉼터가 있는 서울역까지 걷기에는 효의 몸무게가 만만찮았다. 버릴 수 없는 스포츠백은 그렇다 치고, 그의 몸에 붙은 지방 덩어리는 오십 킬로그램짜리 짐짝이나 마찬가지였다. 뒷목에, 겨드랑이에, 가슴에, 아랫배에, 엉덩이에 한 뭉텅이씩 매달려 그가 발을 내디딜 때마다 출렁거렸다. 뼈를 뽑아버리면 바로 무너질 잉여의 덩어리. 근육까지, 내장까지 잠식한 포식의 덩어리. 그리고 그 노리끼리한 백색지방은 그가 어제 허겁지겁 먹은 샤니 크림빵이기도 하고, 그제 마신 참이슬 두 병이기도, 새우깡 한 봉지이기도 하고, 엊그제 주워 먹은 쉰내 나는 파리바게뜨 식빵 한 봉지이기도 했다. 그의 몸에 주렁주렁 매달린 지방은 형편없는 인스턴트 식단의 결과였다. 그는 지난 세월 투사로 살며 아무거나 되는대로 집어삼키는 식사를 해왔다. 상한 우유를 마셔도 이제 그의 몸은 별다른 반응을 보이지 않았다. 곰팡이 핀 시루떡을 먹어도 그는 끄떡없었다. 그저 지방만 몇 그램 추가될 뿐이고 걸음을 떼기가 그만큼 더 버거워질 뿐이었다.

게다가 효는 세상의 모든 암울한 습기가 고여 만들어진 깊고 어두운 웅덩이까지 질질 끌고 다니고 있었다. 아직은 미지근한 정도이지만 곧 열기로 뜨거워질.

효는 쉼터 앞에 늘어선 줄의 맨 끝에 가 섰다. 줄은 지하철 계단 아래까지 길게 이어져 있었다. 오줌 지린내가 육개장 라면 수프 향에 섞여 흘러왔다. 고개를 숙이면 묵은 똥내가 물씬 풍겨왔다. 고개를 들면 앞사람의 떡이 된 머리에서 나는 군내가 코를 찔러왔다. 그는 악취의 구름 속에서 고개를 숙였다 들었다, 코를 쥐었다 놓았다 했다. 그러는 사이 줄은 대여섯 자리가 줄어들었고 악취도 참을 만해졌다. 그는 검정 에나멜 스포츠백을 들어 가슴에 끌어안았다. 이제 노숙자들의 임금이 올 차례였다.

"임금을 목매달라는 소리가 들리지 않나?"

임금이 효의 뒷자리를 치고 들어오며 속삭였다. 밀려난 뒷줄에서 씨불이는 소리가 났다.

"아직 때가 되지 않은 건가."

임금의 입에서 살 썩는 냄새가 났다. 임금에겐 아랫니 네 개밖에 남아 있지 않았다. 잇몸엔 허연 반점들이 피었고 이 없는 잇집들은 썩어 무너져가고 있었다.

"닭의 모가지를 비틀어도 새벽은 오는 법이야. 새벽은 하루도 오지 않은 날이 없지."

썩은 치조골에서 흘러나온 독이 턱의 혈관을 타고 올라가 임금의 뇌를 망가뜨리고 있었다. 임금은 효가 노숙자 쉼터에 출입하기 전부터 이곳의 임금이었다. 노숙자들의 왕, 굶주린 자들의 왕, 미치광이들의 왕. 임금은 가슴속에서 담뱃진 같은 덩이진 타액을 끌어올려 효의 발밑에 찍 뱉었다.

"당나귀 귀는 임금님 귀. 네 더러운 당나귀 피로 임금이 될 수 있을까?"

하지만 효는 못 될 것도 없다고 생각했다. 못 될 것도 없지.

"영감, 왜 나한테 그래? 난 영감이 좋아. 그 못난이 합죽이 입술이 난 좋다고."

효는 어깨로 임금을 밀쳤다. 임금은 비틀거리더니 줄에서 다섯 발짝이나 튕겨 나갔다. 임금에게는 이미 무게라고 할 만한 게 없었다. 임금은 너무 가벼워서 목을 매달 수도 없을 것만 같았다. 임금은 샐쭉한 얼굴로 침을 뱉더니 줄의 맨 끝으로 돌아갔다.

효는 에이전트를 다시 불러냈다. 육개장에 밥을 말며 과거를 추억했다. 그는 에이전트의 힘을 좀 빌렸으면 했다. 왜, 자네 조직이 왕년에는 임금도 꽤 쫓아내고 그랬잖아? 과테말라의 아르벤츠 정권 말인가? 그래, 그런 거. 쿠바 카스트로 암살

작전도 있었지. 아, 그 턱수염? 베트남에선 불사조 작전도 했
었는데.

'거지들의 왕이 되려고? 예전 생활이 그립지는 않아?'

"예전 생활?"

'따뜻한 밥과 뜨뜻한 방구들, 마누라와 새끼들.'

효는 그 말에 눈물을 흘렸다. 육개장에 뚝뚝 쥐색 눈물이 떨
어졌다.

"하지만 우선 임금부터 되고. 저놈을 죽이자."

효가 말했다.

수는 남자들이 있는 광경을 떠올렸다. 남자들이 자기 허벅
지에 머리를 얹고 짧고 굵은 속눈썹을 게으르게 깜박이며 잠드
는 광경을. 허벅지에 이 남자 저 남자의 머리를 얹어보았다. 어
떤 남자의 머리는 무릎 가까이, 어떤 남자의 머리는 허벅지에
파묻고, 또 어떤 남자는 무슨 린스를 쓰나 고개를 숙여 냄새를
맡아보기도 했다. 바 카운터에서 얹어보기도 했고 동쪽 창가에
서, 남쪽 창가에서, 화장실 변기에서 얹어보기도 했다. 물론 남
자들의 머리는 그녀의 물렁살뿐인 허벅지엔 너무 무겁고 컸고
성가셨고 정말로 좋은 냄새가 나지 않았다. 그녀는 한참을 그
러다가, 그만 울적한 기분에 사로잡혔다. 어떤 남자의 머리도
그녀가 좋아할 무게와 크기와 냄새를 갖고 있지 않았다. 그녀

에게 그것들은 아무 의미도 아니었다.

수는 바 카운터에서 몸을 일으켜 창밖을 내다보았다. 태양은 또 길 건너편에 우두커니 서서 그녀가 있는 카페 안을 들여다보고 있었다. 햇살이 카페 안에 가득했다. 어찌나 강렬한지 카페 내부가 그늘 한 섬 없이 명료하고 명징한 알몸이 된 듯했다. 아니, 그늘까지 시퍼렇게 빛을 뿜으며 발가벗은 듯했다.

이제 차 수입 업체의 배달 차량이 올 시간이었다. 카페를 낼 때 중국과 남미, 인도의 차를 어떻게 일일이 현지를 다니며 선별하고 계약을 맺고 수입해 오느냐가 수의 고민이었다. 중국? 거긴 한자투성이잖아. 인도? 푹푹 찌는 더위와 위생 불량으로 또 설사병이라도 걸리면? 멕시코? 아, 엄마! 가본 지도 한참 됐고 가서도 한 도시, 한 지역에만 머물러 있다 오곤 했다. 그녀는 늘 놀란 가슴을 쓸어내리며 숙소에 앉아 책만 읽곤 했다.

그러다가 수의 아날로그 카페 같은 업소들을 대상으로 하는 차 수입 업체가 있다는 사실을 알아냈다. 그녀가 연락하자 바인더와 노트북을 옆에 낀 남자가 흰색 뉴프라이드를 타고 나타나 그녀를 안심시켰다. 그는 생산 현장 영상과 현지 생산자들의 인터뷰를 담은 디브이디도 갖고 왔다. 그는 백칠십오 센티미터 정도 되는 키에 넓은 가슴과 어깨를 달고 있었다. 긴 다리에 슈트의 바짓가랑이 부분이 툭 불거져 있었고, 자신이 영화광이라고 했다.

수는 남자에게 자신도 영화광이라고 소개했다. 집에 천 개쯤 되는 디브이디가 있었는데, 불법 다운로드 세상으로 바뀐 지도 오래니 이제 다 정리하고 외장 하드에 새로이 영화 파일을 모으고 있다고 했다. 학창 시절엔 영화제마다 쫓아다녀 별명이 필름 괴물이었다고 했다. 그는 자기도 영화과를 나오고 어학연수까지 갔다 왔지만 먹고사느라 수입 차 업체에서 영업을 뛰고 있다고 했다.

수는 그 남자의 머리도 허벅지에 올려놓고 귀밑머리를 만지작거렸다. 큰 키에 큰 머리에 무엇 하나 마음에 드는 구석이 없었지만 그녀는 매번 그의 머리를 자기 허벅지에 얹었다. 처음에는 홍대와 신촌의 공원에서, 다음엔 모텔에서.

수의 허벅지는, 중국 백차며 인도 다즐링차를 팔러 다녔던 남자의 머리 무게를 아직도 기억하고 있었다. 그는 카페 개업식 날에 오지 못했다. 자신이 판 차를 그녀가 어떻게 끓여냈는지 결코 맛보지 못했다.

수는 바 카운터에서 일어나 잠시 머리를 매만지곤 문을 열고 나가 섰다. 코너를 돌아 흰색 뉴프라이드가 도착했다. 앞문에는 수입 차 회사 엠블럼이 찍혀 있었다. 김이 나는 황금빛 작은 찻잔, 홍차처럼 붉은색의 'Tillerman's Tea'라는 회사 로고. 삼년 전 첫 거래를 틀 때만 해도 차는 리스 차량이었고 로고도 없었다. 무엇이 문제인지 전화를 걸어도 "안녕하세요. 원하시는 내선번호를 눌러주세요" 하고 회사 이름이 생략된, 녹음된 안내가 흘러나왔다.

이젠 어디에나 회사 이름이 찍혀 있다. 수는 문설주에 기대서 팔짱을 끼고 웃었다. 영업부 직원은 차 뒷좌석에서 차가 담긴 누런 포장 박스를 꺼내, 거래명세서를 얹어 볼펜과 함께 그녀 앞에 내밀었다. 여름은 끝났지만 남자의 이마는 땀으로 번들거렸다. 이 남자는 그녀의 카페를 맡은 세번째 영업부 직원이었다. 키도 몸무게도 그녀보다 작았지만 이번에도 머리는 컸다. 그는 한때 자기 꿈이 프로게이머였다고 했다. 지역 예선의 결승까지 갔지만 어쩌다 졌고, 그 뒤로 군대에 갔다 와보니 게임의 주류도 바뀌었고, 이젠 다들 모바일 게임을 해 꿈을 접을 수밖에 없었다고 했다.

수는 자기가 바로 그 모바일 게임의 마니아라고 했다. 그 얘기를 하면서 사내새끼들은 어째서 못 이룬 꿈 이야기를 한둘씩은 꼭 갖고 있는 거야,라고 속으로 중얼거렸다. 그녀는 휴대폰을 열어 자기가 기록을 갖고 있는 게임 몇 종을 보여주었다. 그러자 남자도 신이 나서 자신이 넓혀온 게임 왕국의 무용담들을 들려주었다. 이제 만약 내기만 한다면 그녀는, 그에게 자기가 중학교 때부터 게임 괴물이었음을 고백하고 허벅지에 그의 머리를 얹게 될 것이었다.

"땀 봐. 들어와서 차라도 한잔하죠."

남자는 박스를 내민 자세로 어정쩡히 서 있다 결국 수 앞으로 한 걸음을 내디뎠다.

수는 박스를 뜯어 내용물을 확인했다. 주문한 차가 종별로 이백 그램짜리 지퍼백에 담겨 은빛 비늘처럼 정리되어 있었다. 그녀는 거래명세서는 보는 척만 하고는, 스페인어 이름이 붙은 남미 민트 차 캐디를 꺼내 지퍼백을 뜯었다.

수는 양평 작업실까지 가서 구해 온, 도자 장인의 백자 머그컵 두 개를 꺼냈다. 하나에는 남자가 좋아하는 네슬레의 쿨 커피믹스를, 하나에는 방금 뜯은 지퍼백에서 꺼낸 찻잎을 티 필터에 담아 넣었다.

남자는 테이블에 꽂아둔 냅킨으로 이마의 땀을 찍어내며, 수에게 회사에서 준비하고 있는 새로운 차 종류에 대해 설명했다. 천구백칠팔십 년대 제약회사에서 새로운 천연 약 성분을 찾아 남미와 아프리카 대륙의 오지를 뒤졌듯이, 자기네 회사에서도 새로운 차 맛을 찾아 남미와 아시아의 오지를 뒤지고 있다고 했다.

남자가 이십 분이나 라오스와 스리랑카의 차 문화에 대해 주워섬기고 있는 동안 수는 쏟아지는 눈꺼풀과 몽롱한 환각의 한가운데서 안간힘을 다하고 있었다. 눈에 힘을 주고 그에게 시선을 고정시켰지만 그녀에게 보이는 것은 그가 아니었다. 손은 가지런히 테이블 위에 놓여 있었지만, 그녀는 분홍 곰팡이가 핀 팬케이크 덩어리를 움켜쥐고 있었다. 그녀는 있지도 않은 팬케이크에 버터 조각을 올려놓고, 나지도 않는 달콤한 냄새를 즐기며 녹기를 기다렸다가, 실제로는 한 번도 본 적이 없는 단풍 당밀을 듬뿍 뿌렸다. 그러고는 두 손으로 주물럭거리다가, 벌리지도 않은 입으로 한입 가득 베어 먹었다. 그러는 통에 물러진 딸기 빛깔의 곰팡이에서 포자가 날렸고, 그녀의 코에 들어가 재채기를 하게 했다.

수가 재채기를 하자 남자도 재채기를 했다.

수는 남자의 코끝에 붙어 콧김에 흔들리는 초록색 코딱지를 반쯤 감긴 눈으로 노려보았다. 남자는 몇 군데 더 들러야 한다며 자리에서 일어났다. 그녀의 어떤 모습인가가 그를 겁먹게 했다. 이제까지는 전혀 볼 수 없던 어떤 모습, 그런 모습이 존재할 거라곤 상상조차 못했던 어떤 모습이.

남자가 가고 나서 수는 차를 마시던 테이블에 쓰러지듯 엎드려 그대로 한 시간 정도 잠을 잤다. 그사이에 손님이 몇인가 왔을 수도 있지만 그녀는 개의치 않았다. 어차피 차를 팔아서 이익을 남긴다는 희망은 버린 지 오래였다.

수가 일어난 건 네 시가 가까워서였다. 태양은 아직도 길 건너편에 서 있었다. 카페는 아직도 햇살로 빛나고 있었다. 그녀는 입가의 침을 닦고 휴대폰을 열어 미국 현지 차 구매 담당자에게 메시지를 보냈다. 스페인어 이름의 남미 차 종류이지만 정작 재배는 미국에서 하고 있었다.

차 맛이 좋네.

수는 멕시코 접경 도시에서 슈퍼마켓을 하며 부업으로 차 구매 관리를 하는 현지 담당자에게 더 좋은 맛은 없겠느냐고 물었다.

더 좋은 맛? 어떤 맛?

맛보다 죽을 수도 있는 맛.

현지 담당자는 한참이나 침묵을 지켰다.

별걸 다 찾네.

있어?

멕시칸들이 쓰던 약초들이 있긴 하지.

수는 최근 들어 이런 식으로 삶의 괴로움을 좀 덜 수 있었다. 현지 담당자가 스페셜 티라며 현지에서 환각제로 쓰이는 약초들을 찻잎에 섞어 보냈다. 천연 약초에 종류도 다양하고 아주 소량인 데다, 향이 강한 남미 허브 찻잎에 섞어 보내 세관에 걸릴 염려는 거의 없었다. 그 대신 그걸 파는 것도 불가능했다. 허브 찻잎에서 그 가루를 도로 분리해낼 수도 없거니와, 양도 딱 그녀 혼자 즐길 수 있을 만큼만 보내기 때문이었다.

내가 아는 카페 주인들 중에 몇 명이나 더 그런 스페셜 티를 받아 즐길까? 수는 이따금 궁금했지만 그런 말은 입에 담지도 않았다. 그녀도 세상에서 두려운 것이 있었다.

수는 다시 휴대폰을 열고 메시지를 찍어 보냈다.

동물원 수사자도 죽일 수 있을 만큼 센 걸로 보내줘.

블러디 메리

모비의 아버지는 돌잔치에 모인 손님들 앞에서 모비를 번쩍 들어 올렸다. 입이 귀밑까지 찢어졌다. 플래시가 터지면서 카메라 셔터 돌아가는 소리가 들렸다. 그는 실내가 이렇게 밝은데 어째서 플래시가 터지는 거야, 하는 당황한 얼굴로 아내를 쳐다보았다. 아내는 그저 즐겁기만 한 표정이었다. 두어 번 더 플래시가 터지고 박수 소리와 나지막한 환호성이 어지러이 오고 간 다음, 그의 왼쪽 귀 언저리에서 째지는 듯한 울음소리가 들리기 시작했다. 그는 반사적으로 두 팔을 쭉 뻗고 고개를 모비의 반대 방향으로 젖혔다.

모비를 달래느라 예정된 돌잔치 시간의 대부분을 잡아먹었다. 아내와 여동생은 드레스룸으로 모비를 데려가 문을 닫았다. 그래도 모비 아버지의 머릿속에선 아들의 가냘픈 앵앵 소리가 잦아들지 않았다. 그는 성가시고 신경질이 난 표정으로 플래시를 꺼달라고 손님들에게 부탁하면서도 드레스룸의 하얀 문에서 눈을 떼지 못했다. 한참 달래고 난 다음 돌상 앞으로 다시 데려와 앉혀놓으면 모비는 또 울음을 터뜨렸다. 그러기를 서너 번쯤 반복하고 다시 한 번 드레스룸으로 데려갔을 때 그는 마이크에 대고 이렇게 말했다.

"한 살 더 먹는 게 맘에 들지 않나 봅니다. 언제쯤 철이 들까요."

그래도 돌잡이 사진은 찍을 수 있었다. 모비는 눈물로 범벅이 된 얼굴로 돌상 앞에 앉아 딸꾹질을 해댔다. 모비의 아버지는 자신이 올려놓은 물건을 곧바로 잡을 수 있도록 모비를 앉혔다. 오른손이 닿는 자리에는 만년필과 책을, 왼손이 닿는 자리에는 청진기와 칫솔을 놓아두었다. 만년필은 특히 반짝이는 것으로 가져왔다. 그다음이 쌀과 실타래였다. 지폐 몇 장과 골프공도 있었다. 아내가 올려놓은 십자가 목걸이와 사대복음서 미니북은 맨 바깥 자리로 밀어놓았다. 그가 사대복음서가 뭐냐고 물었을 때 아내는 예수님의 탄생과 사망까지를 다룬 신약성경 네 권이라고 했다. 그즈음 그는 아내의 신앙생활에 일절 간섭을 않고 있었다. 그는 아내가 하나님만큼이나 모비와 자신을 사랑하고 마음속 깊은 곳에서 챙겨주고 있다는 사실을 의심하지 않았다. 아들은 아직도 딸꾹질을 하고 있었다.

모비의 아버지는 모비가 등을 굽히고 깊숙이 팔을 뻗어 사대복음서 미니북을 집었을 때 불현듯, 등 뒤에서 아내가 눈짓으로 아들에게 신호를 보내지 않았을까 하는 생각이 들었다. 엄마와 아들 사이에 그 정도 교감은 있을 수 있다는 사실을 그는 알고 있었다. 모비는 왼손 손가락 사이로 십자가 목걸이를 늘어뜨리고는 두 손으로 사대복음서를 꼭 쥐고 있었다. 그의 남동생은 신난 듯이 카메라 셔터를 눌러댔다. 손님 테이블에서 이런, 이런 하는 소리가 들려왔다. 누군가 아멘, 하고 장난스러운 투로 외치자 웃음이 터졌다.

아멘 소리에 모비의 아버지는 얼굴이 붉어졌다. 속이 뒤틀렸다. 그때 누군가 다시 카메라 플래시를 터뜨렸고 놀란 모비는 또 울기 시작했다. 그러자 아내와 여동생이 달려와 아들을 안곤 드레스룸으로 들어가 문을 닫았다. 그는 말없이 얼굴만 붉으락푸르락하고 있었다. 하지만 누구를 향해 얼굴을 붉혀야 할지 알 수가 없었다. 젠장 맞을 아멘 소리를 해서 부아를 돋운 년이며, 아들이 놀랄 줄 알면서도 플래시를 터뜨린 놈이며, 묻지도 않고 돌상에 성경책을 놓아둔 아내며, 그걸 집은 아들이며, 그 순간만큼은 모두가 그를 노엽게 했다. 하지만 그가 언제 쉽게 낯빛을 붉히던 사람이던가. 멱살 한번 잡아본 적이 없는 그였다. 그래서 그는 사회를 보던 남동생만 남겨두고 불평 한마디 없이 가족석의 어머니 곁으로 돌아가 앉았다.

"애가 통 웃지를 않는구나."

어머니는 상기된 모비 아버지의 두 뺨을 걱정스레 바라보며 말했다.

"갓난애라 낯을 가리는 거예요. 집에 있을 땐 곧잘 웃어요."

하지만 거짓말이었다. 모비는 집에서도 웃지 않았다.

모비의 아버지는 결혼과 함께 직장 근처에 신혼집을 마련해 분가했다. 그가 분가하지 않으면 두 동생 중 하나가 나가야 하는데 어머니가 그건 원하지 않았다. 아내는 심방예배를 드릴 수 있게 되었다고 좋아했다. 분가한 후로 주로 장모가 집에 와 아내의 집안일을 거들어주었다. 그래서 어머니는 집에서 손자인 모비가 어떻게 하고 있는지 잘 알지 못했다.

"성경책을 집었으니 이제 교회 목사님이 되려나?"

어머니가 이내 밝아진 목소리로 말했다. 어머니는 그와 마찬가지로 종교가 없었다. 다만 동네 친구들과 이따금 등산 겸해서 절에는 놀러 가곤 했다. 모비의 아버지는 그 농담에 다시 부아가 치밀었다.

"아니면 예수처럼 살려는 건지도 모르죠. 아예 예수가 되든가."

모비 아버지의 사나운 말투에 어머니는 놀라 입을 다물었다. 모비가 성경책을 집은 건 반짝이는 파란색 인조 가죽 표지 때문일 수도 있었다. 생각이 거기까지 미치자 화가 좀 누그러졌다. 그때 누군가 다가와 임대한 시간이 다 되었다고 알렸다. 그는 알았다고, 돌잡이 사진은 찍었으니 그나마 다행이라고 중얼거렸다.

모비는 세 살이 되어서도 웃지 않았다. 그렇다고 돌잔치 때처럼 울기만 하는 것도 아니었다. 사실 우는 것도 잘 하지 않았다. 교회에 나간 아내를 대신해 휴일 내내 아들을 보곤 했는데 한 번도 울지 않은 날도 있었다. 그래서 그는 아들이 배가 고픈지 안 고픈지 알 수 없었고, 정해진 밥때를 건너뛰기도 했다.

모비의 아버지는 그런 모비를 점점 심각하게 여겼다. 아들이 웃지 않는다는 것을 처음 알았을 때는 그저 그러면 귀엽지가 않잖아, 애는 귀여워야 하는데, 하고 대수롭지 않게 넘겼다. 갓난애니 그럴 수도 있겠다고 생각했다. 아내도 당신 출근하고 나면 가끔 웃는다고, 잘못된 게 아니라며 안심이 되는 말을 했다. 그래서, 웃지 않는 것은 대충 넘어갈 수 있었다. 하지만 울지도 않는 것은 가볍게 여길 수가 없었다. 어디 아프기라도 하면 어떡하지, 하고 그는 생각했다. 배가 고파도 아파도 아들이 칭얼거리지 않는다면 엄마 아빠가 어떻게 알지, 몰라서 병원 갈 시기를 놓치면 어떡하지.

하지만 세 살이 지나 네 살이 되도록, 병원 갈 때를 놓쳐 모비에게 심각한 문제가 생긴 적은 없었다. 정말 배가 고프거나 아프면 본능적으로 칭얼거리고 울게 되는 모양이었다. 그리고 아픈 기색이 있으면 아들이 보채기 전에 아내가 먼저 알아차렸다.

네 살이 되자 다른 문제가 모비 아버지의 낯빛에 그늘을 드리웠다. 그는 궁지에 몰린 기분이었다. 모비는 네 살이 되었는데도 아빠, 엄마, 할머니, 이 세 단어밖에는 말할 줄 몰랐다. 할머니는 친할머니와 외할머니 모두를 일컫는 것인데, 아들이 실제로 그 둘을 구별하고 있는지 의심스러웠다. 이모, 고모, 삼촌의 구별도 없었다. 남자가 오면 아빠라고 불렀고 여자가 오면 엄마라고 불렀다. 심방예배를 드리러 온 교회 권사도 아빠였다. 그가 다정하게 안아줄 때면 그를 엄마라고 부르기도 했다. 아내가 큰 소리로 혼을 낼 때면 아내를 아빠라고 부르기도 했다. 그가 보기에 목소리가 크고 덩치가 좀 있으면 아빠고 목소리가 작고 몸매가 가냘프면 엄마인 것 같았다. 하지만 엄마 아빠를 헛갈리는 경우는 많지 않았다. 대체로 그는 아빠였고 아내는 엄마였다. 그렇지만 그 얼마 되지 않는 경우가 그의 마음을 그늘지게 만들었다. 차라리 혀짧배기가 더 낫겠다는 생각까지 했다. 청력에도 좀 문제가 있는 듯했다. 불러도 돌아보지 않는 경우가 열에 두어 번은 되었다. 돌아보았더라도 그저 힐끔 쳐다보기만 하곤 곧 시선을 거두어 하던 일로 돌아갔다. 대부분의 경우에, 좀 떨어진 자리에서 부르면 모비의 주의를 일 초 이상 끌지 못했다. 모비의 주의를 끌려면 바로 코앞에 얼굴을 디밀고 눈을 맞춰야 했다. 하지만 언제까지나 모든 경우에 그렇게 해줄 수는 없는 노릇이었다. 위급한 경우에는 멀리서도 모비를 불러 경고를 해주어야 한다. 스스로 위험을 피하도록 해주어야 한다. 그는 어떻게 그것을 가르쳐야 할지 알 수가 없었다.

모비가 반응다운 반응을 보이는 것은 음악이었다. 음악을 틀어놓으면 아들은 눈에 띄게 불안해했다. 그 작은 얼굴을 잔뜩 구기고 참기 어렵다는 듯이 엄마나 아빠의 얼굴을 번갈아 뚫어져라 바라보곤 했다. 가요든 팝송이든 클래식이든 무엇이든 싫은 티를 냈다. 라디오건 레코드건 텔레비전이건 가리지 않았다. 끄지 않고 내버려두면 제 힘으로 쓰러뜨리거나 집어던지는 식으로 문제를 해결했다. 그래서 아내는 결혼하면서 마련한 인켈 오디오 세트를 안방으로 옮겨 아들이 자고 있을 때나 틀곤 했다.

모비는 여전히 웃지 않았다. 수술실 밖에서 의사 품에 안겨 있는 것을 처음 본 후로 네번째 생일을 맞을 때까지 그는 한 번도 아들이 웃는 것을 본 적이 없었다. 음악도 싫어하고 웃지도 않는 아들이라니.

모비의 부모는 둘째 갖는 것을 미루고 있었다. 병원 의사는 모비가 그저 말을 늦게 배우는 것일 뿐이라고 했다. 그 외에 다른 부정적인 의학적 소견은 없었다. 청력이나 혀의 구조에도 이상이 없었다. 의사는 좀더 지켜보자고 했다. 이게 몸이 아니라 마음의 문제라면 좀더 기다려봐야 한다고 했다. 조금 더. 다른 병원의 의사들도 마찬가지 소견을 냈다. 그래서 모비의 아버지는 시름이 가득한 아내에게 조금만 더 기다려보자고 했다. 그러면서 모비에게 무언가 문제가 있다면, 우리는 둘째를 가져서는 안 된다고 못을 박았다. 틀림없이 모비에게 소홀하게 될 것이라고 했다. 그 말을 했을 때 아내는, 자신이 그와 아들에게 무슨 큰 잘못이라도 한 양 그저 울기만 했다.

모비가 두 살을 넘긴 다음부터 아내는 일요일마다 교회를 나가고 있었다. 신혼집에서 도보로 십 분 거리에 있는 동네 교회였다. 그 시간에는 모비의 아버지가 모비를 보았다. 세 살부터는 심방예배를 허용했다. 그게 아내를 활기차게 만드는 데 도움이 된다고 생각했다. 네 살 생일이 지나자 아내는 모비를 교회에 데리고 나가고 싶어 했다. 모비가 걸음을 뗀 시기는 평균치보다 반년 정도 늦긴 했지만 이제는 뛰어서 거실을 가로지를 정도가 되었다. 엄마를 따라 교회에 나가는 일 정도는 어렵지 않아 보였다.

"애가 웃지도 않고 잘 울지도 않는데 어떡하려고?"

"그게 무슨 상관이에요?"

하지만 모비의 아버지는 사람들이 자신의 아들을 두고 수군거릴 것이 영 꺼림칙했다.

"찬송도 못 부르잖아. 주기도문도 못 외우고."

"저 나이에 그런 거 할 줄 아는 아이는 없어요."

"하지만 찬송가도 음악인데, 듣기도 싫어할걸."

"그건 가봐야 알죠."

모비 아버지는 언젠가 한번 집 거실에서 보았던 교회 목사의 인상이 어땠는지 떠올리려고 잠시 말을 멈췄다. 그보다 열 살 정도 많아 보이는 초로의 사내였다는 것 외엔 기억나는 게 없었다.

"난 당신을 믿어."

"무슨 소리예요?"

"퇴근하고 다시 얘기해."

그날 저녁, 모비의 부모는 많은 이야기를 나누었다. 결론은 모비에게 사람들과 더 많은 접촉을 할 수 있게 해주자는 것이었다. 사람들과 접촉이 많아지면 무언가 변화를 보일지도 모른다는 생각이었다. 현재 상태로는 어린이집에도 보낼 수가 없었다. 보호자 없이는 집 밖에도 데리고 나갈 수 없었다. 어쩌면 유치원에도, 초등학교에도 보낼 수 없게 될지 몰랐다.

일요일 아침이 되어 아내가 모비를 씻기고 새 옷을 입혀 외출 준비를 마친 다음 현관문을 열고 나섰을 때, 모비의 아버지는 아내의 손을 잡고는 부드러운 목소리로 말했다.

"난 우리 아들이 교회를 믿는 게 싫어."

아내는 어쩔 줄 모르는 표정이었다.

"벌써 다 얘기한 거잖아요, 교회 보내기로."

"진심이야. 난 우리 아들이 예수를 믿도록 놔두지 않을 거야."

아내는 금세 평온한 표정을 되찾았다.

"하지만 스스로 선택할 수는 있어야지요. 그렇지 않아요?"

"그건 그래. 그건 자유지."

모비의 아버지는 더 말을 잇지 못하고 입을 다물었다.

하지만 교회에 데려간 일은 결국 역효과만 낳았다. 평소에 마트도 잘 데려가지 않던 아이였다. 그러니 이백 명이나 되는 사람들 앞에서 자신이 포위된 듯한 위협적인 기분에 사로잡힌 다 하더라도 이상하지 않았다. 모비의 얼굴은 하얗게 질렸다. 찬송가를 부르는 시간엔 사지를 비틀고 끙끙 소리를 냈다. 예배가 끝난 후에 귀엽다며 수십 명이 얼굴을 들여다보고 간 다음, 전도사가 와서 머리를 쓰다듬으려 손을 내밀었을 때 모비는 전도사의 손을 깨물어버렸다. 성난 얼굴로 고개를 뻣뻣이 쳐들고 전도사를 향해 눈을 부라렸다. 모비의 어머니는 이제 겨우 네 살 난 어린아이가 어떻게 그런 험악한 표정을 지을 수 있는지 놀라고 곤혹스러웠다. 그녀가 팔을 잡아끌자 이번엔 그녀 쪽으로 고개를 돌리고 그녀를 향해 눈을 부라렸다. 마치 말 못하는 입 대신 표정으로 욕지거리를 내뱉는 듯했다. 온 얼굴로 그를 둘러싼 성가신 인간들에게 꺼지라고 소리 지르고 있는 듯했다.

모비의 어머니는 당황해 어쩔 줄 몰라 하다가 아들의 손을 끌고 밖으로 나왔다. 이제 교인들이 묻기 시작할 것이다. 손을 물린 전도사도, 여신도 회장도, 목사도, 목사 사모님도 묻기 시작할 것이다. 아들이 왜 말을 못 하느냐, 왜 웃지를 않느냐, 눈 부라리는 건 누구한테서 배웠느냐, 어린아이가 어떻게 저런 무서운 표정을 지을 수 있느냐, 그런데 왜 아무한테나 엄마라고 그러고 아빠라고 그러냐.

모비의 어머니는 아무 답변도 못 할 것이다. 말을 못 하는 것도 웃지 않는 것도, 그날 그 일이 있기 전에는 단 한 번도 사람들의 이목을 끄는 일이라 생각해보지 않았다. 한 번도 남의 눈으로 아들을 바라본 적이 없었다. 그러니 그런 것들이 사람들 사이에서 화제가 될 수도 있겠다는 생각은 할 수 없었다. 대꾸할 말도 있을 리 없었다. 이제 사람들은 그녀가 답변을 마련할 시간도 주지 않고 제멋대로들 수군거리기 시작할 것이다.

교회 앞 작은 마당에 서서 모비 어머니는 망설였다. 교회로 돌아가 손을 물어뜯긴 전도사에게 사과를 할 것인지, 아니면 그냥 이대로 집으로 돌아갈 것인지. 그러는 동안에도 모비는 어머니의 손에 팔을 잡힌 채로 교회 현관을 나서는 사람들을 향해 눈을 부라리고 있었다. 도무지 네 살 난 아이로 보이지 않았다. 그녀는 정신을 추스르고 집을 향해 종종걸음을 치기 시작했다.

그날 모비의 어머니는 모비를 끌어안고 방으로 들어가 처음으로, 훗날 모비의 아버지가 정신 나간 짓거리라고 부를 행동을 시작했다. 그날이 처음이었다. 그녀는 이태 전에 아들이 말을 하고 글을 읽게 되면 주려고 사두었던 만화 성경책의 포장을 뜯었다. 여덟 권짜리로, 성경의 은혜로운 구절들을 삽화와 함께 이해하기 쉽게 설명해놓은 만화책이었다. 그녀는 모비의 아버지가 거실에서 부르건 말건 아들을 끌어안고 첫 권 창세기부터 읽기 시작했다. 모비는 점심시간이 지나고 세 시가 다 되어 배 속에서 꼬르륵 소리가 나는데도 어머니 품에 처음 안겼던 그 자세 그대로 옴짝달싹하지 않았다. 그저 약간 엉덩이를 들거나 팔의 위치를 조금 바꾸기만 했다. 배가 고프다는 말을 할 줄 몰랐으므로, 평소엔 어머니가 끼니때를 놓치면 주방으로 가 수저통을 엎거나 식탁 의자를 쓰러뜨리곤 했다. 누군가 달려올 때까지 소리를 지르거나 발을 구르거나 식탁을 두드렸다. 하지만 오늘은 그저 어머니 품에 가만히, 꼭 안겨 있기만 했다.

모비의 어머니는 그제야 모비가 힘껏 껴안아주는 것을 좋아한다는 사실을 깨달았다. 갓난아이일 때는 너무 힘주어 안지 말라는 의사의 주의에 충실히 따랐다. 그리고 걸음마를 시작하고도 아들이 말도 못 하고 웃지도 않는다는 사실을 깨달은 다음에는, 어쩐지 안기만 하면 팔에서 힘이 빠져나갔다. 그래서 그녀는 아들이 지그시 압박하듯 안아주는 방식을 좋아한다는 것을 알지 못했다.

모비의 어머니는 이 세상이 어떻게 해서 생겨났는지에 대해 모비에게 읽어주었다. 모비가 얼마나 알아듣는지는 알 수 없었다. 하지만 그녀는 아들이, 세상이 어디서 비롯됐고 우리가 어떻게 생겨났는지 알아야만 한다고, 알아야만 할 때가 되었다고 믿었다. 그녀는 세상을 낳은 첫번째 말씀에 대해 읽어주었다. 하나님의 첫번째 휴식에 대해, 첫번째 남자와 여자에 대해, 첫 번째 추방과 대지를 처음 피로 물들인 첫번째 살인에 대해, 그리고 세상에 닥친 첫번째 재앙에 대해 읽어주었다. 세상의 모든 첫번째 사건들이 자기 눈 아래에서 지나가는 동안 아들은 잠자코 듣고만 있었다. 이야기에 흥미가 있어서 그런 건지 아니면 그저 안겨 있는 것이 좋아서 그런 건지는 알 수 없었다. 그녀는 세 시가 지나고 네 시가 되고, 아브라함이 아들 이삭을 하나님께 바치기 위해 제단에 눕히고 칼을 높이 치켜드는 삽화가 끝날 때까지도 아들을 놓아주지 않았다. 읽던 책을 내려놓지 않았다.

모비의 어머니는 네 시를 넘겨 모비를 데리고 거실로 나왔다. 남편이 상기된 얼굴로 자신을 쳐다보는 것이 느껴졌다. 그녀는 곧장 주방으로 가 저녁 식사를 준비했다. 점심에 혼자 라면을 끓여 먹었는지 싱크대에 라면 국물이 남아 있는 양은냄비가 젓가락과 함께 놓여 있었다.

"뭐 읽어준 거야? 무슨 소리가 나던데."

저녁을 먹으며 모비의 아버지는 아내의 목소리가 약간 거칠어져 있는 것을 느꼈다. 아내는 거의 네 시간 가까이 책을 소리 내 읽었다.

"하나님 말씀이요."

"성경책이라고 하면 되지, 무슨 하나님 말씀."

모비의 아버지는 그렇게 혼잣말이나 다름없이 중얼거리다 아내의 눈빛을 보곤 흠칫 놀랐다. 아내는 두 손을 식탁에 가만히 올려놓고는, 입을 꾹 다물고 자신을 향해 눈을 홉뜨고 있었다. 결혼한 후로 그가 한 번도 보지 못한 아내의 모습이었다. 늘 잘못이라도 한 사람인 양 시선을 내리고 대꾸도 잘 않던 아내였다. 결혼 전 임신 사실을 알리고 난 다음부터 그를 향해 눈 한번 치켜뜬 적이 없었다.

모비의 아버지는 서둘러 밥그릇을 비우고는 자리에서 일어나 거실 소파로 돌아갔다. 의자에서 일어설 때까지도 아내는 숟가락을 놓은 채 그를 노려보고 있었다. 모비는 평소처럼 밥 먹는 데에만 몰두하고 있었다. 그가 거실로 가자 아내는 마저 식사를 했다. 아내가 가만가만 놀리는 숟가락 젓가락 소리가 그의 놀란 가슴에 와 부딪쳤다.

모비의 아버지는 아내가 식사를 마치고 다시 모비를 방으로 데리고 들어가 성경을 읽어주기 시작할 때도 참견을 할 수가 없었다. 무언가 좀더 좋은 생각이 떠오를 때까지 가만있는 게 현명할 듯도 했다. 뭐 어쨌든 어미가 새끼한테 책 읽어주는 게 잘못은 아니지 않는가, 하는 생각도 들었다. 다만 그 책이 무엇인가 하는 문제만은 마음에 걸렸다. 그래서 그는 몇 번이나 자리에서 일어나 아들의 방 앞에 가 서곤 했다. 아내의 높고 맑은 목소리가 음절 단위로 띄엄띄엄 흘러나왔다. 방문에 귀만 가져다 대면 무슨 내용인지 알아들을 수 있을 듯했다. 하지만 그는 망설였고 방문 앞에서 뒤돌아 거실로 돌아오기를 반복했다.

모비의 아버지가 마침내 방문을 노크하고 아내의 들어오란 소리에 문을 열고 방에 들어섰을 때, 아내는 갈대 상자에 넣어져 강에 버려진 어떤 갓난아이에 대한 이야기를 들려주고 있었다. 아들을 가슴에 꼭 껴안은 채로. 아내는 그림 하나하나를 손가락 끝으로 짚어가며 쓰인 것을 읽어주고 나름의 설명까지 자분자분 곁들이고 있었다. 아들은 여느 때와 마찬가지로 딱히 눈에 띄는 것이 없는 방 한 지점에 시선을 고정시키고 있었다.

"어디?"

모비의 아버지는 벽에 한쪽 어깨를 기대고 한참이나 아내의 이야기를 듣다가 겨우 입을 떼었다.

"예?"

"방금 어디라고 했잖아? 애 뭐?"

"아, 애굽요."

"그게 뭐야?"

"이집트요."

모비의 아버지가 더는 할 말을 찾아내지 못하자 모비의 어머니는 이야기를 이어나갔다. 열사의 나라를 연이어 덮친 재앙들에 대한 이야기였다. 강물이 피로 변하고 하늘에서 개구리 비

가 내리고 이와 파리가 들끓고 사막 도시에 우박이 내렸다. 그
가 일찍이 알지 못했던 어둡고 무서운 이미지들이 머릿속을 비
집고 들어왔다. 아내의 혀끝에서 재앙이 하나씩 더해갈 때마다
아들의 눈은 반짝반짝 빛을 냈다. 평소의 초점 없이 흐린 눈이
아니었다. 아니, 형광등 불빛이 반사되어 그리 보이는지도 몰
랐다.

이제 모비의 어머니는 아들에게, 사람이고 짐승이고 처음
난 자식은 다 죽는 재앙에 관한 이야기를 들려주고 있었다. 천
사의 거대한 날갯짓이 쓸고 간 집마다 사람과 짐승의 첫째는
다 죽는다, 나라의 모든 자식 가진 집에서 슬피 우는 소리가 난
다, 나라의 모든 어미가 머리를 풀어헤치고 곡을 한다.

"그러면 천사의 날개가 뻘겋게 물들었겠네."

모비의 아버지는 어미의 품으로 더 깊숙이 파고드는 아들을
보았다. 아내의 왼편 가슴 브래지어가 푹 꺼지는 것을 보았다.
아들의 뺨이 상기된 것을 보았다.

"무슨 얘기예요?"

"그렇잖아, 사람이고 동물이고 다 죽였다면 피가 안 묻겠
어? 피 한 방울 안 묻히고 어떻게 죽이겠어?"

"성경에 그런 말씀은 없어요. 성경에 없는 이야기는 일어나
지도 않은 일이에요."

모비의 아버지는 그때 아내와 자기 사이에 신앙이라는 심연

하나가 더 가로놓여 있음을 알았다. 심연, 그 스스로는 건널 수 없고 아내도 결코 건너오기를 허락지 않는. 이게 두번째고, 첫 번째 심연은 아들의 생부가 누구냐 하는 점이었다. 그는 슬픈 얼굴로 물었다.

"그런 끔찍한 얘기를 들으면 아이가 놀라지 않겠어?"

그러자 모비의 어머니는 모비와 모비의 아버지를 번갈아 쳐다보며 미소를 머금었다.

"하지만 봐요, 즐거워하는데요. 행복해하잖아요."

그러면서 모비의 어머니는 더욱 세게 아들을 끌어안았다.

모비의 아버지는 차츰 어떤 격렬한 감정에 휩싸였다. 그는 그걸 당신이 어떻게 알아, 하고 따지고 싶었다. 그걸 당신이 어찌 아냐고, 웃지도 않고 울지도 않고 말도 없는데! 하고 쏘아붙이고 싶었다. 하지만 아무 말도 할 수 없었다. 그는 잔기침을 뱉으며 방문을 열고 거실로 나가 소파에 드러누워 텔레비전을 켰다.

모비의 집에서 똑같은 일이 한 달째 반복되고 있었다. 모비가 전도사의 손을 깨문 이후로 모비의 어머니는 교회를 나가지 않았다. 심방예배도 거절했다. 전화가 오면 집안일로 바쁘다고만 했다. 그녀는 정말로 바빴다. 아침에 모비의 아버지를 출근시키고 오전 청소 오후 장 보는 시간 외 나머지 모든 시간을 아들을 끌어안고 있느라 바빴다. 남편이 없으면 거실 소파에서 끌어안고 있었고 남편이 퇴근하면 아들을 안고 방으로 들어갔다. 그리고 다시 밤 열 시까지, 아들의 눈이 절로 감길 때까지, 그녀는 아들을 끌어안고 매일같이 이야기를 들려주었다. 한 달 만에 그녀의 울대는 숫돌에 쇳덩이가 갈리는 것 같은 거칠고 흉한 소리를 냈다.

한 달 동안 이 세상은 모비 어머니의 혀끝에서 세 번 태어났다. 아담과 이브도 세 번 태어나 세 번 에덴에서 쫓겨났고 카인은 아벨을 세 번 돌로 쳐 죽였고 세상이 홍수에 세 번 멸망하는 동안 방주도 세 번 띄워졌다. 그리고 기나긴 세월이 세 번 반복되는 동안 다른 많은 사건들도 세 번씩 반복되었고, 그동안 예수도 세 번 태어났다.

모비의 어머니는 손가락 끝으로, 얼굴을 감싸고 고뇌하는 요셉을 짚었다. 짧고 검은 턱수염의 요셉은 무릎을 꿇고 등을 구부리고 수염을 쥐어뜯으며 괴로워하고 있었다. 그녀는 마치 모비가 묻기라도 한 양, 요셉 아저씨는 곧 태어날 그의 아들 때문에 괴로운 것이라고 했다. 그녀는 아들이 묻기라도 한 것처럼 나지막이 답했다.

"왜 괴롭냐 하면 어떻게 처녀가 아기를 가질 수 있는지 알 수가 없었던 거야."

모비의 어머니는 모비를 더욱 세게 끌어안았다.

"세상의 모든 처녀는 하나님의 소유란 것을 몰랐던 거야."

모비의 어머니는 요셉이 천사를 만나고는 아내를 받아들이고 아들을 사랑하기로 했다고 이야기했다. 천사가 아들의 이름을 예수라고 지으라 했다고 이야기했다. 그녀의 손가락은 페이지를 넘겨 이번엔 별들이 가득한 밤하늘을 짚었다. 등짐을 걸머진 세 명의 현명한 사람들이 별 중의 별을 따라 밤의 사막을 가로지르고 있었다.

"이건 나귀야, 이건 소고. 이건 또 목동이구나."

모비의 어머니는 좌우 두 페이지에 걸쳐 그려진 마구간 앞 풍경을, 사랑하는 아들의 머리를 쓰다듬듯이 손바닥으로 쓸어보였다. 마구간 삽화에는 많은 사람들이, 많은 동물들이, 많은 바람과 별들이, 많은 이야기들이 숨어 있다고 했다.

"이건 요셉이고 이건 동방박사 셋이구나. 이건 마리아고. 마리아, 성령으로 예수를 잉태한 예수의 어머니지."

그 얘기를 할 때 모비 어머니의 울대는 색색 가냘픈 소리를 냈다. 그녀는 마리아가 겪었을 고통을 떠올리고 있었다. 친구들의 질시, 가족의 수군거림, 무엇보다 남편 요셉의 의심. 그리고 그녀는 손가락 두 개를 활짝 펼쳐 삽화의 하단 중앙에 놓인 말 먹이통을 가리켰다.

"이건 말구유라고 하는 거야. 구유. 안에 있는 아기가 보이니? 보여?"

모비의 어머니는 책을 들어 모비의 눈에 더 가깝게 들이댔다.

"아기 예수란다. 갓난아기 예수님. 그리고 예수를 누인 곳을 보려무나. 구유야. 나귀와 소의 먹이를 넣어주는 통."

그리고 모비의 어머니는 한껏 잠긴 흉한 목소리로 몇 마디 더 덧붙였다.

"구유란 사람이 죽은 다음 영혼이 돌아가는 곳이기도 하단 다. 구유에는 그런 뜻도 있어. 땅속에서도 가장 낮은 땅속."

모비의 어머니는 반쯤 잠들어 있는 모비의 귓바퀴에 입술 끝을 대고 간지럼을 태우듯 속삭였다.

"가장 낮은 땅속이면 어디겠니? 지옥이야. 죽은 사람의 넋이 돌아가는 곳. 구유란 실은 지옥이란다. 예수께선 지옥에서 태어나 세상에 나오셨고 우리 죄인들을 죄에서 구원하셨어."

이 이야기는 처음이었다. 이전 두 번의 이야기에서는 구유는 그저 말 먹이통일 뿐이었다. 기다란 통나무의 속을 파내고 불에 그슬려 물이나 꿀을 담아두는. 이제 모비 어머니의 혀끝에서 구유는, 지옥의 무저갱에서 탄식의 강을 타고 지상으로 거슬러 올라오는 통나무배로 다시 불리고 있었다. 그녀는 잠시 말을 멈추고 모비의 정수리에 턱을 얹은 채로, 죽은 자들의 넋이 끊임없이 미끄러져 떨어지는 불의 강을 떠올렸다. 그리고 그 세찬 불길을 헤치고 요동치며 부상하고 있는 통나무배를 떠올렸다. 통나무배 가운데 누인 강보에 싸인 예수를 떠올렸다.

강보는 불길에 물들어 핏빛을 띠고 있었다.

모비의 어머니는 자기가 떠올린 모두를 모비에게 이야기해
주었다. 아기 예수의 탄생 설화는 세번째 반복이었다. 세번째
반복에서, 예수는 죽은 자들의 넋이 돌아가는 곳에서 다시 태
어나고 있었다. 구유에 그런 뜻이 있는지 그녀 자신도 알지 못
했다. 어떻게 자신이 알게 되었는지 자신도 몰랐다. 그냥 문득
떠올랐다. 어쩌면 그녀의 원망하는 마음이 구유에 다른 뜻도
있다는 사실을 깨닫게 했는지도 몰랐다. 스트레스에 시달린 마
음이 구유의 본뜻을 차버리고 다른 뜻을 끌어왔는지도 몰랐다.
원망과 스트레스로 어느새 무저갱이 돼버린 그녀의 마음이 이
제까지와는 전혀 다른 예수를 낳게 했는지도 몰랐다.

모비의 어머니는 모비의 귓불에 입술을 지그시 누르며 속삭
였다.

"고통이 우리를 자유롭게 하는구나, 고통이."

그러고 나서 모비의 어머니는 두어 번 헛구역질 끝에 샛노란
위액을 약간 토했다. 위액은 그녀의 입술과 턱을 조금 적셨다.
그녀는 모비를 껴안았던 두 팔을 풀고 쓰러져 정신을 잃었다.
침대가 출렁였다. 모비는 침대에 걸터앉은 자세로 여전히, 딱
히 눈에 띄는 것 없는 방 한구석에 시선을 고정하고 있었다. 한
참을 그러다가 문득 불안한 표정으로, 자신을 다정스레 압박해
주던 엄마의 두 팔이 사라졌다는 사실을 깨닫고는 주변을 두리

번거렸다.

모비는 침대에서 뛰어내렸다. 방문을 열고 거실로 나가, 퇴근해 소파에 누워 자고 있던 아빠에게로 갔다. 텔레비전에서는 아홉 시 뉴스가 나오고 있었다. 모비는 아빠의 뺨에 두 손을 얹고 흔들었다. 아빠가 눈을 뜨자 이렇게 웅얼거렸다.

"고통이 우리를 자유롭게 하는구나. 고통이 우리를 자유롭게 하는구나."

모비의 목소리에 놀란 모비의 아버지는 용수철처럼 소파에서 튀어 일어났다. 그는 잠시 아들의 표정을 바라보며 정신을 가다듬었다. 불현듯 불길한 느낌에 사로잡혔다. 그는 아들을 밀치고 방으로 달려 들어갔다.

병원에서 의사는 피검사 결과, 아내가 약간의 빈혈에 탈진 상태였다고 했다. 식사는 제때 잘하시던가요? 모비의 아버지는 그렇다고 했다. 평소에 과로하거나 하지는 않았나요? 그는 집안일만 하니 그럴 리 없다고 했다.

"영양이 부실해요, 환자분이."

그러고 보니 좀 마른 것도 같았다. 아니, 지난 한 달간 아내의 얼굴을 제대로 쳐다본 적도 없었던 것 같았다. 아내가 또 눈을 치켜뜨고 자신을 노려볼까 은근히 두렵기도 했고, 아내도 지난 한 달 동안 아들하고 방에만 틀어박혀 있다시피 했다. 거실엔 거의 나오지 않았다. 의사는 포도당 주사에 영양제를 섞어 처방했다고 했다. 기력을 되찾을 때까지 며칠 입원해 있어야 한다고 했다.

모비의 아버지는 입원실로 돌아가 커튼을 걷고 아내의 침대 곁에 섰다. 이제야 해쓱한 아내의 얼굴이 눈에 들어왔다. 아내 대신 장모가 모비를 돌보고 있었다. 그는 잠시 아들을 데리고 자리를 비켜주십사 했다.

"의사가 밥을 제때 챙겨 먹느냐고 묻던데."

모비의 아버지가 아내의 네 손가락 끝을 꼭 쥐고는 말했다. 링거 주삿바늘이 꽂힌 손등이 시퍼렇게 멍이 들어 있었다.

"제가 언제 밥 안 먹는 것 봤어요?"

"나하고 있을 때만 먹은 거겠지. 내가 집에 있을 때만."

모비의 아버지는 고개를 돌려 시선을 피하는 아내를 보곤 더 묻지 않았다.

"과로라는 것도 뭔지 알겠어."

"하나님 말씀을 들려줘야 해요. 그만둘 수 없어요."

"하지만 적당히 할 수는 있잖아."

모비의 아버지는 화를 낼 수가 없었다. 그는 아내의 손가락을 잡은 손에 더 힘을 주었다.

"모비가 말을 했어."

"예?"

"당신이 쓰러졌을 때."

모비의 아버지는 당신이 쓰러졌을 때 거실로 달려와 자기를 깨운 사람이 모비였고 그때 뭔가 말을 했다고 전했다. 엄마 아빠 말고 다른 말을.

"하지만 모르겠어. 잠결에 들었거든. 발음도 정확하지 않고."

모비의 아버지는 정말로 모비가 한 말을 기억하지 못했다.

"말을 좀더 시켜보자고."

"억지로는 안 돼요."

모비의 부모는 며칠 동안 모비의 여리고 보드라운 입술만 뚫어져라 바라보았다. 하지만 그 입은 말을 위한 것이 아니었고 나오는 소리는 전과 같이 엄마 아빠 할머니뿐이었다. 거기에 이따금 음절 단위로 툭툭 잘려 나온 악쓰는 소리들이 더해졌다.

모비의 어머니는 이제 네번째로 성경을 되풀이해 읽어주고 있었다. 그녀의 혀끝에서 세상은 네번째로 다시 태어나고 있었다. 네번째로 바벨탑이 무너져 세상의 모든 언어가 다시 태어나고 있었다. 그리고 네번째로 아기 예수가 태어나야 할 지점에 이르러, 그녀는 예수가 어디에서 어떻게 지상으로 나왔는지 좀더 확신을 갖고 이야기할 수 있었다. 이번에는 구역질도 나지 않았고 현기증도 일지 않았고 두려움도 훨씬 덜했다. 그저 속이 좀 메스꺼운 정도였다. 그녀는 맑고 분명한 정신으로, 조금도 떨지 않으면서, 손가락 끝으로 아기 예수가 강보에 싸여 누워 있는 삽화 속 구유를 짚어 보였다. 말 먹이통이면서 무저갱의 지옥이면서 탄식의 강을 거스르는 통나무배이기도 한 구유를.

"이건 예수의 엄마 마리아야. 성모 마리아. 예수를 낳은."

모비의 어머니는 손가락을 위로 옮겨 흰옷을 걸친 여인을 가리켰다. 그녀는 아들이 머릿속에 담아두어, 언젠가는 말할 수 있도록 몇 번이고 성모 마리아라고 반복해 들려주었다.

"음…… 그런데 치마에 무슨 얼룩이 묻었네."

전에는 미처 보지 못한 얼룩이었다. 워낙 작아 못 보고 지나치곤 했던 듯싶었다. 모비의 어머니는 책을 바싹 끌어당겨 살펴보았다. 흑백 삽화라 색깔로는 얼룩의 정체를 파악할 수가 없었다. 모양은 테이블보에 커피를 몇 방울 흘렸을 때 생기는 얼룩 같았다. 인쇄상의 실수거나 삽화가가 펜을 잘못 놀린 결과일 수도 있었다. 실수가 아니라면, 옷 주름에 생긴 그늘을 표현한 것일 수도 있었다.

모비 어머니는 출산 과정 중에 겪었던 출혈의 순간을 떠올렸다. 모비를 낳고 나서도 경미한 출혈이 열흘이나 계속되었다. 속옷을 적신 핏자국을 아침저녁으로 보아야 했다.

"이건 산혈 자국이네."

모비의 어머니는 손가락 끝으로 얼룩을 문지르며 중얼거렸다.

"산혈인데. 산혈이야. 처녀의 몸으로 아기 예수를 낳다가 흘린."

모비의 어머니는 책을 들어 아들의 눈 가까이 가져다 댔다. 아들이 그 검은 얼룩 역시 머릿속에 담아두어, 언젠가는 기억해내고 말할 수 있도록 몇 번이고 반복해 짚어 보였다. 그리고 그녀는 구유의 부드럽게 각진 귀퉁이와 성모 마리아의 오른발 사이에 있는 공간을 가리켰다. 거기에도 또 무언가 얼룩 같은 것이 있었다.

"성모가 흘린 피에서 꽃이 피었구나."

모비의 어머니는 책을 들어 형광등 불빛에 비춰 보면서 혼잣말을 했다.

"사막에 피는 꽃이라니, 이상한 일도 있구나. 사막의 밤은 춥다고 하던데."

모비의 어머니는 다시 책을 기울여 아들의 눈 가까이 댔다.

"꼭 기억해둬. 엄마가 물어볼 테니까. 이건 성모가 처녀의 몸으로 아기 예수를 낳다가 흘린 성스러운 피에서 피어난 꽃이란다. 성모 마리아의 성스러운 피가 땅에 떨어져 피어난."

그렇게 말하고 나자, 모비 어머니의 눈에 정말로 사막의 깊은 밤에 피어난 꽃송이가 보이는 듯했다. 그녀는 손가락 끝으로 성모 마리아 발치의 검은 얼룩 몇 개를 자꾸만 쓸어 보이며 아들의 귀에 대고 속삭였다.

"성모의 꽃이야, 이건. 잊지 마. 언젠가 이 꽃이 우리를 구원

해줄 테니까. 죄 많은 세상에서 우리를 견디게 해줄 테니까."

모비의 어머니는 손톱 끝으로 성모 마리아의 발치를 스크래치 복권을 긁듯이 몇 번이고 문질렀다. 손톱 끝에 종이 보풀이 조금 묻어나왔다. 성모의 발치에 원래 무엇이 있었는지 더 알 수 없게 되어버렸다.

"아들아, 성모화를 따라가. 성모화의 향기를 따라가. 성모화가 가리키는 곳을."

하지만 그곳엔 손톱으로 할퀸 자국밖엔 남아 있지 않았다. 그래도 모비의 어머니는 아랑곳없이 몇 번이고 아들의 귀에 대고 속삭였다. 잊어선 안 될 소중한 언약이 거기 담겨 있다는 듯이. 평생을 두고 지켜야 할 언약이라는 듯이. 언젠가는 아들이 말도 하고 음악도 좋아하게 되고 웃기도 하리라는 듯이. 그때가 되면 틀림없이 아들이 자기가 속삭여준 이야기들을 빠짐없이 떠올리게 되리라는 듯이.

모비의 어머니는 이번에는 속이 울렁거리지도 위액을 토하지도 현기증을 느끼지도 않았다. 정신을 잃지도 않았다. 그녀는 이제 그만하면 충분하다는 듯이 페이지를 넘겨 다음 이야기를 읽어주기 시작했다. 청년이 된 예수가 네번째로 세례 요한에게 요단 강의 강물로 세례를 받는 삽화였다. 세례 요한은 다음 챕터에서 네번째로 목이 잘릴 것이다. 쟁반에 담긴 세례 요한의 머리가 네번째로 나타날 것이다.

모비는 물론 어머니와의 그 언약을 기억했다. 그런 반복 학습은 잊으려야 잊을 수가 없었다. 그는 천호동의 궁 레스토랑에서 아르바이트를 할 때, 매일 새벽 보드카와 토마토주스로 블러디 메리를 자작해 마시곤 했다. 그가 퇴근 시간에 걸쭉한 핏빛 칵테일을 입술을 적시며 홀짝이고 있으면, 바텐더와 다른 웨이터들은 다 늙은 술꾼처럼 블러디 메리가 뭐냐고 놀렸다.

그러면 모비는 눈을 부라리며 이건 칵테일이 아니라 성모 마리아의 피라고 혼잣말하듯 중얼거렸다. 다들 성모 마리아의 피 맛을 보고 싶은 모양이지, 하고 돌아서서 혼잣말을 했다. 그리고 몇 달 뒤, 새 밀레니엄의 첫날에 레스토랑을 다시 찾은 그는 뼈칼로 사장의 살진 혀를 둘로 갈랐다. 블러디 메리 같은 색깔의 피투성이로 만들어주었다. 피에서 피어난 꽃을 따라가라는 언약을 지킨 셈이었다. 피꽃의 향기, 피비린내가 가리키는 곳을 향해 가라는 엄마의 유언을 지킨 셈이었다.

폭킹

경은 거실 소파에 길게 엎드려 누운 사내의 붉은 등을 내려
다보았다. 평소에도 에이치에게는 더러운 냄새가 났다. 볼일
을 보고 밑을 다 안 닦고 한나절쯤 돌아다닌 악취가 났다. 오늘
은 그 똥내의 극치였다.

오늘은 똥내의 삼 년 레이스가 끝을 본 날이기도 했다. 경은
발끝을 들어 소파 아래로 축 늘어져 있는 에이치의 왼팔을 툭
툭 건드려보았다. 직장인 야구팀 경기가 있을 때마다 들고 나
가던 야구 배트의 가벼운 단단함 같은 게 느껴졌다. 어디선가
떨어진 살점이 그녀의 엄지발톱에 묻어 검붉게 반짝거렸다. 갑
자기 정신이 들어 징그러운 손가락들로 자기 발목을 잡아채는
공상이 떠올랐다. 그러면 좋을 텐데…… 그러면 한 번 더 패줄
텐데. 그녀는 오른손에 들린 고기 다지는 망치를 물끄러미 내
려다보았다. 태어날 때부터 손 대신 망치가 달려 있었다면 그
런 수모를 당하며 살진 않았을 것이다.

경은 이제 얼마든지 에이치를 패줄 수 있었다. 그가 자기한
테 해왔던 것처럼. 몇 번이고 그를 죽여줄 수 있었다. 그녀는
고기 망치를 휘두르고 또 휘둘렀다. 알루미늄이 뿜는 은백색
섬광이 살점들과 함께 거실을 가로지르고 또 가로질렀다. 그녀
는 악을 썼다.

"이젠 내 주먹이 더 크지! 응, 더 크잖아!"

이 말은 어제 금요일 밤에 에이치가 경에게 했던 말이었다. 퇴근하고 와서는 밤 열 시가 넘은 시간에 배고프다며 저녁상을 차리라고 했다. 저녁을 먹고 욕실로 가서는 발을 씻겨달라며 불렀다. 씻겨주자 그는 콧노래를 흥얼거리며 샤워를 했다. 그가 퇴근해서 다섯 살 유치원생처럼 이것저것 요구하는 동안, 그녀는 소파에 앉아 머리를 감싸 쥐고 있었다. 코바늘로 머릿속을 쑤시고 휘젓는 듯한 두통이, 그의 퇴근과 함께 그녀를 찾아와 괴롭히기 시작한 지도 벌써 여러 달째였다.

"우리 경아도 가서 좀 씻어. 나 하고 싶다."

"하긴 뭘 해. 나 아파."

머리 위에서 에이치의 껄껄 웃음소리가 들렸다.

"내 주먹이 큰가, 네 머리가 큰가, 재볼까?"

에이치의 주먹이 경의 옆머리를 향해 날아왔다. 그녀는 머리를 감싸고 소파에 쓰러졌다. 이게 장난인지 아닌지 미처 헤아릴 겨를도 없었다.

"아파! 정말 아프다고!"

경은 악을 쓰면서도 그대로 소파에 엎드려 있었다. 코밑이 축축하게 젖어왔다. 말을 험하게 하고 역겨운 일을 시키고 때리려는 시늉은 해왔지만 이 정도까지 그녀의 몸에 손을 댄 건 처음이었다. 격투기 선수를 흉내 내며 발길질을 한다든가 주먹으로 뺨을 톡톡 친다든가 하는 일은 있었지만 언제나 웃는 걸로 끝났다. 머리를 감싼 그녀의 열 손가락 끝이 바들바들 떨렸다. 에이치가 덮치듯 그녀 위로 쓰러지며 팔꿈치로 옆구리를 갈겼다. 그녀는 몸을 공처럼 말며 있는 대로 입을 벌렸다. 그녀가 숨을 쉬기 위해 코를 벌렁거리는 동안 그는 그녀의 잠옷 바지를 벗겼다. 그러곤 팬티를 내리고 그녀의 엉덩이 사이를 벌렸다. 그녀에겐 그를 밀쳐낼 힘도 경황도 없었다. 근육이 딴딴하게 움츠러들고 숨이 막혀와, 그가 등 뒤에서 뭘 하고 있는지도 알 수 없었다.

경은 속엣것을 조금 토했다. 샛노란 위액과 점심에 먹은 콩요리 조금, 저녁 대신 집어 먹은 아몬드 몇 알이었다. 그동안 에이치는 그녀의 오른쪽 귓불을 빨고 있었다. 그녀의 입에선 숨을 토할 때마다 위액과 아몬드 조각이 침처럼 튀어나오고 있었다. 가랑이에 발기한 성기가 느껴졌다. 그녀가 울고 있는 사이 그는 귓불을 빨며 그녀 엉덩이에 성기를 쑤셔 넣었다.

"잘못을 했으면 벌을 받아야지, 응? 응?"

에이치가 벌을 주고 있는 사이, 경은 네 망령이 다탁의 다이어리에서 새어 나와 소파를 빙 둘러서는 것을 보았다. 고인 눈물 탓에 초점이 맞지 않았지만 그녀는 알고 있었다. 망령들은 크게 입을 벌리고 그녀를 향해 두 팔을 뻗어 흔들며 응원을 하고 있었다. 어느새 숨이 골라졌다. 사지에 조금씩 힘이 들어갔다. 귀에 그의 콧바람과 귓불 빠는 소리가 우레처럼 들려왔다.

"가서 맥주나 좀 꺼내 와!"

무언가 성에 안 찼는지 에이치는 경의 엉덩이에서 성기를 빼내며 소리를 지르고 그녀를 밀쳤다. 그녀는 둔중한 소리를 내며 소파 아래 카펫으로 굴러떨어졌다. 그녀는 신음만 한 번 짧게 지르고는 몸을 일으켜 구부정하게 기다시피 냉장고가 있는 주방으로 갔다. 뜨뜻한 것이 허벅지를 타고 정강이로 흘러내리고 있었다.

"도망가면 죽을 줄 알아. 네까짓 게 어디로 가? 내가 못 찾을 줄 알아?"

경은 주방에서 숨을 고르며 허벅지의 경련이 진정되기를 기다렸다.

경은 허리를 똑바로 펼 수 있게 되자 냉장고로 가 떨리는 손으로 하이네켄 캔 맥주를 꺼냈다. 그러다 문득 딴생각에 빠진 사람처럼 잠시 망연스레 서 있었다. 그녀는 벽을 짚고 싱크대로 갔다. 서랍을 열어 고기를 다질 때 쓰는 알루미늄 망치를 꺼냈다. 그러고는 망설임 없이 곧장 주방을 가로질러 거실로 뛰어갔다. 에이치는 소파에 누워 텔레비전 리모컨을 만지작거리고 있었다. 그녀는 달려오는 자신을 그가 미처 알아차리기도 전에 망치를 들어 그의 이마를 후려쳤다.

경이 에이치의 이마와 아랫도리를 다진 고기 더미처럼 만들어놓는 동안 망령들은 소파를 돌며 덩실덩실 춤을 췄다. 목청이 있다면 분명 좋다, 얼씨구 하는 추임새도 들을 수 있었을 것이다. 튀어 오른 핏방울과 살점 들이 그녀의 얼굴과 손과 잠옷을 신선한 붉은색으로 물들였다. 어느덧 정신을 차리고 보니 이만큼 했으면 그가 죽었겠다는 확신이 들었다. 그녀는 아직도 손에 들고 있던 캔을 따 거품을 그의 몸에 뿌렸다. 남은 맥주론 축배를 들었다. 그쯤 하자, 그녀의 두통이 씻은 듯이 사라져버렸다.

"내가 어디로 도망가? 내가 왜 도망가? 도망은 네가 가야지."

경은 도망은 악당이 가야 한다고 생각했다. 밤 열한 시였다. 그녀는 사체를 엎드린 자세로 뒤집어놓곤 침실로 가 꼬박 열 시간을 잤다. 그러고는 일어나 씻고 나가 약국에서 소염 진통제를 사고, 동네 카페에 들러 브런치 메뉴로 나온 프렌치토스트와 구운 야채를 시간을 들여 꼭꼭 씹어 먹었다.

경은 아파트로 돌아오자마자 다시 고기 망치를 들고 에이치의 앞에 섰다. 그녀는 그를 놓아줄 생각이 없었다. 그를 망자들의 세계로 보내줄 생각이 없었다. 그녀는 고기 망치를 들어 그를 몇 번이고 죽이고 또 죽였다. 어차피 토요일이라 월요일까지는 그를 찾을 사람도 없을 것이고 찾아올 손님도 없었다.

심은 삼 일째 반차를 내고 지하철 승강장을 배회했다. 지난 금요일 아침 여덟 시 반 차량이 승강장에 들어올 때 그 노숙자를 봤다. 노숙자는 서너 줄 건너편에서 노란 귀가 쫑긋 솟은 토끼 모자를 쓰고 있었다. 그는 곁눈질을 하며 자리에서 벗어나 줄의 맨 끝으로 갔다. 노숙자도 줄을 따라 움직이다가 자동문이 열리자 뒷걸음질을 치더니 줄의 맨 끝으로 갔다.

심은 아예 승강장 안쪽 장의자로 물러나 앉아 오른 귀를 후비며, 피터 래빗 모자를 쓴 노숙자를 관찰하기 시작했다. 걸치고 있는 것들은 지난 장마철에 보았던 옷차림 그대로였다. 도무지 잊히지 않는 펑퍼짐한 잿빛 트레이닝복 바지도 그대로였다. 달라진 것은 모자뿐으로, 승객들 머리 위로 노란색 토끼 귀 한 쌍이 솟아 안테나처럼 흔들리고 있었다.

심은 노숙자가 손에 아무것도 들고 있지 않다는 사실을 깨달았다. 비닐봉지 하나 없었다. 그는 열심히 노숙자들에 대한 기억을 뒤적였다. 그들의 시커먼 두 손에는 둘둘 만 침낭이, 초등학생 책가방이, 때로는 건설회사 로고가 찍힌 배낭이, 때로는 베개가, 그런 것도 아니면 참이슬 한 병이나 포카칩 한 봉지가 들려 있지 않았나.

"은신처가 있는 모양이구나."

심은 갑자기 깨달은 사람처럼 고개를 주억거리며 토끼 귀를 향해 눈을 부라렸다. 숨어 지내는 곳이 있어! 쥐구멍, 소굴이!

노숙자에게 은신처가 있을 거라는 데 생각이 미치자 심은 매일 오전 시간 반차를 냈다. 그는 여덟 시부터 지하철 승강장에 나와 토끼 모자를 쓴 노숙자를 찾았다. 첫날인 월요일은 허탕을 쳤다. 아마 반대편 차선 쪽으로 갔거나, 사 호선 승강장으로 갔을 수도 있었다. 화요일엔 여덟 시 십 분에 승강장 저 끝에서 살랑거리고 있는 노란 토끼 귀를 봤다. 쫓아가 줄에 섰지만 그가 타기 직전에 자동문이 닫혔다. 반차 삼 일째인 오늘, 그는 제대로 토끼 귀를 따라잡았다.

심은 토끼 귀가 시야에 들어올 때까지 만원 승객을 헤치고 앞으로 나아갔다. 슈트 상의가 벗겨질 뻔하고 바지가 옆으로 반 뼘쯤 돌아가고 남의 발을 밟고 욕지거리를 들으며 한 발 두 발, 한 칸 두 칸 전진했다. 그러면서도 귀를 후비고 손가락 끝에 묻어나는 냄새를 맡았다. 그가 세 칸을 나아가는 동안 지하철은 정거장 둘을 지나쳤다.

심의 눈이 토끼 귀를 발견하기 전에 그의 코가 먼저 찾아냈다. 군내와 지린내가 아귀처럼 차량 전체를 집어삼키고 있었다. 그는 만원 승객들 사이에 어깨가 끼어 흉통을 느끼면서도 눈을 부릅뜨고 토끼 귀를 노려보았다. 토끼 귀는 지하철이 순환 노선을 한 바퀴 돌 때까지 자리를 뜨지 않았다. 그도 맞은편 좌석에 앉아 따라 돌았다. 도는 내내 그는 토끼 귀를 노려보고 또 노려보았다. 토끼 귀는 방배역에서 내려 출구로 나갔다.

심은 방배역 삼 번 출구로 나가 빌라촌으로 들어섰다. 지난 여름에 묵은지김치찜을 먹으러 그가 가족과 왔던 적이 있는 동네였다. 노숙자는 휘적휘적 팔다리를 놀리며 골목 사이를 누비더니 어느 이 층 주택 앞에 멈춰 섰다. 노숙자는 외벽의 좌측 끝에 세입자용으로 따로 단 여닫이 새시 문을 열고 지하층으로 내려갔다. 순환 노선을 한 바퀴 돌고 역을 나와서 빌라촌 골목을 누비고 지하 방까지 따라 들어오는데도 토끼 귀는 그의 존재를 알아채지 못했다. 그는 몇 번이나 역시! 하고 감탄을 했다.

지하 방에 들어서 문을 닫기 위해 토끼 귀가 돌아섰을 때 심은 골목에서부터 주워 온 소주병의 바닥으로 토끼 귀의 뺨을 후려쳤다. 실은 정확히 어디를 쳐야 할지 알지 못했다. 영화에서 리암 니슨이 어딘가를 치니 나쁜 놈이 정신을 잃던데 막상 흉내를 내려니 어느 부위였는지 기억이 나지 않았다.

토끼 귀는 피를 뱉어내며 바닥에 쓰러져 끙끙댔다. 문득 노숙자가 일어나 덤빌지도 모른다는 두려움이 심을 덮쳤다. 그는 어쩔 줄 모르고 뒷걸음치다, 다시 덤벼들어 이만하면 됐다는 확신이 들 때까지 병 바닥으로 토끼 귀의 관자놀이를 찧었다.

심은 한숨 돌리고 서둘러 문을 닫고, 잠시 넋 나간 얼굴로 귀를 후비다가 지하 방을 둘러보았다. 싱크대도 없이 그냥 방 하나에 출입문 하나뿐이었다. 화장실도 욕실도, 수도 시설도 가스 시설도 되어 있지 않았다. 골목에 면한 쪽으로 채광창이 나 있어서 허약하게 반짝이는 정오의 햇살이 방바닥에 깔리고 있었다. 방에는 검푸른 빛깔의 담요가 어지러이 펼쳐져 있었다. 악취는 어렸을 적 살던 집의 재래식 변소나 다름없었다. 해놓은 꼴을 보니 대충 사연이 떠올랐다. 가족이 방 한 칸을 빌려 토끼 귀를 내다 버린 것이다.

"야. 네가 그 유명한 잉여냐?"

심은 구두코로 살살 노숙자의 턱을 건드렸다. 입이 벌어지자 피가 섞인 침이 리놀륨 장판으로 걸쭉하게 흘러내렸다. 그는 한동안 구두코로 장난을 치다가 저항이 없자 토끼 귀 앞에 쪼그리고 앉았다.

"정말 궁금한데, 물어볼게."

심은 화가 나 떨리는 목소리로 말했다.

"어째서 내 귀에서 네 냄새가 나지?"

심은 노여움이 가득한 얼굴로 노숙자를 향해 으르렁거렸다. 왜 내 귀에서 네 좆같은 똥내가 나고! 그는 몇 번 다그치다가 새끼손가락을 들어 신경질적으로 귀를 후볐다. 그러곤 새끼손가락 끝을 토끼 귀의 코밑에 들이댔다. 개기름과 핏물로 번들거리는 검은 콧수염이 피부에 닿자 그는 움찔했다.

토끼 귀는 대답 대신 핏덩이를 조금 뱉어냈다. 구린내가 작은 폭탄처럼 터졌다.

"나한테 무슨 짓을 했어? 나한테 뭘 옮긴 거야? 내 귓속에서 왜 네 입내가 나냐고?"

악취만 따글따글 피워 올리고 있는 노숙자는 정신을 잃다 깨다를 반복했다. 그동안 심은 어처구니없다는 표정으로 토끼 귀 앞에 팔짱을 끼고 서 있었다. 그리고 회사에 전화를 걸어 두 시쯤에나 갈 수 있을 것 같으니 그리 알고 있으라고 했다.

노숙자가 정신을 차리자 심은 그를 일으켜 세워 함께 방을 나섰다. 토끼 귀는 말 한마디 없이 고분고분 지시에 따라 앞장을 섰다. 그는 노숙자를 다시 지하철 승강장으로 데려가 철로로 밀어버릴 생각이었다. 하지만 골목을 돌다가 방배역 승강장에는 스크린도어가 설치되어 있다는 사실이 떠올랐다. 그를 떠밀려면 사당역까지 가야 했다. 하지만 그러다 아는 사람을 만날 수도 있고, 누군가는 잘 차려입은 그가 토끼 모자를 쓴 노숙자와 함께 있는 것이 수상하다며 경찰에 신고를 할 수도 있었다.

심은 빌라촌을 빠져나와 대로변에 섰다. 지난 장마철에 옷을 찢고 분노에 차 악을 써대는 청년을 보았을 때도 지금처럼 햇살이 따가웠다. 그때도 햇살이 스포트라이트처럼 내리쬐었다. 이 근방이었다. 그 청년은 어찌되었을까. 지금쯤 화가 풀렸을까. 풀렸다면 무엇으로 그 화를 다 풀었을까. 그는 노숙자와 함께 보도의 연석을 내려서선 잠시 숨을 돌렸다가, 달려오는 랭글러 지프 앞으로 토끼 귀를 떠밀었다. 오른손을 뒤춤에 넣어 단단히 부여잡고 다른 손으론 터틀넥 스웨터의 목덜미를 잡고, 있는 힘을 다해 차도로 던졌다.

지하철 승강장까지 끌고 가 던져버릴 수도 있었다. 그렇게 하는 것만이 그간 괴로웠을 출근길 승객들에게 조금이나마 속죄를 시키는 길이라고 생각했다. 하지만 빌라촌을 빠져나가는 동안 굳이 속죄의 장소가 지하철일 필요는 없다는 생각이 들었다. 누가 어떻게 속죄하느냐가 중요하지, 어디서 속죄하는지는 중요치 않았다.

이 사회를 정화시키는 것이 중요하지, 허례허식에 구애되어선 안 됐다.

령은 프릴이 달린 검정 크롭 톱에 인디언핑크 플레어스커트를 걸친 여자애에게 말을 걸었다.

"야, 늑대 보지 않을래?"

여자애는 혀끝으로 에쎄 담배 필터를 왼쪽 오른쪽으로 굴리다가 문득 멈추곤 고개를 들어 령을 쳐다보았다.

"응?"

눈동자가 풀리고 귀까지 먹은 게 술 말고도 밤새 이것저것 꽤 집어삼킨 모양이었다. 전자 드럼 소리가 고막 가까운 곳에서 요란하게 둥둥거렸다. 령은 여자애의 귀에 입술을 대고 소리를 질렀다.

"따라와. 수원에서도 늑대를 볼 수 있다니까."

령은 여자애의 손을 잡고 여자 화장실로 갔다. 문을 열고 들어가며 그녀는 이년들아, 대충 하고 나가봐, 하고 소리를 질렀다. 세면대 앞에 나란히 서 있던 여자들이 인상을 찌푸리며 돌아보다가, 뒤따라 들어오는 연보라색 민소매 차림의 남자를 보고는 주섬주섬 화장품을 백에 쓸어 담았다. 그녀는 화장실이 빌 때까지 크롭 톱 여자애를 쓰러지지 않도록 부축해주었다.

"눈 크게 뜨고 잘 봐."

망치는 화장실 문을 안에서 잠그고 세면대에 엉덩이를 걸쳤다. 그러곤 두 여자를 향해 눈웃음을 치며 벨트를 풀고 지퍼를 내리고 바지를 벗어 무릎께로 내렸다. 령은 여자애를 돌아보았다. 여자애는 아직 자기 앞에 무슨 광경이 펼쳐지고 있는지 깨닫지 못한 표정이었다. 령은 여자애 어깨에 팔을 두르고 함께 두 발짝 앞으로 나아갔다. 망치는 표범 무늬 브리프를 마저 내리고 성기를 드러냈다.

령은 망치가 성기를 흔들어 붉은 늑대를 깨우는 동안 여자애의 뒷머리를 잡고 앞으로 기울였다. 그제야 여자애의 입에서 신음이 터져 나왔다. 신음은 곧 한숨으로 바뀌었고 한숨은 다시 기나긴 깔깔거림이 되었다. 여자애의 코앞에서 망치의 붉은 늑대가 온전한 모습으로 아가리를 활짝 벌린 채 이빨을 드러내고 웃고 있었다. 여자애는 늑대가 믿기지 않는지 엄지에 침을 묻혀 북북 문질러보았다. 아직 해롱해롱한 게 약 기운이 가시지 않은 모양이었다.

"어떤 애야?"

망치가 여자애의 비틀린 입술을 바라보다가 물었다.

"돈 년이지."

령은 전에 평촌 클럽에 놀러 왔던 여자애에게 부킹을 몇 번 시켜준 적이 있었다. 오늘 망치와 함께 수원 클럽에 왔다가 여자애가 있는 걸 우연히 보고, 일행에서 떨어져 나오길 밤새 기다렸다.

여자애가 늑대에 정신이 팔린 사이 령은 여자애의 백을 뒤져 호일에 싼 뭔지 모를 담배 가루 같은 것과, 루이비통 동전 지갑에 든 오렌지색 알약 한 줌을 찾아냈다. 주민증도 학생증도 없었지만 나이와 신분을 짐작하기는 어렵지 않았다. 고등학생이거나 중퇴자일 것이고, 생리대도 명품으로만 맞춰 댈 년이었다.

셋은 훔친 아반떼 쿠페를 타고 수원을 빠져나가 판교 타운하우스 단지로 갔다. 령은 운전을 하며 여자애에게 주소를 묻고 또 물었다. 묻는 말에 제대로 대답을 못하면 망치가 손바닥으로 턱을 올려 쳤다. 여자애의 얼굴은 금세 눈물과 침과 피로 범벅이 됐다. 정말로 주소가 기억나지 않는 것처럼 여자애는 손가락으로 어지럽게 허공을 찔러댔다.

셋이 여자애 집의 현관을 열고 들어갔을 때는 이미 하늘이 하얗게 질려오고 있었다. 새벽은 이제 좀 쌀쌀했다. 어디가 잘 못됐는지 여자애는 연신 피거품을 물면서 거실로, 서재로, 안 방으로, 드레스룸으로, 이 층 자기 방과 손님방으로 령과 망치 를 안내했다.

"이거는 바보네."

망치가 여자애의 등을 쿡쿡 밀면서 부모가 자고 있다는 안방 으로 들어갔다. 령은 드레스룸에서 가져 나온 라피아 소재의 챙 넓은 블루 톤 모자를 푹 눌러쓰고는 불을 켰다. 여자애의 부 모가 놀라서 침대에서 펄쩍펄쩍 뛰고 비명을 지르는 동안, 망 치는 여자애를 방바닥에 이리저리 굴리며 옷을 가리가리 찢어 버렸다. 여자애는 봉제 인형처럼 맥없이 제 몸을 내맡기고 있 었다. 망치는 스타킹과 팬티를 돌돌 뭉쳐, 침대에서 제 머리카 락만 쥐어뜯고 있는 늙은 사내의 얼굴에 집어 던졌다.

"계속 그렇게 떠들어봐."

망치는 쓰러진 여자애의 발목을 밟고 망치를 뒤춤에서 꺼내 발등을 향해 휘둘렀다. 여러 사람이 함께 질러대는 비명으로 귀청이 떨어져 나갈 듯했다.

"악! 악! 악! 악! 악!"

령이 앞으로 나서며 구령을 붙이듯 악을 써댔다. 천장이라 도 뚫을 듯한 기세의 높고 째지는 소프라노였다. 그녀의 목소리가 부모의 비명을, 발등이 깨진 여자애의 신음을, 망치의 고함을 무안하게 하고 잠잠하게 만들었다.

"돈 내놔."

령은 챙 안쪽에서 빠끔히 두 눈을 드러내며 중얼거렸다. 판교 타운하우스의 여자애가 늑대 커플의 다섯번째 귀여운 희생양이었다.

령은 드레스룸의 금고에서 띠지도 뜯지 않은 현금 다발을 프라다 사피아노 가방에 되는대로 담아 나왔다. 돈보다 가방이 더 마음에 들었다. 신용카드는 만지지도 않았고 팔찌와 목걸이는 당장 걸치고 다닐 것만 챙겼다. 기름땀 범벅이 된 망치의 목에는 순금 목걸이를 걸어주었다.

드레스룸에서 금고를 뒤질 때 망치가 무엇을 했는지는 알 수 없었다. 령이 안방으로 돌아왔을 때 침대의 부모는 무릎을 꿇고 눈물을 흘리고 있었고, 망치는 클럽의 기도처럼 팔짱을 끼고 한 발을 옆으로 누운 여자애의 엉덩이에 올린 채 무게를 잡고 서 있었다.

"정말 이따위로 살지 마."

망치는 쉬어서 그렁그렁한 목소리로 타이르듯 말했다.

"부모가 돼서 딸년이 핸드백 속에 무슨 약을 넣고 다니는지 정도는 알고 있어야지. 나도 너네 같은 부모가 될까 봐 걱정이다."

그러고는 승자의 거만한 목소리로 덧붙였다.

"액땜했다고 쳐."

액땜 얘기는 연초에 나이트클럽 사장이 시무식에서 한 얘기였다. 서빙을 하던 신참 하나가 기숙사에서 목을 맸고 그 때문에 사장부터 매니저까지 줄줄이 경찰서에 다녀온 다음 나온 얘기였다. 죄 없는 자들만 우리한테 돌을 던지라고 하며 망치는 고개를 절레절레 흔들었다. 그 역시 사장이 한 말이었다.

둘은 꼭 필요한 것, 꼭 갖고 싶은 것, 당장 처분이 가능한 것만 가지고 나왔고 누구도 죽이지 않았다. 그것은 메시지였다. 우리는 너희처럼 몽땅 뺏어가지는 않아! 탐욕스럽지 않아! 하지만 명심해, 남겨둔 게 있으니 우리는 언제든 돌아올 수 있다고!

효는 지하철 계단에 길게 늘어선 노숙자들이 나누는 대화에 귀를 기울였다. 어제는 누가 광장에서 만 원을 주었다고, 오늘 아침엔 누가 승합차에 실려 가고, 조금 전엔 누구의 딸내미가 해산을 했다고. 하지만 임금을 찾는 목소리는 들려오지 않았다. 한 달째 임금은 무리 속에 나타나지 않았다. 그리고 이제 사라지는 소리가 들릴 만치 빠르게, 무리의 기억 속에서도 잊히고 있었다.

효는 그렇지만 작은 승리에 만족할 수 없었다. 워밍업에 불과한 일로 호들갑을 떨지 말라고. 그는 눈을 가늘게 뜨고 임금이 사라진 후암동의 그늘진 소로들을 바라보았다. 눈 나쁜 사람들은 저기에서 마천루를, 대재벌의 영광을, 경제 번영의 역사를, 근사한 정장을 입은 사무직들을 볼 것이다. 눈 좋은 그는 거기서 미세 혈관을 타고 오르는 어두운 독을 보았다. 근육을 마비시키는 무자비한 힘을, 벌어진 두개골 틈으로 흘러내리는 병든 뇌수를 보았다. 몽둥이찜질의 골짜기를 보았다.

효는 밥차에서 식판을 받아 들고 서울역 쪽으로 조금 걸어 올라가다가 지하철 환풍구에 자리를 잡았다. 지하 터널에서부터 끌어올려진 먼지바람의 회오리가 그의 등짝을 시원하게 쓸고 지나갔다.

'정의봉이 마침내 위력을 발휘했네.'

에이전트가 효의 옆에 걸터앉으며 속삭였다. 칭찬하고 기운을 북돋아주려는 목소리였다.

'그래, 사람을 죽인 감상이 어때?'

"이렇게 쉬워도 되는가 싶어."

'담배 배우는 거나 같지. 처음엔 가슴이 꺼져라 기침도 나고 뇌도 뒤집히는 것 같고. 하지만 곧 하루에 세 갑씩 피우게 될 거야.'

효는 십 분 만에 식판을 말끔히 비웠다. 평소엔 사십 분은 걸릴 일이었다. 열여덟 개쯤 남은 이가 죄다 흔들렸기 때문에, 밥 알갱이를 씹어 부드럽게 만드는 데만도 많은 공이 들었다. 그렇게 오래 씹어도 썩어 똥내를 풍기는 침 탓에 단맛은 느끼기 어려웠다.

오늘 효는 씹지도 않고 뚝뚝 떠서 삼켰다. 활력이 솟고 갑자기 할 일이 많아진 느낌이었다. 물론 이 세상에서 그가 할 일은 없었다. 임금이 죽어도 새 임금의 즉위식은 없었다. 그가 새 임금이 될 리도 없었다. 그는 식판을 반납하고 서울역 버스 환승 센터로 갔다. 406번 버스를 탔다.

효는 서초동 우면삼거리에서 내려 기억을 더듬어 십 년 전, 그가 알던 교회를 찾았다. 아니, 아는 교회라기보다는 그의 마누라였던 여자가 다니던 교회였다. 사진에서나 보던 폐허 속 그리스 신전의 퉁퉁한 기둥들이 그의 눈앞에 거대하게 둘씩 짝을 져 모습을 드러냈다. 그는 교회 마당으로 들어서 현관이 마주 보이는 자리에 섰다. 고개를 드니 검게 그늘진 십자가의 왼쪽 어깨가 햇살 아래 썩은 비곗덩이처럼 무너지고 있었다. 햇살은 강렬했지만 온기는 느껴지지 않았다.

'임마누엘 교회라니, 신이 곧 우리와 함께하시겠군.'

에이전트이자 조언자인 코치가 교회의 간판을 올려다보며 중얼거렸다.

"그놈이 우리 집안을 거덜 내고 마누라까지 채 갔어."

조언자는 키들키들 웃었다.

'지금 신을 질투하는 거야?'

"예수 아버지 요셉의 족보를 본 적이 있나? 맛단이니 레위

126

니 멜기니 얀나니, 족보를 쭉 거슬러 올라가다 보면 아담과 이
브를 보게 되고 그 위에 하나님이 있지. 내 언제 마누라한테 물
었어, 그놈 말대로 무염수태를 해서 처녀가 아이를 낳았으면
요셉의 씨는 의미가 없잖아? 그런데 어째서 요셉의 족보는 그
리 길게 뽑았지? 하고."

'그랬더니?'

"그놈의 말씀을 의심하지 말래."

효는 무언가 생각하는 표정을 짓더니 몸을 부르르 떨었다.

"그놈은 어디에나 있지. 하늘에도 있고 우리 가슴속에도 있고
저기 주임 목사실에도 있지. 우린 절대로 벗어나질 못할 거야."

효는 다시 한 번 몸을 떨었다. 이가 부딪는 소리가 달달달 들
릴 정도로 온몸을 떨었다.

"죽이자."

'최후의 빗장이 열렸구나. 이제 비밀의 탑에 햇살만 가득하
겠구나.'

효의 이마가 납빛으로 번들거리고 있었다. 그는 허리를 굽
혀 발치에 놓았던 스포츠백의 지퍼를 열었다. 팔뚝 길이의 홍
두깨가 그의 손에 들려 나왔다. 유성 매직으로 정성스레 내려
쓴 '正義봉'이라는 글자가 보였다. 한자로 正義까지는 썼는데
미처 봉이라는 한자는 생각나지 않았다. 노숙자들의 임금을 시
해한 후 닦지 않은 살인의 흔적들이 말라붙어 있었다. 어떤 것

은 뼛조각이고 어떤 것은 피와 뇌 조각, 어떤 것은 머리카락이었다.

"내가 가는 곳마다 몽둥이찜질의 골짜기가 되리니."

효는 태양을 향해 정의봉을 치켜들었다. 정의봉이 닿는 골짜기마다 피가 피를 부르길!

등 뒤에서 누군가가 부르는 소리가 들렸다. 교회 정문을 지키는 경비였다. 아까부터 마당 한가운데서 혼자 지껄이던 효를 지켜보다가, 몽둥이를 꺼내들자 쫓아 나왔다. 경비는 그에게서 대여섯 발자국 떨어져선 무전기를 손에 들곤 스위치를 켰다.

"사정은 짐작하겠지만 여기서 이러고 있으면 안 돼."

경비는 원래 상표가 무엇이었는지도 알 수 없이 낡고 닳은 운동화를 끌며 사라지는 중년 사내를, 시야에서 완전히 사라질 때까지 지켜보았다. 머리는 한 달은 감지 않은 듯 떡이 졌고, 낯빛은 덥수룩한 수염과 구분되지 않을 정도로 검었다. 키는 백육십 정도로 작았지만 몸무게는 백 킬로그램을 가볍게 넘길 듯했다. 하루에도 행려병자며 노숙자 들이 예닐곱씩 교회로 들어왔다. 상태를 봐서 심각하면 앰뷸런스를 부르든가 경찰을 부르는데, 열에 아홉은 타이르면 얌전히 돌아갔다.

효는 칠 일 뒤 교회에서 도보로 오십 분 거리에 있는 서래마을에 말쑥한 차림이 되어 나타났다. 그는 경비에게 쫓겨난 뒤로 근방의 아파트촌과 오피스텔의 쓰레기장을 뒤지고, 유흥가에서 자신과 체격이 비슷한 뚱뚱한 취객들의 뒤를 쫓았다. 구두와 와이셔츠는 쓰레기장에서 주웠고, 도저히 찾을 수 없었던 빅 사이즈 양복은 빼앗았다. 양말까지 구해 일습을 갖춘 다음엔 서울역 노숙자 쉼터로 돌아가 목욕을 하고 이발과 면도를 했다.

그러고 나서 서래마을로 갔다. 새벽 다섯 시. 머리가 희끗희끗 센 초로의 목사가 조깅복 차림으로 아내와 함께 대문을 열고 나타나자, 효는 서성이던 모퉁이 골목에서 뛰어나와 목사를 향해 달려갔다. 정의봉이 그의 오른손에 들려 있었다. 어슴푸레한 시야를 이용한 기습이었다. 백 킬로그램이 넘는 그가 돌진해 오는데도 목사와 목사의 아내는 그의 존재를 알아차리지 못했다. 그 순간만큼 그는 인간이 아니었다. 그는 소리의 속도를 초월했다. 자신의 몸무게를 증오의 힘으로 극복하고 음속까지 넘어선 초인이었다. 목사는 쿵쾅쿵쾅 무거운 것이 땅바닥에서 뒤뚱거리며 달려오는 소리는 들었지만, 그건 이미 정의봉에 강타를 당해 고꾸라진 뒤였다.

'폭광 성공.'

코치가 정의봉을 휘두르고 있는 피투성이의 효를 향해 속삭였다.

"뭐?"

'정의를 실현했다고.'

걸쭉한 핏줄기가 휘둘리는 홍두깨를 따라 높이 솟구쳤다. 효가 보기에, 어떤 일이 있더라도 정의는 실현되어야 하고 새벽은 와야 했다.

수는 남자의 연희동 집을 처음 방문했을 때 작은 선물을 하나 가져갔다. 미국에서 들여온 스페셜 허브티였다. 그녀는 그걸 봉지째 뜯지도 않고 남자에게 줬다. 남자는 옥색 한지와 금실로 꼼꼼히 포장한 손바닥만 한 차 상자를 풀어, 현지의 멕시칸이 찍어놓은 밀랍 인장을 뜯는 즐거움까지 누렸다. 그녀는 남자가 물을 끓이고 다기 세트를 준비하는 동안 거실과 서재를 둘러보았다.

"연구원이 이런 집을 살 수 있어요?"

수는 거실과 서재가 따로 분리된 집은 처음 본다고 했다. 서재의 삼면이 이중 서가로 이루어진 집도 처음 본다고 했다. 거실이건 서재건 대개 한 면은, 돈지랄을 하느라 대형 텔레비전과 최신형 에이브이 시스템으로 채워놓지 않나. 그녀는 서가의 장서를 둘러보다 다시 한 번 감탄했다. 몇 권 뽑아 들추어보니 그저 장식으로 꽂아놓은 책들이 아니라는 사실을 단번에 알 수 있었다. 페이지가 접혀 있거나 메모가 되어 있거나 색색의 인덱스 테이프가 붙어 있거나 했다. 책등이 낡은 정도를 보니 그녀의 나이만큼이나 오래된 책도 있는 듯했다.

"집은 물려받은 거예요. 마당 보이죠? 저기 등나무 의자에 앉아서 일광욕을 하면서 읽는 거예요. 집은 천구백구십 년대에 재건축을 했지만 이 자리를 떠난 적은 없어요."

수는 남자가 차를 홀짝이며 집 얘기를 하는 동안 손에 찻잔을 들고 거실 전면창을 통해 마당을 내다보았다. 여름의 뜨거운 햇살이 돌진해 들어와 모든 것을 태워버릴 듯 내리쬐고 있었다. 하지만 그녀가 있는 거실의 기온은 뜨겁지도 덥지도 않았고, 차를 마시며 수다를 떨고 있는 그의 미소처럼 온화하기만 했다.

토요일 오후 내내 남자는 맛 좋네, 처음 맛보는 차네, 차 맛이 이럴 수도 있나, 하고 감탄을 하며 연거푸 찻잔을 비웠다. 수는 겨우 한 모금만 마시고 줄곧 입술만 적셨다. 나중에 그는 완전히 취해서 새로 물을 끓일 정신도 없었다. 카펫에 누워 초점 없는 눈으로 행복한 표정만 짓고 있었다. 그녀가 주방을 오가며 찻물을 끓였다.

일주일이 지나 수는 두번째로 남자의 집에 초대를 받았다. 그는 입이 마른 듯 침 다시는 소리를 내며 지난번의 그 차를 다시 구할 수 있느냐고 물었다. 그녀는 경계하는 낯빛으로 물론 구할 수 있는데 왜? 하고 물었다. 이제 둘은 말을 놓는 사이가 되었다.

그리고 그 두번째 방문에서 남자는 수의 허벅지에 머리를 얹었다. 그는 몽롱하게 취한 입을 자꾸 비죽이 내밀며 자기 집안과 직장에 대한 내력을 털어놓았다. 오십 그램 허브차 한 봉지에 오십만 원을 지불했다. 세번째 방문했을 때 그는 그녀 허벅지에 한쪽 뺨을 파묻고는 차에 취해 사랑에 대해 이야기했다. 그는 찰스 부코스키라는 사람이 그랬다며 "사랑은 지옥에서 온 개"라고 했다. 그러고는 그녀의 사타구니 냄새를 맡게 해달라고 했다. 그는 개처럼 킁킁댔고 그녀의 허벅지는 침으로 흥건히 젖었다. 그날 그는 차 한 봉지 값으로 육십만 원을 냈다. 네번째 방문에서 그는 그녀와 섹스를 시도했다. 그녀가 자꾸 밀쳐내자 그는 취한 목소리로 너 책 안 읽지? 책 괴물이란 거 다 뻥이었지? 무식한 년! 하고 울부짖었다. 그는 또 뜬금없이 책 따위는 지진해일 같은 게 와서 다 쓸어가도 상관없다고 중얼거리기도 했다. 이번엔 찻값이 칠십만 원이었다.

　다섯번째 방문에서 수는 남자를 받아들였다. 그녀는 섹스를 원한다면 당연히 사랑이 먼저라고 했다. 그는 망설이는 기색도 없이 안방에 들어가 그녀가 지켜보는지도 모르고 패물을 주섬주섬 챙겨 그녀에게 안겨주었다. 어머니가 남겨준 패물이라며, 어머니도 며느리에게 물려줄 생각이었다고 했다. 그녀는 그와 잤고 차 한 봉지 값으로 팔십만 원을 받았다. 그녀는 그를 감동시켰다. 그는 섹스의 마지막에 펑펑 울었다. 다음 날 미국에서 특별 주문한 베리 스페셜 티가 도착했다. 차 봉지에 스페인 말로 쓰인 차 이름에는 '낮잠'을 의미하는 단어가 하나 들어가 있었다. 그녀는 차 봉지를 가슴에 품고 그것이 아기라도 되는 양 행복한 표정으로 물끄러미 내려다보았다. 봉지 안에는 낮잠 정도가 아닌, 그보다 훨씬 더 길고 깊은 잠을 불러올 약초 가루가 섞여 있을 것이다. 여섯번째 방문에서 둘은 혼인신고냐 재산 분할이냐를 놓고 다투다가 결국 남자 집의 반을 수에게 넘기기로 하고 법무사를 찾아가 공동 명의에 필요한 절차를 마쳤다. 그리고 둘은 집으로 돌아가 차를 마시고 섹스를 했다. 낮과 밤의 길이가 같아진다는 추분의 일이었다.

이제 가을이었고 여름에 시작된, 기나긴 행복의 절정을 향한 클라우드 나인 프로그램도 끝나가고 있었다. 클라우드 나인 프로그램은 셋으로 시작했지만 이제 남은 것은 연구원 남자뿐이었다. 영업부 직원은 너무 둔해서 그녀와 전혀 정서적으로 감응이 되지 않았다. 어찌나 둔한지 차의 약효도 듣지 않았다. 개인택시 운전자도 있었는데, 알고 보니 숨겨놓은 처자식이 있었다. 그녀가 따지고 드니 이미 이혼한 상태나 마찬가지이고 이제 그녀와 새로운 사랑을 시작하고 싶다고 흐느껴 울었다. 처자식이 있으니 사고를 내도 보험금은 그쪽에 돌아갈 것이었다. 그 재수 없는 새끼는 그래서 포기했다.

연구원의 가족 관계를 몰래 조사한 것도 그런 일이 있어서였다. 수는 이미 지난달에 거처를 그의 집으로 옮겼다. 살던 집은 그대로 두고 짐만 반쯤 옮긴 다음, 주소지를 그의 집으로 변경했다. 우편물이 새 주소로 날아들기 시작하고, 반상회며 부녀회에 참석해 얼굴을 알렸다. 그녀는 시간이 날 때마다 그를 이끌고 동네 산책에 나섰다. 달이 바뀌자 동네 이웃들이 그녀를 알아보고 인사를 하기 시작했다.

수는 남자를 위해 마지막 찻물을 끓였다. 그는 저녁밥을 먹고 거실에 앉아 여덟 시 뉴스를 보며 발가락을 마사지하고 있었다. 요즘 부쩍 발가락이 저리고 감각이 없을 때가 많다며, 퇴근하고 나면 늘 하는 일이었다. 그녀는 다기 세트를 담은 차 쟁반을 그의 옆에 놓고 발가락은 자기가 주무를 테니 차나 마시라고 했다.

"카페는 잘돼가? 벨라 돈나?"

"잘돼. 벨라 돈나가 무슨 뜻인지 알아?"

"아름다운 숙녀라며?"

수는 기억하네, 하며 함박 미소를 지어 보였다. 그녀는 찻잔이 비자 쟁반을 치우고 남자의 머리를 끌어당겨 허벅지에 얹었다. 벌써 호흡이 거칠어지고 있었다. 확장된 동공이 형광등 불빛 아래서 유난히 검어 보였다. 작은 블랙홀 두 개가 그녀 허벅지 위에서 명멸하고 있는 듯했다. 그녀는 남자를 똑바로 내려다보며 중얼거렸다.

"벨라 돈나는 숙녀지만, 벨라도나는 너를 저주한다야. 자기야, 그러니까 자기는 내 카페에 애초에 발을 들여놓지 말았어야 했어."

수는 미안하지만 이게 내 마지막 선물이야, 하면서 남자 위로 허리를 숙이고 두 팔로 그의 머리를 꼭 껴안았다. 그의 거친 호흡이 그녀의 부드러운 가슴을 자극했다. 셔츠의 가슴께가 침으로 금세 젖어들었다. 호흡이 잠시 멈출 때마다 그녀는 팔을 내려 그의 눈을 들여다보았다. 그의 눈의 초점은 이미 어딘가 다른 세상을 헤매고 있었다.

"자기, 지금 어디야? 어디까지 갔어? 거기 어디야?"

수는 남자의 머리를 허벅지에 내려놓고 팔을 뗐다. 그녀의 허벅지는 남자가 흘린 걸쭉한 침으로 질펀하게 젖어들어갔다. 호흡이 멈춘 그 순간에 입가로 젤리 같은 커다란 침 덩어리가 굴러떨어졌다. 그의 영혼이 광속으로 이 세상을 떠나고 있었다. 이 지구를, 이 태양계를, 이 은하계를, 그리고 이 우주와 이 승을. 눈 깜짝할 새에 모든 것을 초월해 사라지고 있었다.

나는 내 안에서 나를 잃었다

"야, 골대! 저리 가 서 있어."

소년이 소리 질렀다. 습기로 무거워진 대기가 소년들을 둘러싸고 있었다. 아침에 갈아입은 옷이 습기와 땀에 젖어 돌멩이를 몇 개 매단 듯 축 처졌다. 기름땀이, 곰팡내와 코를 찌르는 암내가, 시뻘건 진흙과 짓이겨진 풀에서 배어 나온 풀물이 그들을 더 사납게 만들고 있었다. 오래전부터 그들이 웃을 때는 누군가 울 때뿐이었다. 누군가 아프고 서럽고 괴로워 눈물을 흘릴 때뿐이었다. 그러면 그들은 더 큰 고통 속으로 떠밀기라도 하려는 듯 입매를 흉측하게 일그러뜨리며 웃었다.

"움직이면 죽을 줄 알아!"

소년이 다시 소리 질렀다. 모비는 종종거리며 공터 끝으로 가 섰다. 그는 골대였다. 그도 땀과 악취와 진흙에 얼룩덜룩 물들어 있었다. 모비 왼편으로 다섯 발짝쯤 떨어진 곳에 목주 전봇대가 서 있었다. 아무 전선에도 연결되지 않은, 까치들의 둥지로나 쓰이는 전봇대였다. 그는 전봇대와 나란히 서서 골대를 이뤘다. 등 뒤로는 비탈이 일 미터쯤 져 있고, 그 뒤로 마구 자란 들풀들의 황록색 벌판이 멀리 주택가 도로까지 이어지고 있었다.

소년들이 일 년째 축구장으로 쓰는 아파트 건축 부지는 지난

해만 해도 건축 자재들과 중장비들로 발 디딜 틈이 없었다. 그러다 초등학교에서의 마지막 여름방학이 끝나가던 즈음, 아침부터 덤프트럭들이 꼬리를 물고 오가더니 모비가 중학생이 될무렵엔 진짜 축구장을 두 개는 집어넣어도 될 만큼 커다란 축구장이 생겼다.

소년들은 가림막을 들추고 숨어들어와 축구를 했다. 지키는사람도 없었다. 서울에서 태어나 자란 그들은 그처럼 황폐하고너른 땅에선 놀아본 적이 없었다. 그들이 그 나이까지 보아온가장 큰 공터는 동네 주차장이었다. 그들은 신났다. 배수 설비가 안 돼 있어 큰비가 한번 오고 나면 흙탕물이 빠지는 데 보름씩 걸리고, 귀퉁이 땅을 제외하면 잡초도 자라지 않는 산성 진흙땅인데도 신이 났다.

소년들은 학교 농구대를 선배 형들에게 빼앗긴 날에는 축구를 했다. 셋은 반바지에 외국 농구팀 마크가 붙은 헐렁한 농구유니폼을 걸쳤고, 거구의 서양인 선수들처럼 구부정한 자세로부러 보폭을 크게 해서 뛰어다녔다. 나머지는 목이 늘어난 티셔츠에 면바지를 잘라 만든 반바지, 이름도 없는 상표의 캔버스화 차림이었다. 모비는 아직 산호색 긴팔 셔츠에 바짓단이닳아 해진 청바지를 입고 있었다. 그는 반팔과 반바지는 입지않았다. 희고 가냘픈 팔다리가 맥없이 매달려 덜렁거리는 것을보면 소년들이 웃기 때문이었다.

소년들 중에는 형제가 있었다. 쌍둥이로 그중 형이 모비와 같은 반이었다. 쌍둥이의 아버지가 올 장마 직전에 마포대교에서 뛰어내렸다. 그날은 해가 쨍쨍했지만 바람만은 이상하게 축축했다. 오후 네 시가 넘어 반의 반장이 쌍둥이를 찾으러 축구장까지 왔다. 모비가 본 것은 황급히 달려 나가는 땀에 젖은 등짝 두 개뿐이었다.

모비에게 골대가 되라고 한 게 그 쌍둥이였다. 공을 주워 오라고 소리 지르는 것도, 걸어 다니면 욕지거리를 하는 것도 쌍둥이였다. 소년들은 자기들끼리 팀을 짰다. 모비는 꼼짝 않고 서서 공터나 하늘 어디를 멍하니 바라보고 있다가 공이 날아와 뒤쪽으로 빠지면 공을 주워 오면 되었다. 소년들이 두 시간 공을 차면 열 번은 더 비탈을 뛰어내려 풀밭을 뒤져야 했다.

경기가 끝나고 나면 이름도 모르는 풀들의 씨앗과 벌레 들이 운동화 안에, 셔츠 안에, 바지와 팬티 안까지 밀고 들어와 있곤 했다. 양말과 무릎은 풀물이 들어 퍼렜고 손과 운동화는 진흙으로 붉었다. 숨에서도 짓이긴 풀 냄새가 나는 듯했다.

"골대! 아이스크림 좀 사 와."

소년들이 아이스크림을 먹는 동안에도 모비는 골대였다. 그들의 움직이라는 말이 있어야 움직일 수 있었으므로 그는 물도 마시지 못했다. 그들은 모비의 이름도 몰랐다. 그들은 모비가 말을 할 수 있는지도 몰랐다. 아침에 와보면 걸상에 앉아 있고 오후에 보면 어느새 사라지고 없었다. 처음엔 벙어리에 귀머거리인 줄 알았는데 부르면 반응을 했다. 야, 하면 고개를 돌렸다. 손짓을 하면 왔고 턱으로 이것저것 가리키면 가져왔다. 그렇게 해서 모비는 골대가 됐다.

소년들에게 모비는 다루기 쉬운 영혼이었다. 아니 자기들과 같은 영혼을 갖고 있다는 느낌도 들지 않았다. 말도 없었고 웃지도 않았으며 누가 끌어내지 않으면 종일 자리를 뜨지 않았다. 그렇다고 공부를 열심히 해 성적이 좋은가 하면 그것도 아니었다. 펴놓은 것은 교과서인데 공부한 흔적은 없고, 다른 시간 교과서가 책상에 올라와 있기 일쑤였다. 숙제를 해 오는 것 같지도 않았다. 그런데도 선생들은 항상 모비 앞을 무심한 얼굴로 지나치곤 했다.

모비는 수업 시간에나 쉬는 시간에나 꼿꼿이 등을 세우고 앉아 두 손을 가볍게 말아 쥔 채 책상에 올려놓고 있었다. 시선은 늘 허공을 향하고 있었다. 눈을 마주치려고도 하지 않았다. 눈이 마주치면 살짝 고개를 틀었다. 어쩌다 말을 할 때는 억양에 변화가 거의 없어 교과서를 억지로 읽고 있는 듯했다. 아파서 신음하고 비명 지를 때조차 목소리 톤에 변화가 없었다. 소리가 너무 작아 어깨를 기울여 귀를 가져다 대야 했다.

그래서 무엇이든 더 크고 많아야 좋은 줄 아는 나이의 소년들은 모비를 더 하찮게 보았고, 영혼 없는 나무토막인 양 더 아프게 했으며, 기합이 들어가 있지 않은 얇은 목소리를 두고 계집애 같다고 놀려댔다.

하지만 소년들이 조금만 더 주의 깊었다면, 모비가 다루기 쉬운 영혼이 아니라 칠흑 같고 아수라장 같은 영혼을 가졌다는 사실을, 허공을 응시하는 눈의 동공이 때때로 분노로 비정상적으로 커져 있곤 하다는 사실을, 힘없이 가라앉은 말투 속에 강철처럼 담금질된 끔찍한 의지가 숨어 있다는 사실을 알아차렸을 것이다. 무엇보다 모비 역시, 소년들을 하찮은 축구공 이상으로는 보지 않는다는 사실을 깨달았을 것이다.

모비의 아버지는 그리 섬세하지도 예민하지도 주의 깊지도 않은 사람이었지만, 그래도 소년들보다는 모비에 대해 조금 더 잘 파악하고 있었다. 그래서 중학교에 입학하자마자 모비 담임 선생을 찾아가 자신이 무엇을 두려워하고 있는지 털어놓았다.

"학생이 경증 자폐증이라고요?"

담임은 병원에서 떼어온 진단서를 훑어보며 물었다.

"아들애가 말을 잘 안 할 수도 있습니다. 숙제도 잘 안 할 거예요. 뭐든 쓰는 걸 괴로워하니까."

모비의 아버지는 덧붙여서 음악 시간에 노래를 시켜서도 안 된다고 했다.

"숙제도 안 하고 노래도 안 한다면 수업은 어떻게 한답니까?"

모비 아버지는 모비의 자폐증이 정상에 가까운 경증이라 특수학교가 아닌 일반 중학교에 보냈다고 묻지도 않은 말에 변명을 했다.

"그리고 다른 아이들과 어울리게 내버려두시면 안 됩니다."

그 말에 담임은 눈을 동그랗게 뜨고 모비 아버지를 바라보았다.

"친구가 아들애랑 놀다 다친 적이 있어요. 아, 뭐라 표현해야 좋을지 모르겠습니다. 아이가 좀 본능적이에요."

"이제는 친구도 사귀게 하지 말라는 겁니까? 알겠어요. 일단 주의하겠습니다."

담임은 아무것도 이해하지 못한 듯했다. 하지만 모비 아버지에겐 더 자세히 설명을 할 재간도 없었다. 그저 막연히 이게 문제다, 이렇게 가면 안 된다, 저렇게 하면 끝이 좋지 않을 거다, 하는 감만 있었다. 모비 아버지는 겁에 질려 있었다. 모비 어머니가 혼전에 모비를 임신했다는 사실을 안 이후로 그의 인생은, 그가 사는 이 세상은, 그에게 온통 모를 일투성이의 두려운 것이 되었다. 그의 인생은, 세상은 갈수록 그가 온전히 파악할 수 없는 것이 되어갔다.

그리고 오랫동안 모비를 이해할 수 있는 창구 역할을 해주던 아내가 죽고 나서는, 모비는 모비의 아버지가 손도 못 댈 존재가 되었다. 그는 아들에게 땀내가 심하니 씻으라는 말조차 할

수 없었다. 진흙이 묻은 옷을 벗어서 세탁기에 넣으라고 시킬
수도 없었다. 그는 알고 있었다. 모비가 자신을 탁자나 세면대
바라보듯 한다는 사실을. 거실 뒷벽에 붙은 가죽 소파 보듯 한
다는 사실을. 죽은 사람을 볼 때의 눈빛을 하고 자신을 바라본
다는 사실을.

모비 어머니의 죽음에 대해선 누구도 모비에게 제대로 얘기
를 해주지 않았다. 해줘도 알아듣지 못할 것이라고 여기고들
있었다. 쟤는 아직도 아빠와 삼촌을 헷갈리잖아요, 하고 여동
생은 볼멘소리를 했다. 그러지 말고 특수학교를 알아봐요, 자
기랑 비슷한 애들이랑 어울려야지, 하고 남동생은 모비가 중학
교에 올라가 처음 얻어터지고 온 날 혀를 찼다. 쟤는 할미한테
왜 저렇게 쌀쌀맞은 것이냐, 눈에 저 얼음장 낀 것 좀 봐라, 하
고 어머니는 영 손자를 가까이 하지 않으려 했다.

아내가 죽은 후에도 모비 아버지는 본가와 살림을 합치지
않았다. 모비가 가족들 사이에서도 점점 더 외톨이가 되어가
는 모습이 보여서였다. 집안일은 일주일에 세 번 가사도우미
를 불러 해결했고, 가능하면 퇴근 후 바로 귀가해 모비와 있는
시간을 늘리려 했다. 하지만 몸은 모비와 한집에 있어도 마음
만은 뿌리 뽑힌 채 어딘지 모를 캄캄한 골짜기를 헤매는 기분
이었다.

이제 내 핏줄도 아니니 양육의 책임도 없지 않은가, 처가에

라도 보낼까, 아내도 죽고 없으니 진짜 아버지를 찾아주어야 도리 아닌가, 하는 생각도 문득문득 들기 시작했다.

모비가 나와 가족을 저리 냉랭하게 대하는 것도 무의식중에 자기가 내 핏줄이 아닌 걸 알아서 그러지 않을까, 아니면 반대로 모비가 내 핏줄이 아닌 걸 가족들이 눈치 채고 따돌리는 것에 나름 반응을 하는 것이 아닐까 하는 의심도 버리기 어려웠다.

혼자 거실에서 놀고 있는 모비를 보면, 보호자가 없이는 하루도 살아남기 힘든 생명이라는 생각이 들었다. 재작년 아내가 죽었을 때도 장례식장에서 모비는 표정 변화 하나 없이 앉으라면 앉고 서라면 서면서 삼 일 밤낮을 보냈다. 앉았을 때는 무릎을 꿇은 자세로 두어 시간씩 꼼짝 않고 있기도 했다.

"쟤는 다리 저린 것도 모르나 봐."

여동생이 벌써부터 어린 조카 돌볼 부담에 걱정 섞인 볼멘소리를 했다.

"표정을 봐. 쟤, 사람이 죽는다는 게 뭔지 모르는 거 아냐? 이제 형수를 다신 못 볼 거라는 얘기했어?"

결혼할 때부터 아내를 못마땅해하던 남동생이 중얼거렸다.

"장난감이라도 사다 줄까?"

"쟤가 언제 장난감 갖고 노는 거 봤어?"

모비는 엄마가 읽어주던 그림 성경책 말고 다른 놀 거리는 알지 못했다.

"너희가 잘못 안 거야. 집에 레고 블록도 있고 놀기도 잘 놀아."

모비 아버지가 슬픔에 잠긴 목소리로 모비를 감쌌다.

"쟤가 논다는 게 뭔지 이해한다고? 저 표정 안 보여? 저게 뭘 아는 표정이야? 어쩌면 평생 엄마가 어디 딴 데 마실 나가 돌아오지 않는 거라고 생각할지도 몰라."

"시끄러! 아직 어려서 그런 거야!"

하지만 모비 아버지도 모비가 더 이상 어리지 않다는 사실을 잘 알고 있었다. 엄마가 자신을 세상 누구보다 더 사랑했다는 것을 알 나이고, 그 엄마가 이젠 더 이상 같은 세상에 속하지 않는다는 것을 알고도 남을 나이라는 사실을.

한편 모비가 겉보기와는 다를 수 있다고 확신이 든 때는 아내가 죽고 반년쯤 지나서였다. 모비 아버지는 팔팔 담배와 일회용 라이터를 들고 창가로 갔다. 이른 봄 햇살이 창가를 비추고 있었다. 담배는 아내의 장례식장에서 배웠고, 이젠 술도 곧잘 마시고 이따금 주정까지 하게 되었다. 수염을 깎지 않고 출근하는 날도 많아졌다. 행색이 총각 때의 남루함으로 돌아가는데 육 개월밖엔 걸리지 않았다.

모비 아버지는 창틀에 팔꿈치를 기대고 젖은 눈을 비볐다. 길 건너 놀이터가 보였다. 일요일 아침 교회에 가지 않는 아이들이 몇몇 모여 기구를 타거나 공을 차고 있었다. 놀이터 한구

석에 모비도 보였다. 놀이터에 나가 있는 모비를 본 것은 그때
가 처음이었다. 고개를 돌려 거실을 바라봤다. 유아기 이후 모
비의 놀이터는 줄곧 거실이었다.

하긴 이제 나가 놀 때도 됐지, 하고 모비 아버지는 햇살 아래
서 굳은 표정을 풀었다. 공을 차는 아이들 너머에서 모비도 뭔
가를 공중으로 던져 올렸다 받기를 반복하고 있었다. 햇살에
부신 눈으로 봐도 공은 아니었다. 공을 가진 아이들과 어울리
는 것도 아니었다. 공을 사준 기억도 없었다. 두번째 담배에 불
을 붙일 때에도 모비는 같은 동작을 되풀이하고 있었다.

모비의 아버지는 잠옷 차림에 점퍼 한 장 걸치고 놀이터로
나갔다. 놀이터로 들어가 공놀이를 하는 아이들 가까이 갔을
때 비로소 모비의 손에 든 물체가 똑똑히 보였다. 황갈색 털에
쥐색 줄무늬가 난 새끼 고양이였다. 앵앵거리는 앓는 소리가
아이들이 떠드는 소리 틈으로 희미하게 들려왔다.

모비 아버지가 모비의 손에서 고양이를 빼앗아 바닥에 내려
놓았지만 고양이는 이미 몸을 가눌 수 있는 상태가 아니었다.

"이게 뭔 짓이야?"

모비 아버지는 손가락 사이에서 담배가 다 탔는데도 깨닫지
못했다.

"저도 공을 사줘요."

모비는 허리를 굽혀 고양이를 집어 들더니 동그랗게 말아 다

시 공중으로 던져 올렸다.

모비가 이렇게라도 의사표시를 한 게 얼마 만인지 몰랐다. 뭘 갖고 싶으니 사달라고 한 적은 처음 같았다. 모비 아버지는 웃어야 할지 울어야 할지 몰랐다. 그는 고양이는 공이 아니라고, 살아 있는 동물은 일부러 아프게 해선 안 된다고 설명을 해 줘야 했다. 하지만 어떻게? 알아듣게 설명하고 따르게 하는 일은 아내의 몫이었다.

하지만 이젠 모비 아버지의 몫이 되었다. 그는 고양이를 빼앗기지 않으려고 달아나는 모비를 쫓아가 붙들곤 팔을 비틀어 고양이를 빼냈다.

"죽었잖아!"

"저쪽에 두 마리 더 있다고요! 많아요! 엄마가 버린 고양이들이에요!"

모비의 그 말에 모비 아버지는 순간 가슴이 뭉클했다. 엄마가 버렸다는 게 꼭 모비 자신의 이야기인 듯해서였다. 그래서 그는 머리를 후려치려고 들었던 손을 내려놓았다. 평소엔 눈도 잘 마주치려 하지 않는 아이가 그의 두 눈을 찌를 듯 노려보고 있었다.

모비 아버지는 모비에 대한 생각을 고쳤다. 원하는 바를 얻으려고 애정 표현도 할 줄 모르고 얻어맞아도 화낼 줄도 모르는, 영 엉성하고 가련한 아이가 아니었다.

그날 저녁 식탁에서 모비 아버지는 넌지시 왜 평소엔 말을 하지 않느냐고 물었다. 아까 아침처럼 갖고 싶은 게 있으면 바로바로 얘기하고 학교에서 있었던 재미난 얘기도 들려주지 그러냐고.

"엄마가 말하지 않아도 된다고 했어요. 웃는 게 뭔지 모르면 웃지 않아도 된다고 했어요."

모비 아버지는 수저를 내려놓고 모비를 가만히 바라보았다. 아이는 어느새 평소와 다름없이 눈을 내리깐 채 가만가만 혼잣말하듯 중얼거리는 모비로 돌아가 있었다.

"엄마가…… 난 예수니까. 예수님은 전지전능하니까. 전지전능이 무슨 뜻이냐 하면……"

모비 아버지의 당황한 두 눈과 벌어진 입은 다물어질 줄 몰랐다.

"연희, 당신…… 도대체 애한테 뭘 가르친 거야."

그해 가을이 되자 모비 아버지는 일주일에 엿새를 술을 마시게 되었다. 술 모임이 없으면 혼자서라도 술집을 찾았고 그렇지 않으면 집에서 마셨다. 흡연량도 늘어 이젠 하루 한 갑 반을 피웠다. 모비가 그렇게까지 상태가 나쁘지 않다는 사실을 알고 나선 외박도 하게 되었다. 하지만 여전히 모비를 다루는 일은 벅찼다. 안줏거리를 사 오는 간단한 심부름도 시킬 수가 없었다. 거실에 널린 만화 성경이며 레고 블록이며 스낵 부스러기를 치우는 것도 그의 몫이었다. 밥을 먹고 나서 빈 그릇은 직접 싱크대에 갖다 넣으라는 얘기를 듣게 하는 데도 일 년이 걸렸다.

같이 있으면 하루에도 몇 번씩 불끈불끈 화가 치밀었지만, 그 끝에 딸려 오는 모비에 대한 애틋함에 노여움을 표현할 수가 없었다. 아이를 보면 그 어미가 떠올랐고, 아이의 반은 그가 사랑한 사람의 살과 피라는 생각이 지워지지 않았다. 친부를 찾아주는 일을 망설이는 것도, 낯모르는 남자에게 죽은 아내의 반을 넘겨주는 것만 같아서였다.

초등학교 육 학년의 가을 소풍에는 여동생이 엄마 대신 따라갔다. 그냥 내버려두면 소풍은커녕 학교도 가지 않을 모비였으므로 구시렁거리는 동생을 구슬리고 용돈을 쥐여주고 하며 월차를 내게 해서 창경궁까지 따라가게 했다.

그러고 나서 일주일이 지났을 때 모비의 담임한테 전화가 왔다. 소풍 장소인 창경궁에서 반 친구와 낯뜨거운 행동을 하다가 들켜서 학교로 신고가 들어왔다고 했다.

"그게 뭐랍니까, 남자애들 둘이라면서요?"

학교에 찾아온 모비의 아버지가 언뜻 이해를 못 하자 여 담임은 학년의 주임을 불렀다. 남자인 주임이 사건에 대해 설명하는 동안 담임은 얼굴을 붉힌 채 옆에 앉아 고개만 주억거렸다.

"궁내에서 제일 호젓한 곳이라네요, 관덕정이. 통행도 많지 않고. 아마 그래서 거기 들어간 모양입니다. 마루 쪽에 있는 창살문을 뜯고 들어간 모양이에요. 거기까지는 괜찮아요. 한창 그럴 나이니까. 그다음이 문제입니다. 학생 둘이 바지를 내리고 성행위를 한 모양입니다."

모비의 아버지는 무슨 말인지 알아듣지 못했다.

"그럼 창경궁 측 관리 잘못이네요. 초등학생들이 아무 데나 들어가게 놔두면 안 되잖아. 애들이 모르고 한 짓인데, 상처가 될 일은 만들지 맙시다."

"아, 아버님. 창문을 뜯고 들어갔다는 게 문제가 아니라."

"이봐요. 우리 아이는 똑똑하지 않아요! 학기 초에도 내가 와서 담임 선생께 얘기하지 않았어요?"

모비 아버지는 눈을 부라리며 담임을 쳐다보았다. 담임은 한 손을 주임의 팔에 얹고는 고개를 끄덕였다.

"나도 학교 선생입니다. 어떤 학생은 예외 상태로 놔둬야 한다 정도는 알지 않아요?"

모비 아버지는 끝까지 아무것도 이해하지 못한 얼굴이었다.

모비 아버지는 집에 일찍 들어가 자기 방에서 넋 놓고 앉아 있는 모비를 한참이나 바라보았다. 저러고 있을 땐, 그냥 길가에 세워두면 지나가는 차에 치여 죽을 게 뻔한 아이로 보였다. 꼭 제 안에서 자기를 잃어버린 애 같아…… 언젠가 여동생이 한 말이었다. 갑자기 죽은 아내가 싫어졌다.

저녁은 외식을 했다. 모비는 딱히 좋아하는 음식 없었기 때문에 술을 마시기 편한 중국음식점으로 데려갔다.

"너랑 밥 먹으면 아무 말 안 해도 돼서 좋아."

모비 아버지가 첫말을 건넨 건 연태고량주 작은 병을 다 비운 다음이었다. 평소처럼, 그때까지 둘 사이에는 대화라고 할 만한 게 없었다.

"엄마 보고 싶지 않아?"

"엄마는 죽었잖아요."

모비가 짬뽕 한 젓가락을 삼키고는 말했다.

"죽는다는 게 뭔지 알아?"

모비는 다시 말을 잃어버렸다.

"역시 내 아들이야. 똑똑해. 모를 리 없지. ……그래도 보고 싶지 않아?"

모비는 고개를 들곤 그딴 건 왜 묻느냐는 표정으로 아버지를 올려다보았다.

"괜찮아요. 엄마는 죽었지만 아빠는 있잖아요. 아빠가 날 보살펴주면 돼요."

모비는 담담하게 말했다. 그 어조에서 모비 아버지는, 모비가 엄마가 죽었다는 데 아무런 마음의 부담도 갖고 있지 않다는 사실을 깨달았다. 드라이아이스처럼 차고 딱딱하게 응고된

백색의 심장을 마주한 느낌이었다.

학교에 다시 불려 간 건 한 달이 더 지나서였다. 이번엔 주임
이 전화를 걸어왔다. 모비 아버지는 반차 휴가를 내고 모비의
학교로 갔다. 멀리 교문이 보일 때부터 그의 기분은 무겁게 가
라앉기 시작해서, 택시에서 내릴 쯤엔 좌석에 눌어붙은 듯 엉
덩이를 떼지 못했다. 교무실이 있는 본관 층계를 오를 땐 진흙
탕 속을 헤매는 듯했다.

"피해 학생 부모님들은 삼십 분 후에 오시기로 했습니다."

주임은 모비 아버지를 담임과 함께 상담실로 데려갔다.

"지난번에 발생한 문제에 대해 아드님과 확실히 애기해보지
않은 모양이네요, 그렇지요?"

"문제? 아! 창덕궁 창문 뜯고 들어간 거!"

주임은 난처한 듯 눈썹을 우그리며 모비 아버지를 쳐다봤다.

"창경궁이요. 그리고 분명히 말씀드렸잖아요, 학생 둘이 바
지를 내리고 성행위를 하다 들켰다고."

모비 아버지는 깜짝 놀란 표정으로 두 손을 모았다.

"그런 말씀을 하셨어요?"

모비 아버지가 붉어진 얼굴로 기억을 뒤지는 동안 주임은 초
조하게 시계와 담임 얼굴을 번갈아 돌아보았다.

"통 기억에 없네. 그냥 창문 망가뜨렸다는 애기밖엔."

"기억에 없다고 하시면 어떡합니까? 여기 증인도 있잖아요. 그렇지, 이 선생?"

주임은 지난번에 저지른 잘못을 방치했기 때문에 말썽이 또 벌어졌다고 모비 아버지를 몇 번이나 나무랐다. 지난번엔 그저 호기심 많은 아이들의 장난이었다면, 오늘 사건은 그 장난이 폭행으로 발전한 것이라고 했다.

"우리 애는 똑똑하지가 않아요. 뭘 하고 있는지도 몰랐을 거요. 말했잖소, 예외라고."

"예외라고요? 예외 소리는 피해 학생 부모 앞에선 입 밖에도 내지 마세요. 고환을 짓이겨놓았다고요. 검사 결과가 어떻게 나올지 걱정이 이만저만이 아니에요."

"피해 학생이라니……"

모비 아버지는 입을 꾹 다물고 주임이 전하는 사건 이야기를 들었다. 학생 수가 줄어들어 비워둔 층이 있는데, 모비와 피해 학생 둘이 지난번처럼 또 빈 교실의 잠긴 문을 뜯고 숨어들어 갔다고 했다. 담임은 학생 둘이 두번째 수업에 들어오지 않자 경비를 불러 함께 찾으러 다녔다고 했다. 그러다 쓰지 않는 폐쇄된 꼭대기 층에서 앓는 소리가 들렸고 쫓아 올라가보니, 아랫도리를 벗은 모비가 고개를 든 채 멍하니 서 있고, 역시 아랫도리를 벗은 피해 학생은 바닥을 뒹굴고 있었다고 했다.

"제 아들은 어디 있습니까?"

모비 아버지는 문득 깨달은 사람처럼 주위를 두리번거렸다.

"양호실에 있어요."

모비 아버지는 모비에게 처음 손을 댔다. 그도 직업학교 교사니 체벌을 어떤 때, 어떤 방식으로 해야 하는지는 잘 알고 있었다. 체벌은 역효과만 나기 십상이라는 사실도 잘 알고 있었다. 물론 지금까지 모비를 때리지 않은 것은 불끈 화가 솟을 때마다 남의 핏줄인데, 하고 브레이크가 걸려서였다. 남의 자식에게 손을 대다니, 못 할 짓이었다.

"소풍 가서 뭐 한 거지?"

활동량이 워낙 적은 모비니 평소에 딱히 잘못할 거리도 많지 않았다. 자리에 앉으면 도통 일어날 줄 모르는 아이라 화병 하나 유리창 한 장 깨뜨려본 적이 없었다.

"......"

"그 친구 이름이 뭐더라. 걔하고는 언제부터 친구가 됐어? 이름이 뭐지?"

"몰라요."

"친구 이름을 몰라?"

"......"

"그럼 부를 때 뭐라고 불러?"

모비 아버지는 무언가 행동을 해야 할 때라고 생각했다. 남의 자식이라고 해도 지금은 자기 책임 아래 있는 아이였다.

"오늘은 아버지한테 혼 좀 나자."

마땅히 회초리로 쓸 만한 물건이 떠오르지 않았다. 빗자루는 플라스틱제였고 회초리만큼 긴 것은 주방의 국자밖엔 없었다. 문득 모비가 음악 수업에 쓰는 단소가 떠올랐다.

"종아리 한 대 맞을 때마다 친구한테 왜 그랬는지 큰 소리로 대답해!"

모비 아버지는 한 대 때리고는 일 분쯤 잠자코 모비의 반응이 나오길 기다렸다. 하지만 모비는 여느 때와 다름없이 턱을 살짝 든 채 허공을 응시하고 있을 뿐이었다. 열 대를 다 맞을 때까지도 모비는 입을 열지 않았다.

모비 아버지는 울고 싶은 심정이 되었다. 아들이 뭘 잘못했는지 절반도 파악하고 있지 못했다. 확실한 사실은 그저 모비가 친구와 함께 바지를 내리고 있었다는 것, 그리고 그 친구가 병원에 실려 갔다는 것뿐이었다. 그래서 우리 아들이 그 애를 때렸다는 겁니까? 본 사람이 있대요? 병원에 간 그 아이가 우리 아들이 했다고 했답니까? 실려 간 아이의 부모까지 만나봤지만 모르긴 그쪽도 매한가지였다. 상해를 가했다는 건 그저 어른들의 추측일 뿐이었다.

그렇다면 그게 자해일 확률은 얼마나 될까. 두 놈은 바지를 벗고 거기서 무슨 짓을 하고 있었을까.

"아니면 아니라고 해!"

이번엔 아니라고 하라며 열 대를 더 때렸다. 때릴 때마다 대답할 시간을 주었다. 그래도 모비의 입에선 알아들을 수 있는 대꾸가 한마디도 흘러나오지 않았다.

모비 아버지는 샤워를 하고 나온 모비의 종아리에 약을 발라줬다. 아이의 눈엔 눈물을 흘린 흔적이 없었다. 처음 열 대는 의지로 때렸지만 다음 열 대는 분을 참지 못해 때렸다. 오랜 경험에 의해, 그는 맞는 아이들이 그 둘을 정확히 구분할 줄 안다는 사실을 숙지하고 있었다. 그리고 후자일 때, 대개의 학생은 억울해서 눈물을 흘린다.

모비 아버지는 상처에 약을 바르고 거즈를 붙여주었다. 학교는 일주일 정도 보내지 않기로 했다. 그는 방으로 들어가는 모비의 뒷모습을 하염없는 눈으로 바라보았다. 희고 가는 팔다리가 허청허청 비쩍 마른 몸뚱이를 싣고 방으로 들어가 문을 닫고 있었다. 모비는 그에게 수수께끼였다. 그리고 보니 태어나서 지금까지 수수께끼가 아니었던 적이 없었다. 아니, 태어나기 전부터 수수께끼였다.

담임 선생도 그랬다, 여리디 여린 마음과 몸집을 가진 모비가 어떻게 그런 끔찍한 짓을 할 수 있는지 의문이라고.

모비가 중학교에 들어갔을 때 모비의 아버지는 마침내 술주

정꾼이 되었다. 주정 하면 주변 주당 중에서 그를 따라올 이가 없었다. 술이라고는 소주 두어 잔 홀짝이다 슬그머니 사라지던 사람이, 퇴사한 동료까지 불러내 날마다 술자리를 만들더니 이제는 취하면 입이 거칠기가 동네 불량배 못지않아졌다. 경찰서 출입도 했다. 화장실에 들어갔다가 옆에서 볼일 보고 있는 애먼 사람에게 시비를 걸어 박치기로 턱을 깨놓은 적도 있었다. 그는 동생들한테도 주먹질 한번 해본 적 없는 사람이었다.

이제는 일주일에 모비 얼굴 보는 날이 하루 이틀밖엔 되지 않았다. 밤 열두 시가 넘어 취해 현관에 들어서자마자 외투를 벗고, 거실을 지나며 와이셔츠를 벗고, 주방 냉장고 앞에서 팬티를 벗고, 그렇게 뻘건 알몸이 되어 거실 소파나 주방 바닥에 쓰러져 잠을 잤다. 그러니 모비가 중학교에 들어가 잘 다니고 있는지 챙길 정신이 있을 리 없었다. 중학교에 입학하자 담임을 찾아가 진단서와 돈이 든 봉투를 건네주며 아들이 똑똑하지 않다, 본능적이니 알아서 해라, 한 일이 학부형으로서 한 역할의 전부였다. 모비 아버지가 보기에 더 이상 아들도 아버지도 아니었다. 제대로 챙겨주지 못해 미안한 마음도 더는 들지 않았다. 뭘 챙겨줘야 하는지 알 수 없었고 일부러 알려고도 하지 않았다.

모비는 웬일로 중학교에 들어가고 첫번째 여름방학이 지날 때까지 잠잠했다. 나라의 경제 사정이 나빠지고 실업자가 폭증

하자 모비 아버지가 일하는 직업학교는 전에 없이 바빠졌다. 그가 관리하는 학생만 오십 퍼센트가 늘었다. 그 핑계로 더 많은 술을 더 자주 마셨다. 그의 올해 계획은 모비의 진짜 아버지를 찾아주는 것이었다. 하지만 벌써 가을이었고, 심부름센터에 전화를 걸려고 수화기에 손을 올릴 때마다 모비의 희고 가느다란 팔다리가 떠올랐다. 초점 없이 멍한 두 눈이 떠올랐다.

모비 아버지는 그날도 만취해 들어왔다. 며칠 전 학생 한 명이 들어왔는데, 그가 젊었을 적 그토록 들어가고 싶었던 건설사의 과장으로 근무하던 사람이었다. 그 건설사는 올봄 부도처리가 났고 학생은 회사를 나와야 했다. 그는 사정 얘기를 듣다 내 소싯적 꿈이 당신처럼 되는 거였소, 근데 지금 보니 내 팔자가 더 나았네, 하고 혀를 찼다. 그러고 둘은 어울려 술을 마셨다.

평소처럼 모비 아버지는 현관에 들어서자마자 옷을 벗기 시작해 알몸으로 거실 소파에 드러누웠다. 그의 몸은 검은 터럭이 난 부분을 빼면 전체가 분홍빛이었다. 그는 오늘 자신보다 더 불운한 사람을 보았다. 요즘은 자기보다 더 불운한 사람이 눈에 밟힐 정도로 많아졌다. 하지만 곰곰 따져보면 역시나 자기보다 더 불운한 사람은 없었다. 그렇다고 슬프거나 쓸쓸한 기분이 들지는 않았다. 그저 짜증뿐이었다. 아내가 죽은 뒤로 그의 가슴은 짜증이 뭉텅이로 차올라, 이제 그는 짜증만 가득한 사람이 되었다.

막 잠이 들려는데 현관문이 열리는 소리가 났다. 잠그지도 않고 안전 고리도 걸지 않은 모양이었다. 모비 아버지는 소파에서 상체를 일으키고 목을 길게 빼서 현관 쪽을 돌아봤다. 시간은 밤 한 시에 가까웠다.

"너 그게 다 뭐냐?"

모비 아버지는 얼이 빠진 얼굴로 현관으로 들어온 모비를 바라봤다. 모비는 잠시 멈춰서 허공을 바라볼 때와 똑같은 눈빛으로 그를 응시했다. 지퍼 달린 은회색 후드 티에 개나리색 트레이닝복 바지 차림이었다. 하지만 일부러 뒹굴다 온 것처럼 곳곳이 진흙투성이였고 머리카락은 떡이 져 흐트러져 있었다. 얼굴에도 붉은 진흙 같은 게 얼룩져 있었다.

"양말은 어떻게 한 거냐?"

양말 한 짝을 신고 있지 않았다. 신고 있는 한 짝은 젖었는지 축 늘어져 있었다. 그러고 보니 현관부터 서 있는 자리까지 시뻘건 발바닥 자국이 한 줄로 나 있었다. 모비 아버지는 흐트러진 초점을 똑바로 맞추려는 사람처럼 삐뚤삐뚤 거실 바닥에 찍힌 발자국들을 한참이나 바라보았다.

"어디서 뒹굴다 온 거야!"

모비 아버지는 소파에서 일어나려다 비칠거리며 바닥에 쓰러졌다. 고개를 드니 모비가 세탁기가 있는 베란다 앞에서 옷을 벗고 있었다. 모비 몸에 멍이 들거나 상처가 난 것 같지는 않았다. 워낙 피부가 하얘 생채기가 나면 눈에 띄지 않을 도리가 없었다.

척추의 고른 굴곡이 촛농처럼 흘러내리고 있는, 가늘고 하얀 양초 같은 몸이 형광등 불빛 아래 드러났다. 뙤약볕에 아무리 놓아두어도 도통 탈 줄 모르는 피부, 뻘겋게 익기만 할 뿐단 한 번도 건강한 갈색을 띠어본 적이 없는 백색 피부. 그리고그 양옆에서 가늘고 존재감이 흐릿한 팔 두 개가 느릿느릿 움직이고 있었다.

모비 아버지는 모비가 서 있던 자리까지 무릎으로 기어가 발자국을 검지 끝으로 쓱 긁어보았다. 까끌까끌한 흙가루 같은게 만져졌다. 역시 진흙인가, 하며 이번엔 코를 대고 냄새를 맡아봤다. 역겨운 쇳내가 콧속을 찔러왔다. 그는 무릎을 꿇은 채로 숨을 골랐다. 정신은 흐릿했고 뭐가 뭔지 알 수 없었다. 소리를 들어보니 모비는 세탁기에 벗은 옷을 넣고 이것저것 버튼을 눌러보는 모양이었다. 뭔가 켕기는 게 있는 거다, 하는 생각이 들었다.

모비 아버지는 두 손으로 바닥을 짚고 일어섰다. 아들 방으로 가 단소를 찾아 손에 들었다. 그는 정신을 가다듬으려 애를 쓰며 거실로 나와 잠시 서 있었다. 그러고는 모비를 따라 베란다로 들어갔다.

"얼룩을 빼려면 삶음 코스를 눌러봐."

모비 아버지는 모비의 어깨 너머로 세탁기를 내려다보며 말했다. 떡 진 머리에서 땀내에 섞여 역한 쉰내가 코를 찔러왔다. 모비가 그래도 머뭇거리자 그는 팔을 뻗어 버튼을 조작했다. 그리고 동작 버튼을 누르고 온수가 세탁기 통 속으로 흘러드는 모양을 함께 지켜봤다.

"늦게 들어온 게 오늘이 처음이니?"

모비가 고개를 끄덕였다.

"친구들이랑 뭐 했어?"

모비가 고개를 살짝 숙이더니 몸을 비틀어 베란다를 빠져나갔다. 모비 아버지가 쫓아 나갔을 땐 이미 욕실 문이 닫히고 있었다.

모비가 욕실에서 나오기를 기다리며 모비 아버지는 거실 소파에 앉아 있었다. 이제 술도 깬 것 같고 팬티도 도로 주워 입었다. 그는 힘에 관한 것이면 아무 짓도 하지 말아야 했다. 몽둥이질도 안 되고 회초리질 안 되고 주먹도 손바닥도 쓰면 안 되었다.

모비 아버지는 주정뱅이가 된 지 오래였다. 그는 이미 자기 통제력을 상당히 잃어가고 있었다. 폭발하면 멈출 수 없을지도 몰랐다. 그는 현관에 놓인 모비의 책가방을 바라보다가, 소파에서 일어나 가방을 가져왔다.

"이게 뭐니?"

모비 아버지는 욕실 문을 열고 나온 모비를 향해 손가락만 한 굵기의 쇠막대를 들어 올려 보였다. 길이가 한 뼘쯤 되는, 건축 공사장에서 쓰는 어두운 남색의 철근을 자른 쇠막대였다. 중학교 일 학년인 아이가 책가방에 이런 걸 주워 넣고 다닌다는 사실이 믿기지가 않았다.

"옷 입어야 돼요."

모비는 물이 뚝뚝 떨어지는 머리카락을 훑어 올리며 말했다. 확실히 모비 몸엔 눈에 띄는 상처가 없었다. 그럼 이 피는…… 모비 아버지는 다시 도망가고 싶어졌다. 철근의 주름에서는 검붉은 얼룩이 끈끈히 굳어가고 있었다. 그게 피인 것은 확실했다. 거실에 찍힌 발자국도, 세탁기 안에서 돌아가고 있는 옷의 얼룩들도 피임이 확실했다. 그 쇳내는 피비린내였다. 그는 역겨움에 속이 뒤집혔다.

"이 아버지를 우습게 보는 거냐?"

모비가 자기 방으로 들어가려 하자 모비 아버지는 소리를 질렀다. 모비는 어깨를 약간 움찔하며 방문 앞에 멈춰 섰다.

"이게 누구 핀지 말해봐!"

모비 아버지는 한 손엔 철근을, 한 손엔 단소를 거머쥐고 소파에서 일어나 모비에게 다가갔다.

"이게 왜 책가방에 들어 있어? 이걸로 무슨 짓 했는지 말해!"

모비 아버지는 단소를 모비의 머리를 향해 휘둘렀다. 모비가 주저앉았다. 그는 매질을 그치지 않았다. 단소는 이미 부러져서 그의 손에 없었다. 그는 손바닥으로 때리다가 주먹으로 때리다가 모비의 손목을 부여잡고 거실로 끌고 나왔다.

"뭐 했어? 뭐 했냐고!"

모비가 울고 있었다. 눈물을 뚝뚝 흘리고 있었다. 아내 장례식 때도 보지 못한 눈물이었다. 회초리를 스무 대씩 맞아도 흘리지 않던 눈물이었다. 우느라 흉하게 일그러진 모비의 표정은, 웃느라 활짝 펴진 표정만큼이나 보기 힘든 것이었다. 마른 식빵 조각처럼 늘 굳어 있기만 한 얼굴에 표정이라고 할 만한 게 드러났다.

모비 아버지는 팔을 내리고 뒤로 물러서서, 무릎을 꿇고 있는 모비를 내려다보았다. 이 아이 속에 이만한 감정이 있었나 싶을 만큼 모비는 서럽게 울고 있었다.

"무슨 짓 했냐고!"

"엄마는 아빠가 죽였어요."

"뭐?"

"엄마는 아빠 앞에서만 밥을 먹었어요. 그러곤 다 토해버렸어요."

모비 아버지는 이게 무슨 소린가 하는 얼굴로 모비를 내려다보았다. 무슨 말인지는 몰라도 모비의 목소리가 여자애 목소리

같아서 절로 웃음이 나왔다. 평소 말이 워낙 없으니 변성기가
왔는지 안 왔는지도 그는 몰랐다. 성질난 여자애 같은 목소리
가 그의 귀청을 날카롭게 찢고 있었다.

"아빠만 모르지 다 알아요. 할머니도 알고 삼촌도 고모도 다
알아요! 아빠만 모르는 거예요! 아빠가 무서워서 엄마는 아빠
가 볼 때만 밥을 먹고 아빠가 없으면 다 토했다고요. 엄마는 아
빠가 죽지도 못하게 한다고 했어요!"

눈앞에 해골처럼 말라가던 아내의 모습이 떠올랐다. 살갗은
누렇게 푸석푸석해지고 머리카락엔 윤기가 없어지고 입가엔
흉하게 주름이 졌다. 병원에 가보라고 해서 몇 번 갔던 기억이
났다. 갈 때마다 진찰해봐도 아무 이상 없더라는 말만 했다. 같
이 가보자고 해도 아내는 부득부득 혼자 가겠다고 우겼다.

모비 아버지는 잠시 머리를 짚고 아내의 사인이 무엇이었나
떠올리려 애썼다.

"이 아빠만 빼고 다 알고 있다고? 뭘? 뭘 말이야?"

모비 아버지의 목소리는 한풀 꺾였다.

"엄마가 날 무서워했다고? 엄마가 날 무서워해?"

모비 아버지는 혼잣말처럼 몇 번이고 되뇌고 되물었다.

"내가 뭐가 무서워? 엄마가 뭐라고 했어?"

오래 잊고 있었지만 아내의 사인은 급성신부전으로 인한 합
병증이었다. 아내는 심장이 멎어 죽었다.

"네 엄마가 날 왜 무서워하니? 이 아빠가 얼마나 다정하고 신사적인데."

모비 아버지는 무릎 꿇은 모비의 눈을 바라보다가 흠칫 한 발을 뺐다. 등줄기가 뻣뻣해지면서 저도 모르게 눈이 휘둥그레졌다. 형광등 불빛이 그의 발아래 짙은 그림자를 드리우고 있었다. 그리고 모비가, 아니 한 번도 본 적이 없는 어떤 짐승이 그 그림자 속에 웅크리고 있었다.

이빨을 드러내놓고 조용히 모비 아버지를 응시하고 있었다. 깜깜한 형체 가운데 이빨과 두 눈만 하얗게 빛나고 있었다. 고요가 그 검은 형체를 단호하게 둘러싸고 있었다. 고요가 검은 형체와 그 사이를 가르며 바닥없는 강처럼 흘러가고 있었다. 그는 이 형체를 뭐라 불러야 할지 알 수가 없었다. 지금 이 순간은 아들도 아니고 모비도 아니었다. 그가 아는 어떤 존재도 아니었다. 워낙 수수께끼 같은 아이라 평소에도 가끔 거리감은 느껴졌지만 이 정도까지는 아니었다. 자신과는 완전히 다른 어떤 종을 보고 있는 기분이었다. 그 순간 모비는 미지의 존재였다.

모비 아버지는 그림자 속에서 끔찍하게 빛을 발하고 있는 눈과 이빨에서 고개를 돌릴 수가 없었다. 그는 뻣뻣하게 얼어붙어 눈을 뗄 수도 도망갈 수도 없었다. 그리고 자신이 지금 느끼는 감정이 공포라는 사실을 깨달았다. 공포란 이렇다는 사실을 마흔을 넘긴 지금에서야 깨닫고 있었다.

자기 앞에 선 누군가와의 사이에 결코 건널 수 없는 무저갱이 가로놓여 있음을 깨닫는 순간, 그런 순간에 느끼는 감정이 공포였다. 불현듯 깨닫게 되는, 결코 건널 수 없는 나와 미지의 존재 사이의 간극, 그것이 공포였다.

난생처음 느껴보는 칠흑 같은 어두운 감정에 모비 아버지의 등뼈는 돌처럼 단단히 굳고 두 다리는 세상을 다 짊어진 듯 꼼짝도 할 수 없었다. 그는 아무 말도 행동도 할 수 없었다. 다 하릴없게 느껴졌다. 그는 겨우겨우, 두 손을 들어 얼굴을 감쌀 수 있었다. 자신이 맞서 싸울 수 없는 상대에게서 얼굴을 숨기고 감추려는 사람처럼. 자신이 결코 이길 수 없는 미증유의 상대에게서 영영 도망치려는 사람같이.

"무슨 일인가 있을 거예요."

모비 아버지는 모비의 담임 선생을 찾아가 말했다. 그의 말에 담임은 아드님은 결석도 한 번 않고 지각도 않는 모범 학생이라는 인사치레를 했다. 그는 듣는 척 마는 척 정말 아무 일도 없었느냐고 재차 묻고는 잘 생각해보라고 했다.

모비 아버지는 학교에서 오백 미터쯤 떨어진 정형외과로 갔다. 그는 접수대 간호사에게 담임에게 받아 온 메모지에 적힌 형제의 이름을 불러주었다. 그는 사 층 입원실에 들어가 쌍둥이 형제를 찾았다. 팔 인실 안쪽에 모비 또래의 어린아이 둘이 나란히 누워 있었다. 그가 다가가자 보호자 침대에 앉아 있던 수심이 가득한 표정의 중년 여자가 일어섰다.

모비 아버지는 과일 바구니를 건네주고 우연히 학교에 들렀다 소식을 들은 학부형이라고 자신을 소개하며 형제의 상태를 꼼꼼히 살폈다. 코가 부러지고 팔에 깁스를 하고 이가 몇 대쯤 날아가고 발목이 골절되고 둘 다 머리를 붕대로 친친 동여맸다. 얼굴에도 거즈가 덕지덕지 붙어 있었다. 그는 고개를 젓고 또 저었다.

"누구라고 얘기를 안 해요. 애들이 때리기는 했어도 맞고 온 적은 없었는데."

쌍둥이의 어머니가 말했다. 담임이 한 얘기와 크게 다르지 않았다. 쌍둥이가 싸움을 좋아해서 저번 중학교에서도 사고를 쳐 전학을 왔다고 했다. 그러니까 맞고 다니는 아이들은 아니라는 얘긴데, 이번엔 임자를 제대로 만난 것 같습니다, 하고 담임은 메모지에 병원과 쌍둥이의 이름을 적어주었다. 담임은 설마 모비의 짓이라고는 생각지 않는 것 같았다. 책가방도 겨우 들고 다닐 듯한 아이가, 목소리는 여자애 같고 덩치는 초등학교 저학년 같은 아이가, 수업 시간에 대답도 제대로 못 하는 수줍은 아이가 쌍둥이를 때려눕히는 일은 절대로 있을 수 없다고 생각하는 것 같았다.

"누가 때렸다고 통 말을 안 해요."

쌍둥이의 어머니가 혼잣말처럼 중얼거렸다.

"애들이 털어놓길 두려워해요. 언젠가는 퇴원해서 학교로 돌아가 또 마주쳐야 할 테니까. 그냥 입 다물고 있는 게 유리하다고 판단한 거죠. 쟤네들 나름의 생존 기술이라고 해야 하나? 경험으로 아는 거예요, 부끄럽지만 저 애들한테 맞은 아이들도 그래 왔으니까."

모비 아버지는 뭐라 할 말을 잊었다. 모비도 입을 열지 않고 쌍둥이도 입을 열지 않으니 섣불리 무슨 일이 있었다 판단을 내릴 수도 없었다.

"지난여름에 애들 아빠가 죽었어요."

쌍둥이의 어머니는 미안해 어쩔 줄 모르는 표정을 짓고 있었다. 그러곤 두서없이 애들 아버지가 다니던 회사가 부도가 났고 어쩌다 회사 빚을 떠안았고 울화에 시달리다 자살했다고, 애들이 속만 덜 썩였어도 죽을 마음까지는 품지 않았을 거라고 이야기를 늘어놓았다. 그러면서 쌍둥이가 무슨 짓을 했든 용서해달라고 했다. 저 아이들도 저만큼 다쳤으니 벌은 받은 게 아니냐고 했다.

"아니에요, 쌍둥이가 뭘 잘못한 게 아닙니다."

모비 아버지는 쌍둥이 어머니의 눈을 똑바로 들여다보며 말했다.

"올해는 정말 아버지들이 수난을 많이 당하는 해군요."

모비 아버지는 잠깐 생각에 잠겼다가 다시 말을 이었다.

"우리 아들놈도 속 썩인다기보다는…… 아니 그냥…… 우리 아들놈한테는 창문이 없어요. 마음을 들여다볼 수 있는 창문이 안 달려 있어요. 그래서 부모인 저도 속을 통 알 수가 없지요."

모비 아버지는 사 층 병동을 내려오면서 공중전화로 여동생에게 전화를 했다. 아내가 일부러 밥을 토해냈다는데 알고 있었느냐고. 여동생은 펄쩍 뛰며 처음 듣는 소리라고 했다. 남동생도 금시초문이라고 했다. 병원을 나오면서는 어머니한테까지 전화를 했다. 어머니는 그런 얘길 누가 하더냐고 무슨 천벌받을 소리냐고 되물었다. 그러고 나니 이제 그는 자기가 미쳐가는 게 아닌가 싶었다.

모비 아버지는 병원을 나와 쌍둥이 어머니가 가르쳐준 대로 공사가 중단된 공터로 갔다. 그는 가림막을 들추고 안으로 들어갔다. 쌍둥이가 밤새 여기 쓰러져 있다 새벽녘에 밖으로 기어 나왔다고 했다. 그는 황무지를 천천히 가로질렀다. 구두 바닥에 붙어 올라오는 기분 나쁜 진흙은 모비의 옷에 묻어 있던 것과 같은 붉은색이었다. 치우지 않은 폐자재들이 여기저기 흩어져 있었다. 합판과 자갈 더미 사이에 모비의 가방에서 본 쇠막대와 같은 철근도 뒹굴고 있었다.

모비 아버지는 버려진 땅 한가운데 서서 사방을 둘러보았다. 휑한 바람이 그의 울적한 가슴을 쓸고 지나갔다. 어쩐지 바람에서 모비에게서 나던 그 냄새가 나는 듯했다. 역한 쇳내, 그 뻘건 비린내가 나는 듯했다.

모비 아버지는 붉은빛의 황무지 가운데에서 다시 한 번 칠흑같은 공포에 몸을 떨었다.

돌이켜보면 그 공터는 정말 핏덩이처럼 붉었다. 모비는 어깨에 둘러멘 크로스백에서 현금의 무게를 느끼며 벌써 어른이 된 것처럼 어렸을 적을 회상했다. 하지만 고작 삼 년이 흘렀을 뿐이고 그는 여전히 어린애였다.

모비는 무게가 느껴질 만큼 많은 양의 현금은 쥐어본 적이 없었다. 짐을 싸들고 집을 나올 때도 그만한 현금은 없었다. 레스토랑 사장의 혀를 제대로 가른 덕에 한동안 자취방 월세 걱정은 없을 것이다. 그는 추위에 어깨를 움츠리며 길을 건너 일본식 선술집으로 들어갔다.

"술은 주문이 안 되는데, 주민등록증은 있는 거야?"

모비가 사케를 시키자 흰 앞치마 차림에 이마에 밴대나를 두른 젊은 사내가 나와 그의 앞에 섰다.

"이런 씨발."

"뭐?"

모비는 고개를 들고 가만히 사내를 노려보며 이 등신은 어디를 갈라줄까 생각하다가 그럼 두부나 줘, 하고 중얼거렸다.

그해 모비는 아버지를 버렸다. 물론 친아버지는 아니었다. 모비도 그 사내가 진짜 아버지가 아니란 사실을 알고 있었다. 모비의 진짜 아버지는 하나님이고, 주로 하늘에 계셨다. 그리고 그가 버린 것은 주정뱅이지 아버지가 아니었다. 이젠 돈을 버는 법도 알았으니 지상의 아버지는 더더욱 필요 없었다.

"고통이 너희를 자유롭게 할 거야."

모비는 바닥에 뻗어 숨을 헐떡이는 쌍둥이를 향해 나지막이 지껄였다. 빛이라곤 달빛밖에 없었으므로 형제는 모비가 어떤 표정을 짓고 있는지 볼 수가 없었다. 하지만 모비는 자신이 원하는 모든 걸 다 볼 수 있었다. 암흑 천지에서도 적들을 쫓아가 불구로 만들어놓을 수가 있었다.

"이젠 다리도 절고 손가락도 삐뚤어져서 젓가락질도 잘 못하겠지. 어쩌면 졸업 때까지 휠체어를 타고 다녀야 할지도 몰라. 그럼 정말 볼만할 텐데. 쌍둥이인데 이젠 서로 안 닮아 보이겠구나. 쌍둥이로 안 보일지도 몰라. 눈은 건드리지 않았어. 너희도 고등학교는 가야 할 테니까. 하지만 이는 공부하는 데 별 도움이 안 되니까 내 마음대로 했어. 공부를 이로 하지는 않잖아? ……그리고 코도. 근데 어느 쪽 뺨을 찢어야 하냐?"

쌍둥이가 그날 밤 들은 모비의 말은, 모비를 알게 된 뒤 모비에게서 들은 모든 말을 합친 것보다 더 양이 많았다. 그날 밤 전까지 쌍둥이는 모비가 의사표시가 가능한 사람이라는 사실조차 종종 잊곤 했다.

"너흰 불구가 될 거야. 내가 좋아하는 거지, 불구."

모비는 틈틈이 쇠막대 끝으로 쌍둥이의 여기저기를 쿡쿡 쑤셔보았다. 쌍둥이가 여기서 가림막을 지나 인도까지 나가려면 삼백 미터는 기어가야 한다. 모비는 철근을 들어 다시 한 번 복사뼈를 두들겼다.

이제 모비는 인간의 자식도 아니었고 학생도 아니었다. 독립은 생각보다 혹독한 일이었지만 이렇게 적응하고 나니 괜찮았다. 쌍둥이 형제를 불구로 만든 그날 밤도, 사장의 혀를 가른 오늘 밤도, 모비의 기분은 평소와 다를 바 없었다. 딱히 좋은 것도, 나쁜 것도 없었다. 아니, 모비는 자기한테 기분이란 것이 있기나 한지 지금까지 따져본 적이 없었다. 기분이란 게 뭔지 모를 수도 있었다. 모비는 연두부와 튀김으로 배를 채우고 이자카야를 나왔다. 진눈깨비가 내리고 있었다. 질편한 눈송이들이 뚝뚝 떨어지고 있었다.

"나는 내 안에서 나를 잃어버렸어."

모비는 검은 가죽 챙 모자를 고쳐 썼다. 그러곤 누구에게랄 것도 없이 짧게 욕설처럼 내뱉었다.

"너희도 곧 그렇게 될 거야."

불이 그 구름 가운데 있으리라

"형제들아."

한창림은 새벽 어스름이 막 걷힌 거실로 나와 서성였다. 전
망창 앞에서 불안하게 서성이다가 얼어붙은 듯 몇 분이나 동
작을 멈추기도 했다. 그는 거실 소파에 걸터앉아 고개를 떨어
뜨리고 다시 중얼거렸다. 자기한테 속삭이는 작고 여린 목소
리였다.

"너희는 선을 행하다가 낙심치 말라."

한창림은 뜸을 들였다가 다시 한 번 속삭였다.

"형제들아, 너희는 선을 행하다가 낙심치 말라."

여섯 시가 되자 한순간에 사방이 소란스러워졌다. 위층과
아래층에서 시계 알람 소리가 울려대고 텔레비전 뉴스 앵커의
목소리가 잉잉거렸다. 아침 준비로 쿵쾅거리며 부산을 떠는 소
리가 사방에서 흘러들었다.

이제 공기에서 찬 기운은 느껴지지 않았다. 한창림은 소파
에서 일어나 전망창의 커튼을 끝까지 젖히고 잠시 해바라기를
했다.

그 중년 사내는 키가 너무 작고 체격도 빈약해서 야구모자
만 눌러쓰면 십대 청소년처럼 보였다. 얼굴 대부분이 모자 챙

의 그늘에 가려져 잘 보이지 않았고 작은 키와 좁은 어깨만 시야에 잡혔다.

"선생님 말씀대로 문교 파스텔 십이 색하고 스케치북 샀어요."

사내가 빠르게 곁으로 달라붙으며 말을 걸어왔다.

한창림은 누군지 알아보지 못했다. 탁한 목소리에선 나이가 느껴졌지만 내려다보이는 머리 크기며 어깨 폭은 어린아이로 잘못 알기 딱 좋았다.

한창림은 무시하고 가던 길을 계속 갔다. 광신도거나 삐끼거나,라고 생각했다. 그는 약속이 있어 동네 먹자골목의 실내 포장마차를 찾고 있었다. 바람이 찼다. 계절이 십이월로 도로 넘어가고 있는 듯했다.

"색을 어떻게 섞는지 알 수가 없네요. 몇 발짝 떨어져서 보라고 하셨지요? 인생이든, 그림이든."

사내는 더 가까이 붙었다. 키 차이가 많이 났기 때문에 한창림이 한 걸음을 뗄 때마다 사내는 한 걸음 반을 떼어야 했다. 이제 거의 거치적거리고 부딪힐 정도가 되었다.

"아, 누구시죠? 잘 모르겠는데."

한창림은 걸음을 멈추고 모자 챙 아래의 얼굴을 확인하려고 허리를 굽혔다. 그러자 사내는 다시 빠르게 그에게서 멀어졌다. 사내가 거리 저쪽 인파 속으로 사라질 때쯤에야 그의 머릿속에 무언가 떠올랐다. 그가 미술 교화를 나가는 교도소와 관련이 있었다, 파스텔은 그쪽 수업에서 쓰니까.

한창림은 교도소의 미술 교화 수업뿐만 아니라, 백화점과 대형 마트의 문화센터에도 기초 회화를 가르치러 나가고 있었다. 수강생의 수로 말하면 일일이 얼굴을 기억하기 어려울 만치 많았다. 그는 그림 그리는 기술을 가르치는 선생일 뿐 스승이 아니었고, 수강생들도 제자가 아니었다. 학기가 끝나면 존재를 잊고 마는 느슨한 관계들뿐이었다. 그래서 그는, 다시 보기 전까지 사내가 누군지 기억해낼 수가 없었다.

자기 주변에 누군가 있다는 느낌을 받은 건 보름쯤 후였다. 그 느낌은 점점 강해져서 길 가다 말고 돌아보게 되고, 누군가 노려보고 있다는 느낌에 식당에서 밥 먹다 말고 영화관에서 영화를 보다 말고 뛰쳐나간 적도 있었다. 다시 보름쯤 지나자 심리 상담을 받아야 하지 않을까, 하는 생각이 들었다.

"하지만 그게 정말일지도 모른다고."

한창림은 임상심리사 수련 과정을 함께했던 선배를 찾았다.

"네 망상이 아니라 널 따라다니는 놈이 진짜로 있을 거라고. 사람이 어디 그리 쉽게 미치디?"

하지만 그런 놈이 실제로 있다면 더 큰일 아닐까. 쫓아다니는 놈이 정말 있다면 그놈을 무슨 수로 밝혀내고 처리해야 할까. 경찰에 신고하는 일도 만만치 않다.

한창림은 한밤중에 잠에서 깼다. 허기 때문인지 불안 때문인지, 아니면 아직도 거실에서 들려오고 있는 소음 때문인지, 그는 눈을 떴고 침대에서 일어나 잠결에 거실로 나갔다.

"그런데 왜 예수는 날 구원해주지 않는 거죠?"

거실 전등 스위치를 깔딱깔딱 몇 번이나 눌러보았지만 불은 들어오지 않았다. 거실 전망창으로 들어오는 어렴풋한 광선에 사람의 실루엣이 드러나 있었다. 긴팔 청재킷에 청바지, 모자를 눌러썼다. 언뜻 보면 어린애로 보일 정도로 작은 체구였다.

"젠장, 왜 나한텐 국물도 없냐고!"

한창림은 어린애 같은 체구에 탁한 중년의 목소리를 내는 이 사내를 기억하고 있었다. 한 달 전쯤에 거리에서 그의 곁에 붙어 서서 파스텔 얘기를 했던 사내였다.

사내는 손가락만 한 미니 랜턴을 들고 껐다 켰다 하고 있었다.

"나를 교도소에 가두면 내가 용서라도 구할 줄 알았겠지."

한창림은 사내를 향해 누구냐고 묻지도 못하고 엄습하는 두려움 속에서 마냥 서 있기만 했다.

"선생. 선생 보기에도 사람들이 나한테 좀 지나쳤지?"

"……무슨 얘기신지."

한창림은 간신히 한마디 지껄였다. 사내는 미니 랜턴을 끄고 말을 그쳤다. 빛이라곤 달빛과 주차장에서 올라오는 희끄무레한 가로등 불빛뿐이니, 사내가 어떤 표정을 짓고 있는지 그는 알 수 없었다. 그가 나가는 교도소 중 한 곳에서 그의 미술 교화 수업을 들은 수용자인 듯했다. 아니, 이제는 수용자였던 사람이겠지…… 그러고 보니 수업 시간에 나지막한 소리로 자기가 용서를 구할 줄 알았느냐, 사람들이 너무했다,고 중얼거리는 소리를 몇 번 들었던 기억이 났다. 사람을 죽였으면 죽였지 왜 멀쩡한 사람을 교도소에 십 년씩이나 가둬두느냐,는 푸념이었다. 일단 산 사람은 살아야 하지 않겠냐는.

한창림은 오줌이라도 지릴 것 같았다.

"잘 봐. 날마다 볼 수 있는 게 아니니."

사내는 미니 랜턴을 켜고는 자기 얼굴의 하단을 비췄다. 한창림은 주름투성이 창백한 턱 아래 누렇게 늘어져 있는 혀를 알아보는 데 몇 초나 걸렸다.

"젠장. 다시 보여줘? 잘 봐."

한창림은 사내의 길게 빼문 혀에 주의를 집중했다. 사내의 말이 어길 수 없는 명령이라는 생각에 그는 눈을 깜박일 수도 없었다. 하지만 그건 그저 혀였고, 설태 같은 것이 덮여 있어 지저분해 보인다는 것 말곤 딱히 특별한 점은 발견할 수 없었다.

"이건 불의 혀라고 해."

"부르혀?"

"지랄. 불의 혀! 불의 혀! 잊지 마. 선생 혀도 이렇게 될 테니!"

사내는 씽긋 한쪽 눈을 감아 보였다. 그러곤 미니 랜턴을 왼

손으로 옮겨 쥐고, 오른손을 청재킷 주머니에 넣어 박스 커터를 꺼냈다. 날을 밀어 올리는 소리가 드드득 거실을 울렸다.

"자, 그럼 선생이 정말로 날 무서워하는지 볼까?"

한창림은 뺨에서 경련이 일고 눈에서는 불똥이 튀었다. 사내는 왼손의 랜턴으로 턱 부근을 비추면서, 오른손을 들고 박스 커터 날을 왼쪽 귀밑에 깊숙이 찔러 넣는 시늉을 했다. 그러곤 반원을 그리며 오른쪽 귀밑에 닿을 때까지 힘을 주어 그었다.

사내는 목을 자른 것이 아니었다. 살에 닿기 전에 재빨리 날을 도로 집어넣었다. 할퀸 것 같은 자국만 턱 아래를 둘러가며 빨갛게 새겨졌다.

난 바빠. 사내가 박스 커터를 주머니에 넣으며 말했다. 일이 많지, 엄청 중요하고. 너무 엄청나서 뼈가 다 덜그럭거려. 그러고 사내는 조그맣게 웃는 소리를 내고는 한 발 두 발 어둠 속으로 물러났다. 현관으로 이어지는 짧은 복도에 들어서자 사내는 완전히 보이지 않게 되었다. 잠금장치가 풀리는 소리가 나고 문이 열렸다 닫히는 소리가 났다.

한창림은 죽을 만치 놀랐다. 식은땀이 얼굴에 범벅이 되었다. 그는 새벽이 될 때까지 소파에 걸터앉아 두 손에 얼굴을 묻고 있었다. 그러다 문득 생각났다는 듯 일어나, 현관 복도에 달린 세대 분전함을 열고 메인 스위치를 올렸다. 거실에 불이 환하게 들어왔다. 그는 주방으로 가 냉장고에서 생수를 꺼냈다. 식탁에 흑빵 봉지와 맥주 캔이 올라와 있었다.

한창림은 경찰에 전화를 걸었다.

"그러니까 여기 서 있었단 말이죠?"

두 경찰관 중 나이 들고 광대뼈가 좀 튀어나온 쪽이 물었다. 경찰관은 사내가 서 있던 바로 그 자리에 서서 남색 클립보드에 한창림의 말을 받아쓰고 있었다. 다른 경찰은 주방을 살펴보고 있었다.

"없어진 건 없고요?"

"예."

냉장고의 음식 말고 다른 물건에 손을 댄 흔적은 없었다.

"위해를 가하거나 하지도 않고요?"

경찰은 한창림의 얼굴과 상체를 꼼꼼한 눈길로 뜯어본 후 클립보드에 몇 마디 적었다.

"그럼 도대체 여기 들어와서 뭘 한 겁니까?"

한창림은 답답하다는 표정으로 처음 한 설명을 되풀이했다. 경찰은 이번에도 그의 말을 일일이 받아 적었다.

"예수가 왜 날 구해주지 않았냐? 이거 광신도 아냐?"

그 말에 현관을 살피고 있던 젊은 경찰이 소리 내어 웃었다. 나이 든 경찰도 웃으며 볼펜 끝으로 클립보드를 두드렸다.

"그걸 협박으로 볼 수는 없잖아요. 협박하는 내용이 어디 있어요?"

한창림은 멍청한 표정으로 입을 벌리고 숨소리만 크게 냈다.

"어떻게 생겼는지도 잘 못 보셨고…… 짐작 가는 인물도 없고……"

사내의 미니 랜턴은 결코 얼굴 전체를 다 비추지 않았다. 어느 순간은 턱만 어느 순간은 뺨만 어느 순간은 혀만 비췄다.

"그런데 여길 어떻게 들어왔답니까?"

젊은 경찰이 물었다.

"디지털 도어록에, 안전 고리도 있고. 이거 번호키가 있어야 하잖아요?"

두 경찰은 밖으로 나가서 문을 열어놓고 억지로 열고 들어온 흔적이 있나 살폈다.

한창림은 뭐라 말할 수 없이 곤혹스러웠다. 뜯고 들어오지 않았다면, 사내가 번호키를 알아 열고 들어왔거나 한창림 자신이 열어줬다는 얘기가 되었다. 그 정도 추리는 그도 가능했다.

젊은 경찰은 거실로 들어와 베란다 창을 열어보았다. 바깥 창이 힘없이 밀렸다. 경찰은 창 아래를 잠시 내려다보다 몸을 일으켜 늙은 경찰 쪽을 바라보며 고개를 끄덕였다. 한창림의 아파트는 삼 층이었다. 바깥 창을 자주 열어 바람을 들이는 봄철부터는 베란다 문을 거의 잠가두지 않고 있었다.

두 경찰관은 사내가 들어온 과정에 대해선 더 묻지 않았다.

"혀를 보여줬다는데 혀에 뭐가 있었다고요?"

"제대로 못 봤다고 얘기했잖아요."

혀에 뭔가 있긴 했다. 틀림없이 혀에서 뭔가 보긴 했다. 하지만 경황이 없었고 어두웠고 집중을 할 수도 없었다.

"지문 채취나 뭐 그런 건 안 합니까?"

한창림의 말에 현관을 나서려던 두 경찰이 돌아섰다.

"장갑을 끼고 있지 않았나요?"

"아, 그러네."

두 경찰은 이제 현관을 나서고 있었다. 이웃들의 출근 시간이었다.

"지문은 안 되더라도 디엔에이 검사나 뭐 그런 거 있지 않아요? 저기 먹다 남긴 맥주 캔도 있고 빵도 있는데."

그 소리에 젊은 경찰이 다시 소리 내 웃었다.

"일단 아파트 감시 카메라부터 좀 보고요."

나이 든 경찰이 웃음기 가득한 얼굴로 말했다.

"내려가는 길에 관리사무소에 들러 녹화 장면을 볼 겁니다. 같이 가시든가요."

감시 카메라의 녹화 파일에는 침입자가 엘리베이터를 타고 내려가는 장면만 찍혀 있었다. 신원을 확인할 수 있는 단서도 얼마 없었다. 체구가 작은 사람이 모자를 눌러쓰고 고개를 숙이니 얼굴은 조금도 드러나지 않았다. 알아볼 수 있는 건 청재킷에 청바지, 그리고 야구모자의 엘지 트윈스 로고뿐이었다.

"어린애 같은데? 옷차림도 그렇고."

나이 든 경찰이 미간을 찌푸리곤 한창림을 보았다가 젊은 경찰을 돌아보았다.

"몇 살로 보여?"

"초등학생?"

"설마."

"요즘은 초등학생도 키가 백오십 센티미터는 된다고요. 커요."

일은 그렇게 돌아갔다. 협박도 절도도 폭행도 없었고 심지어는 문도 망가뜨리지 않은 침입자. 게다가 체구로 봐선 어른이라 보기도 힘들었다. 믿어달라기엔 한창림 본인도 민망한 이야기였다.

그 일이 있은 후로 한창림은 아침에 눈을 뜨면 형제들아, 너희는 선을 행하다가 낙심치 말라,라는 성경 구절을 외우며 하루를 시작했다. 그는 기독교도가 아니었다. 앞으로도 종교를 가질 생각은 없었다. 그가 외우는 성경 구절도 그 한 구절뿐이었다. 하지만 아침마다 그 구절을 암송하지 않으면 교도소로 출근할 용기가 나지 않았다. 출근은커녕, 집 밖으로 나갈 기운도 나지 않았다. 두 팔을 늘어뜨리고 멍한 눈으로 종일 소파에 파묻혀 지내야 했다. 현관에 보조 잠금장치를 한 세트 더 달고, 귀가 전에 확인할 수 있도록 인터넷에 연결된 감시카메라를 거실에 달아도, 한번 거세게 흔들린 마음은 진정되지 않았다.

교도소 소장이 그 성경 구절을 알려주었다. 교도소 사무동 일 층 복도에 소장실이 있었다. 차분한 흰색 계열의 페인트를 칠한 복도의 막다른 편이었다. 소장실 문을 열고 들어가면 단이 세 개 있는 계단이 먼저 보였다. 방의 저편으로 마호가니 책상의 갈색 상단이 드러나 보였다. 어서 와요, 하는 부드러운 저음의 목소리가 들려왔다. 소리 낸 사람을 보려면 계단을 두 단쯤 올라 고개를 들어야 했다.

"공기 맑지요? 시골에다가 산 중턱이니 안 맑을 수가 없지요. 다들 혈색 하나는 좋아져서 나가요."

소장은 작달막한 키에 어쩐지 낯이 익은 듯한 인상을 주는 오십대 사내였다. 앉아요, 라고 말하며 소장은 응접탁자가 가운데 놓인 소파로 한창림을 인도했다. 막상 얼굴을 마주하고 앉아보니, 부드러운 저음에 단단하게 알 배긴 단호함도 만만찮게 들어 있었다.

소장 자리 뒤편 벽에 표구 액자가 걸려 있었다.

"저거 사도 바울이 한 얘깁니다. 「데살로니가후서」가 바울이 쓴 거죠."

한창림이 액자를 바라보고 있자 소장이 말했다.

"데살로……"

"성경 구절이라고요."

강의를 하기로 하고 나서 처음 소장과 독대를 한 날의 일이었다. 형제들아, 선을 행하다가 낙심치 말라. 표구 액자에는 그 한 구절만 쓰여 있었다. 흰 벽, 검은 액자 틀, 흰 화선지, 검은 먹 글씨. 그 때문에 사무실 분위기가 한층 단정해 보였다.

교도관 제복 차림의 여직원이 놓고 간 홍차 향이 응접탁자 위를 맴돌았다.

"한 선생처럼 일하러 오신 분들마다 들려드리고 있지요. 여기로 일을 다니다 보면 저 구절이 생각날 날이 올 겁니다."

교도소장은 액자의 구절을 소리 내 읊었다.

"그런 날이 오면 저 구절을 외우세요."

소장에게 무슨 사연이 있는지는 짐작도 되지 않았다. 다만 이곳이, 수용자 중 강력범의 비율이 칠십 퍼센트가 넘는 교도소라는 사실이 얼핏 떠올랐다. 만약 낙심할 일이 생긴다면, 교도소 바깥세상과는 비교도 되지 않을 낙심이 될 가능성이 충분했다.

"나도 아침마다 식탁에 앉아 꼭 암송을 하지요."

소장의 말대로, 한창림에게도 낙심치 말라는 구절의 의미를 깨닫는 날이 왔다. 한밤중 거실에서 미니 랜턴을 들고 서 있던 그 사내가, 아직도 물러날 줄 모르고 그의 삶 한편에 날마다 서 있었다.

한창림은 자기 이름이 붙은 사물함에 소리를 죽인 휴대폰을 넣고 잠갔다. 그는 교도소의 교육동으로 들어가면서 복도 막다른 편 교도소장실을 바라보았다. 처음 이 일을 맡았을 때 아무라도, 교도소에서 당신 강의를 들었던 누군가가 한밤중에 당신 아파트 거실로 찾아들 수도 있다고 일러주었어야 했다.

소장도 나 같은 일을 겪었을까. 물론 그랬겠지. 그러니까 그런 액자까지 해서 걸어놨겠지.

한창림은 그 하룻밤에 체중이 이 킬로그램이나 빠졌다. 그는 금속 탐지기를 통과해 통제 지역으로 들어가기 전에 성경 구절을 외웠다. 그러고는 교도관과 함께 교육동 이 층으로 올라갔다.

수업은 강당에서 있었다. 삼백 명이 들어갈 수 있는 넓은 강당이었다. 한창림이 하는 미술 교화 수업은 강당의 출입문 쪽 귀퉁이에 임시로 마련한 교실에서 이뤄졌다. 교실이라고 해봤자, 허리 높이쯤 오는 낮은 파티션으로 칸막이를 하고 안쪽에 의자와 육 인용 책상 몇 개를 늘어놓은 것이 다였다. 오른편은 창가라서 운동장 쪽으로 시야가 탁 트였다. 그가 사용하는 책걸상과 화이트보드는 강당 출입구가 있는 벽면 쪽에 놓였다.

"이육사오 번은 오늘 못 올 겁니다."

쥐색 파티션 위로 보안과장의 상체가 우뚝 솟아 있었다.

"의료사동으로 보냈어요."

파티션 안쪽에서 한창림을 건너다보며 보안과장이 말했다. 그는 파티션을 돌아 들어가 자기 책상으로 갔다. 보안과장은 교실 안 집기를 점검하고 있었다. 수강생 이동 같은 변동 사항이 있을 때면 꼭 그가 직접 와서 내용을 전달했다.

한창림은 책상에 가방을 올려놓고 노트북을 꺼냈다. 이육사 오 번이라…… 그는 그게 누군지 기억하지 못했다. 호칭 번호가 아닌 본명을 불러도 누군지 몰랐을 것이다. 왜 이육사 오 번이 의료사동으로 갔는지도 궁금하지 않았고 그래서 그는 묻지도 않았다. 그가 묻지 않자 보안과장도 더는 말을 잇지 않았다.

한창림이 프로젝터에 노트북을 연결하고 있는 동안 보안과장은 점검을 끝내고 교실 밖으로 나갔다.

"아마 보름 후나 그쯤에 수강생 하나가 더 올 거예요."

한창림은 고개를 들고 보안과장을 바라봤다. 보안과장은 벌써 강당 출입문을 향하고 있었다. 나간 사람은 몰라도, 새로 들어올 사람이 누굴지는 신경을 안 쓸 수 없었다.

"무슨 죄랍니까?"

보안과장은 한창림 쪽으로 몸을 돌리고 가만히 눈을 맞췄다. 키가 백팔십 센티미터가 넘고 인상은 씨름 선수를 닮았다. 하지만 얼핏 들은 바론 보안과장의 대학 전공은 국제통상학이었고 평소 하는 운동이라곤 사이클링이 전부였다. 그래도 그는 이십 년 가까이 교도관으로 재직하며 강력범들을 다뤄온 사람이었다. 보안과장이 빤히 쳐다보면 외부인인 그도 내가 뭘 잘못했나 하는 생각에 몸이 굳어왔다.

"벌써 삼 년째 있는 수용자입니다."

보안과장은 미소를 지어 보이고는 출입문을 지키는 교도관의 어깨를 툭 쳤다.

"선생, 삼 년 내내 진정방과 독방을 들락날락했던 친구예요. 그 친구한테 뭘 가르칠 수 있을지 나도 의문이에요. 일전에, 바깥에 있을 때 직업이 뭐였냐고 물으니 윤간이었다고 하더라고요."

보안과장은 강당을 나갔다. 수용자 교화 프로그램에 대해 모두가 찬성 입장은 아니었다. 경험 많은 교도관 중에는 교화 프로그램에 부정적인 사람도 있었다. 교화가 애초에 불가능한 수용자도 있다는 얘기였다.

시간이 되자 수용자들이 줄지어 들어와 자리에 앉았다. 베이비 블루, 아니 스모크 블루 색깔의 수의를 단정하게 상하의로 갖춰 입었다. 모두 자리를 잡자 반장이 플라스틱 바구니에서 스케치북과 파스텔 박스를 꺼내 나눠 주었다.

한창림은 보드마카를 들어 화이트보드에 오늘 그릴 주제를 적었다. 내 마음속의 하늘 풍경. 그러면서도, 그는 고개를 반쯤

만 돌렸다. 그는 교도소 수업을 하면서 단 한 번도 수강생들에게서 온전히 고개를 돌려본 적이 없었다. 한밤중에 자기 집 거실에서 검은 형체와 마주친 후로는 더 그랬다. 이제 그는 수업 내내 수강생들에게서 눈도 떼지 못했다.

첫 수업 후로 이십 개월이 흘렀다. 그동안 한창림은 말 한마디 행동거지 하나도 자기가 생각하는 교도소의 현실에 맞추고 적응해나갔다. 어쩌면 이 수업에서 가장 많이 변한 사람은 수용자들이 아니라 그였는지도 몰랐다.

"클로드 로랭이라고 하는 화가의 작품입니다. 어떤가요? 풍경화 하면 머릿속에 떠오르는 특징들을 처음 만들어낸 게 이 화가입니다. 십칠 세기 프랑스 사람인데, 이 화가가 나타나기 이전에는 풍경화가 요즘하고 많이 달랐어요."

한창림은 노트북에 담아온 클로드 로랭의 그림들을 프로젝트를 통해 몇 장 스크린에 띄워 보여주었다. 낮 시간이라 형광등은 중앙 부근에 서너 개밖엔 켜져 있지 않았다. 그래서 커튼을 닫는 것만으로도 또렷한 영상을 얻을 수 있었다. 설명이 끝나자 그는 다시 커튼을 열었다.

"자연 하면 마음속에 떠오르는 게 뭔가요? 그 풍경을 한번 그려보세요."

수용자들은 스케치북의 깨끗한 면을 펼치고 파스텔을 골라 그림을 그리기 시작했다. 수용자들은 클로드 로랭의 그림 파일을 보여줄 때도, 스스로 파스텔을 쥐고 그림을 그릴 때도 표정의 변화가 거의 없었다. 감정이 느껴지지 않는 무미건조한 표정으로 시선만 이리저리 옮겼다. 열의를 보이며 집중하는 표정의 수용자도 있었지만, 그 표정을 한창림은 신뢰하지 않았다. 그가 짐작도 할 수 없는 엉뚱한 머릿속 일에 집중하는 것일 수도 있기 때문이다.

"이육사오 번한테 무슨 일이 있었는지 궁금하시죠?"

반장이 한창림을 똑바로 쳐다보며 낮은 목소리로 속삭였다.

"예?"

"사고가 있었어요."

한창림이 잠자코 있자 반장이 말을 이었다.

"어디서 났는지 종이 클립이랑 먹물을 구해 밤새 혀에다 그림을 새긴 모양이에요."

반장은 혀를 쑥 내밀고 그 위에 그림을 그리는 시늉을 했다.

"아침에 점호할 때 난리가 났대요. 침이며 피며 화장실에 흥건했다니까. 혀가 얼마나 부었는지 입이 안 다물어지더래. 마취도 안 하고 밤새 생혀를 그렇게 찔러댔으니……"

반장은 주름이 가득한 이마를 폈다 찌푸렸다 하며 한창림을 빤히 바라봤다. 반장은 벗어진 머리만 보면 육십대였다. 전에 한창림의 어깨를 툭 치면서 같이 늙어가는 처지에 잘해봅시다, 한 적도 있었다.

한창림은 당황해선 정신이 어지럽고 아뜩했다. 혀, 문신……
거실에 나타난 사내의 누렇게 변색된 혀가 아찔하게 떠올랐다
사라졌다. 미니 랜턴을 쥐고 자기 혀를 비추며 잘 보라고 했다.
그 사내는 뭘 보라고 했던 걸까. 자기 혀에서 뭘 보여주려고 했
을까.

"불의 혀."

한참 만에야 한창림은 입을 떼고 작은 소리로 중얼거렸다.
반장과 앞자리에 앉은 수용자들이 고개를 들었다.

한창림의 손이 그때처럼 다시 부들부들 떨렸다. 그래, 불의
혀라고 했지…… 혀에 뭔가 그림 같은 게 그려져 있었다. 그땐
잘 알아볼 수 없었다. 이따금 혀가 등장하는 악몽도 꿨다. 그
혀에 뭔가 있었다.

"그래, 무슨 문신을 새겼답니까? 어떤 그림이래요?"

한창림은 용기를 내 물었다.

"글쎄, 그것까진 못 들었는데. 원하면 다음 주에 알아다 주
죠."

반장이 눈을 반짝이며 말했다. 교실에서 수군거리는 소리가
나자 강당 문 앞에서 서 있던 교도관이 다가와 파티션 너머에
서 고개를 디밀었다.

한창림이 하는 미술 교화 수업은 범죄의 세상 말고 다른 세
상의, 이를테면 클로드 로랭의 풍경화처럼 아름답고 정감 넘치

는 세상의 표상을 수용자들의 마음속에 심어주자는 목적이 있었다. 애정을 갖고 지속적으로 가꾸고 싶을 만큼 가치 있는 세상의 표상을.

하지만 한창림은 그 목적을 어떻게 이뤄야 할지 알 수가 없었다. 그저 인터넷으로 다운받은 그림을 몇 장 보여주고 주제에 맞춰 그리라는 식으로 수업을 진행했다. 재료도 붓과 나이프는 위험해서, 뭉툭하고 잘 부서지는 파스텔만 주었다. 스케치북도 스프링이 달리지 않은, 뜯어 쓸 수 있는 제품으로 골랐다.

그렇게 이십 개월을 버텼다. 출소 후 재범률의 변화가 보인다고 교도소장에게 격려를 받은 적도 있었다. 하지만 고작 이십 개월로 그게 가능할까.

한창림은 사물함에서 휴대폰을 꺼내 전화 온 것이 있나 확인하고 소리를 켰다. 잠깐 사무실에 들러 인사를 하고 사무동을 나왔다. 운동장에는 더운 햇살이 한가득이었다. 아직 오월 초였다. 봄부터 이렇게 더우니 여름이면 푹푹 찌겠지, 거실은 더할 거야, 하는 생각이 절로 드는 날씨였다.

한창림은 키를 꽂고 뉴 모닝의 차 문을 열었다. 갑자기 무언가 시커먼 기운이 등 뒤에서 덮치는 느낌이 들었다. 바람이 그의 얼굴을 치고 달아났다. 그는 차에 올라타며 고개를 들어 하늘을 보았다. 방금 전까지 있던 해는 사라지고, 산봉우리처럼 치솟은 적란운 몇 덩이가 성큼성큼 몰려와 하늘을 뒤덮고 있었다. 젖은 바람이 그의 뺨과 손등을 때리고 있었다. 시계를 보니 아직 오후 네 시 반이었다. 하지만 운동장에는 이끼가 가득 긴 유리 수족관의 내부처럼 어두운 진녹색의 그늘이 드리워져 있었다. 그리고 그 그늘 위로 또 다른 더 짙은 갈색의 그림자들이 역겹게 일렁이고 있었다. 바라보고 있자면 멀미라도 나 속엣것을 다 게워내게 될 것 같았다.

한창림은 차를 몰고 교도소 운동장을 가로질러 진입로로 빠져나갔다. 내리막 포장도로가 이 킬로미터쯤 산 아래로 이어져 있었다. 하늘은 빠른 속도로 어두워졌지만 빗방울은 떨어지지 않았다. 도로엔 수용자 면회를 마치고 내려가는 듯한 보행자만 띄엄띄엄 눈에 띄었다. 도로 양편의 잣나무들이 거센 바람에 휘둘리며 수관을 이리저리 치대고 있었다.

국도변으로 나와 한창림은 차를 멈췄다. 그는 헤드라이트를 켜고 잠시 멍하니 앉아 있었다. 그는 혀 같은 것엔 평소 관심을 두고 살지 않았다. 이따금 뭘 먹다 깨물 때 말고는 있는지조차 모르고 지내왔다. 하지만 요 몇 달 동안 혀가 그의 인생에서 뉴스거리로 등장한 기분이었다. 경찰은 아직도 사내의 혀에서 무엇을 보았는지 그가 기억해내기를 기다리고 있었다. 오늘은 수용자 한 사람이 혀에 문신을 새기다가 의료사동으로 실려 갔다는 얘기를 들었다.

"불의 혀……"

한창림은 차에서 내려 뒤편으로 돌아가 산 위, 교도소 쪽을 바라보았다. 까마득히 솟은 적란운 깊숙이, 산 중턱의 교도소가 윤곽만 흐릿하게 남겨놓고 파묻혀 있었다. 그런 광경은 서울에서 나서 자라고 도시에서만 살아온 그에게는 진귀한 볼거리였다. 교도소 수용동의 오 미터짜리 흰색 콘크리트 외벽이 검은 구름에 반쯤 덮여 있었다. 그 광경은 거대하게 펄럭이는 검은 치마 아래로 흰 띠가 둘러쳐진 듯 보이기도 했고, 무저갱의 입구처럼 벌어진 아가리 안쪽으로 언뜻언뜻 비치는 흰색의 송곳니들 같기도 했다.

한창림은 마른 입술에 침을 바르며 꼼짝 않고 서 있었다. 그는 이제 검은 구름 속에서 번뜩이며 타고 있는 불을 보고 있었다. 번개일까. 하지만 번개라면 저렇게 몇 분이나 지속될 리가 없었다. 생긴 것도 드럼통 장작불에서 나는 불꽃의 형상을 더 닮아 있었다. 아니, 짐승의 검은 아가리 속에서 날름거리는 혀의 형상 같았다. 방금 산짐승을 뜯어먹은 듯 핏물이 잘잘 흘러내리는. 그런 불꽃이 정확하게 가늠할 수 없는 크기로, 그러나 확실히 작지는 않은 크기로 적란운 속에서 타오르고 있었다.

한창림은 이제야 생각난 듯이 휴대폰을 꺼내 들었다. 그러고는 주저하며 사진 서너 장을 찍었다. 하지만 어떤 기능을 사용해도 휴대폰 카메라에 찍히는 것은 그저 구름뿐이었다. 그것도 해가 없는 상태에서 찍힌 것이라, 말로 설명해주지 않으면 구름으로도 보이지 않았다.

열쇠와 책

경은 세상이 얼마나 무료하게 흘러가는지 새삼 깨닫고 있었
다. 아침에 책상 정리를 하고 차를 끓이고 매출전표를 작성하
고 점심 메뉴를 정하고, 다시 차를 끓이고 영수증을 정리하고
재떨이를 비우고 두 블록 건너 법무사 사무실에 다녀오고, 설
거지를 하고 다시 매출전표를 작성하고, 여섯 시를 넘어서자
빈 사무실에 남아 잠시 화장을 고치고는 재떨이를 또 비웠다.

저녁 어스름이 출입문께 경리 자리에까지 밀려들어 있었다.
경의 사무실은 전기세를 아낀다고 해가 있을 때는 형광등을
삼분의 일만 켜게 했다. 오전 열한 시가 넘으면 조명의 삼분의
이를 껐고 오후 네 시가 돼야 다시 불을 켰다. 시간에 맞춰 스
위치를 올렸다 내렸다 하는 것도 경리이자 사환인 그녀의 일
이었다.

경은 가방을 챙겨 들고 스위치를 하나씩 내리며 사무실이 뭉
텅이 뭉텅이로 어둠에 잡아먹히는 광경을 지켜보았다. 사무실
은 밤의 세계로 단 몇 초 만에 넘어가버렸다. 그녀는 책상 위
무민 인형의 배에 달린 시계를 보았다. 숫자들이 파랗게 빛을
냈다. 여섯 시 반이었다.

경은 출퇴근용 검정색 맥클라니 가방을 물끄러미 바라보았
다. 수제 다이어리는 이제 가방에 넣고 다녔다. 이 무료한 세상

195

에서 그녀의 낙은 매주 토요일 벼룩시장을 한 바퀴 돌고 오는 것이었다. 소박하고 죄 없는 이웃들이 내놓은, 사생활의 내밀한 역사가 담긴 중고품들을 보는 일만으로도 그녀는 즐거웠다. 수제 다이어리도 그곳에서 집어왔다. 망령이 출몰하는 다이어리…… 그녀에게 문제를 해결할 용기를, 죄를 지을 용기를, 살인할 용기를 준 다이어리.

경은 다이어리만 있다면 무슨 일이라도 할 수 있을 것 같았다. 망령들의 힘을 빌려 사무실 버릇없는 수컷들을 입 닥치게 할 수도 있을 듯했다.

"귀 있는 자는 들을지어다……"

"응?"

경은 카스테레오의 볼륨을 만지작거리면서 귀를 기울였다. 흘러나오는 내용을 들으니 어쩌다 기독교 방송에 채널이 맞춰진 듯했다.

"귀 있는 자는 들을지어다…… 다윗의 열쇠를 가지신 이 곧 열면 닫을 사람이 없고 닫으면 열 사람이 없는 그이가 가라사대…… 하늘 위에나 땅 위에나 땅 아래에 능히 책을 펴거나 보거나 할 이가 없더라."

"아, 뭐래."

경은 쓸쓸히 중얼거리며 지하 주차장을 빠져나왔다.

경은 용산에 들러 어린아이도 한 손으로 들고 쓸 수 있다는

196

전동 원형 톱을 샀다. 어디서 본 기억은 있어서, 챙 달린 모자를 이마까지 눌러쓰고 현금으로 값을 치렀다. 벌써 수요일이었다. 그녀는 에이치의 시체를 소파에 놓아두고 월요일에 회사로 정시 출근을 했다. 뭘 어떻게 해야 할지 몰라서였다. 영화와 드라마에서 본 몇 가지 처리 방법이 떠올랐지만 막상 일이 닥치니 톱과 업소용 랩을 어디서 사야 할지도 몰랐다.

경은 에이치의 스파이시 향수를 가져다 시체에 붓고, 손목이 아플 때까지 페브리즈를 뿌렸다. 그래도 피비린내가 가시지 않아 에어컨을 밤낮으로 틀어놓았다. 이 새끼는 죽어서까지 냄새를 피운다고 역정을 냈다. 그러고 꼬박 하루 반이 지나자 물컹 하고 발에 밟히던 살점도 어느덧 꾸덕꾸덕 마르기 시작했다. 소파 아래 홍건히 고인 피 웅덩이도 커다란 딱지처럼 굳기 시작했다.

어제는 에이치의 회사에서 그를 찾는 전화가 와, 고향인 홍천에 중요한 일이 생겨 어쩔 수 없이 회사를 그만두게 되었다고 했다. 그랬더니 오늘 다시, 그렇다면 하루 정도 나와서 사직서를 쓰고 업무 인수인계도 했으면 한다고 에이치에게 전해달라는 전화가 왔다. 본인 휴대폰은 받지 않는다고 했다.

제법 스릴이 있는데, 하고 경은 스스로를 북돋웠다. 이렇게 죄어오다가 한 방에 훅 가겠지, 뉴스를 봐도 맨 그런 얘기뿐이잖아. 그녀는 고개를 저었다. 에이치가 얼마나 뒈져도 싼 놈인지 아무리 설명을 해도 세상은 그녀를 단죄하려 들 것이다. 세상은 에이치가 그녀에게 살인보다 더한 짓을 저질러왔다는 사실을 받아들이지 못할 것이다. 그렇다면…… 그녀는 자기가 교도소에 가게 되리라고는 꿈에도 생각해본 적이 없었다. 죄를 짓고 감옥에 가는 주말 드라마나 영화의 주인공들을 보면서도 나도 저렇게 될 수 있다는 생각은 가져본 적이 없었다. 가엽다는 느낌조차 들지 않았다. 하지만 지금은 에이치를 옆에 두고 텔레비전을 보면서, 저게 내 얘기가 될 수도 있다는 생각에 하염없이 눈물이 났다.

목요일 아침, 경은 음악을 크게 틀어놓고 원형 톱을 돌렸다. 그녀가 낼 수 있는 휴가는 하루뿐이라 아침부터 바쁘게 움직였다. 하늘은 탁하나 색깔은 쪽빛이었다. 더럽고 때가 탄 쪽빛이었다. 그녀는 일하다 속이 뒤집히면 일어나 베란다로 나가 유리창을 열고 바람을 쐬었다.

마침내 에이치를 처리하고 거실 바닥의 피도 말끔히 닦아내고 나자 시간은 저녁 여덟 시에 가까워져 있었다. 경은 현관께 놓인 핑크색과 은회색 두 개의 캐리어를 보며 느릿느릿 외투를 걸치고 차 열쇠를 챙겼다. 캐리어를 갖고 엘리베이터에서 내려 경비실 앞을 지나치며 그녀는 경비실을 흘금거렸다. 경비와 눈이 마주치자 그녀는 의미 없는 미소를 지어 보였다.

경은 시화호 조력 발전소 부근에서 캐리어를 처리했다. 망

령들이 그녀와 함께했다. 캐리어를 시화호 방조제 아래로 던져
버리기 직전 그녀는 수제 다이어리를 펴 들었고, 출몰한 망령
들은 그녀를 위하여 살풀이춤을 춰주었다. 그녀를 위해, 갇힌
자를 한 번 더 가두기 위해. 에이치는 이제 거기서 영원히 기어
나오지 못할 것이다.

'불의 혀.'

"응? 뭐라고?"

경은 자신의 것인지, 망령들의 것인지, 아니면 차 안 라디오
에서 흘러나온 것인지, 누구의 것인지 모를 목소리에 저도 모
르게 대꾸를 하고 있었다. 여자인지 남자인지 언뜻 분간이 되
지 않는 모호한 느낌의 목소리였다. 가볍지만 단호했다. 위압
적이지는 않지만 결코 외면할 수도 없는. 바닷속에서 보글보글
솟는 죽은 자의 저주 같기도 했지만, 한편으론 그녀의 귓전에
대고 속삭이는 듯 명료하게 들리기도 했다.

'네년도 불의 혀를 갖게 된 거라고.'

아파트로 돌아와보니 시간은 새벽 두 시였다. 경은 수고했
어, 하고 스스로를 토닥거렸다. 잠이 쏟아졌다. 그녀는 불도 켜
지 않고 욕실로 가 거울 앞에 섰다. 그러곤 있는 대로 입을 벌
리고 혀를 빼물었다.

경은 욕실 거울 앞에서 혀를 이리저리 돌려보았다. 설태가
좀 끼기는 했지만 그녀의 혀는 얇고 가늘고 혈색이 좋았다. 이

런 혀를 사내들이 좋아하지, 뭔가 여자 것 같으니까. 그녀는 혀 가운데 난 고랑의 좁다란 좌우를 살폈다. 열쇠와 책, 작은 문양 두 개쯤은 새겨 넣기에 충분했다.

경이 정신을 차려보니 이미 혓바닥부터 턱을 지나 가슴과 배까지 피투성이가 되어 있었다. 끔찍한 고통이 온몸을 엄습했다. 하지만 그녀는 그만둘 수가 없었다. 이제 선 하나만, 하나만 더. 그녀는 바늘에 잉크를 묻혀 혓바닥에, 펼쳐진 책의 마지막 모서리 선을 그었다. 피범벅이라 볼 수는 없었지만 그 마지막 한 선이 완벽하게 그어졌다는 느낌은 확실했다. 그녀는 샤워기를 들어 혀에 대고 물을 틀었다. 피가 씻겨 내려가면서 혀의 좌우를 나누고 있는 책과 열쇠의 형상이 또렷하게 드러났다.

'수고했어.'

경은 자신의 어깨를 감미롭게 감싸 안는 속삭이는 목소리를 들었다. 그녀는 울음을 터뜨렸다. 그녀는 간신히 거실까지 기어가 다탁 위에 두었던 휴대폰을 찾아 일일구를 눌렀다.

심은 쉰이 넘은 나이에 건장한 체격의 토끼 귀를 차도로 집어 던지고도 허리가 멀쩡하다는 사실에 놀랐다. 토끼 귀의 뒤춤 벨트에 손을 밀어 넣을 때 아차 싶었다. 내가 용을 써본 게 언제였더라, 쌀 포대 들어본 지도 십 년은 넘은 것 같은데. 하지만 허리가 삐끗하는 일은 일어나지 않았고, 오히려 젊음을 되찾은 듯 온몸이 후끈 달아올랐다. 가슴이 뜨거운 활력으로 가득 찼다. 어찌된 일인지 오른 귀에서 나던 고린내도 좀 양호해진 듯했다.

심은 토끼 귀를 랭글러 지프에 집어 던지고 나서 버스를 타고 사당역까지 가선 다시 지하철을 타고 직장으로 갔다. 두 시가 넘은 시간이었지만 늦었다고 탓하는 사람은 없었다. 직장에서 그렇게 된 지 오래였다. 그날 저녁 여덟 시 뉴스에 사건이 보도됐다. 앵커는 방배 사거리 한복판에서 대낮에 살인이 일어났다며 담담히 사건 내용을 전했다. 현장을 향하고 있던 감시 카메라는 없었지만, 현장을 빠져나가는 정장 차림의 사내를 잡은 카메라는 있었다. 그가 보기에 딱 자기였다. 어떻게 저럴 수가 있을까 싶게 딱 자기 뒤통수였고 자기 등판이었고 자기 걸음걸이였다.

심은 저도 모르게 혀를 찼다. 아내는 안방에서 다른 텔레비전으로 드라마를 보고 있었고 딸은 아직 귀가 전이었다.

다음 날 출근해보니 분위기는 딱히 평소와 다를 게 없었고, 카메라 영상 속의 사내를 자기라고 알아본 직원은 없는 듯했다. 그 뉴스를 본 사람이 없을 수도 있었다. 그는 갑자기 화가 치밀었다. 심은 휴게실로 가 아침 신문들의 사회면을 하나씩 살폈다. 두 군데 신문만 그 사건을 다뤘고, 사진을 실은 건 한 신문뿐이었다. 사진 속에서 등을 돌리고 있는 그 사내도 딱 자기였다.

심은 점심시간이 지나고 직원들과 커피를 마시다 사무실 벽에 설치된 텔레비전을 가리켰다.

"저거 내가 한 거야."

"네?"

심은 찻잔 테두리로 흘러내린 커피 방울을 핥으며 심통 난 얼굴로 말했다. 직원들은 와이티엔 뉴스의 앵커와 화가 난 표정의 그를 번갈아 쳐다보았다.

"이런, 벌써 지나갔네. 놀랄 거 없어, 세금 축내는 입 하나 줄인 거니까."

하지만 그 토끼 귀를 한 잉여가 무슨 세금을, 얼마나 축냈는지는 심 자신도 의문이었다. 그는 자신의 자리로 돌아가 퇴근 시간까지 업무를 봤다. 그가 회사를 나갈 때까지 적어도 한 번은 사건 영상이 반복됐다. 하지만 여전히 아무 일도 일어나지 않았다. 그는 이자카야에서 간단히 술 한잔을 하고 집으로 가 여러 뉴스 채널을 돌려보았다. 벌써 다른 사건에 밀려났는지 자기 사건에 대한 보도는 없었다. 그는 인터넷으로 방송 파일을 찾아봤고 조회 수가 얼만지도 확인했다. 하지만 조회 수만으로는 사건이 얼마나 알려졌는지 알 수가 없었다.

한 주 내내 심은 여느 날처럼 출근해 일했고 직원들도 여느 날처럼 그를 대했다. 아내와 딸도 평소처럼 무심하게 그를 대했다. 한 주가 더 지나갔다. 그는 외근을 나왔다가 돌아가다 말고 회사 앞 공원에 들러 잠시 시간을 보냈다. 그는 무엇이 얼마나 달라졌나 따져보았다. 토끼 귀의 빈자리는 바로 다른 노숙자가 꿰찼고, 토끼 귀처럼 지하철에서 악취 폭탄을 피워 올렸다. 그의 오른 귀에서 나는 고린내도 여전했다. 아내와 동료의 이름도 생각이 났다 안 났다 했다. 화를 가라앉힐 길이 없었다. 그래, 토끼 귀 하나로는 어림도 없다. 세상은 꿈쩍도 않는다.

'세계는 벌써 열렸어.'

"뭐라고?"

심은 고개를 들어 공원 여기저기를 둘러보았다. 열 걸음 이내에 사람은 없었다.

'네가 연 거야. 네 업적이라고.'

심은 입을 다물었다. 딸아이가 중학생이었을 때, 변성기를 거치며 내던 목소리 같았다. 여리여리하면서도, 어쩐지 사내아이의 영혼이 살짝 섞인 듯한 중성적인 목소리. 좀처럼 진지하게 대할 수 없었던 목소리.

심이 정신을 차렸을 때, 공원과 면한 지하철역 입구에서 검은 양복에 흰 면장갑을 낀 한 사내가 마이크를 입에 대고 성경 구절을 읊고 있었다.

"귀 있는 자는 성령이 교회들에게 하시는 말씀을 들을지어다…… 다윗의 열쇠를 가지신 이 곧 열면 닫을 사람이 없고 닫으면 열 사람이 없는 그이가 가라사대…… 내가 네 앞에 열린 문을 두었으되 능히 닫을 사람이 없으리라."

심은 그 앞에서 잠시 걸음을 멈추고 짜증 난 얼굴로 귀를 후볐다.

"내가 보매 보좌에 앉으신 이의 오른손에 책이 있으니 안팎으로 썼고 일곱 인으로 봉하였더라…… 힘 있는 천사가 큰 음성으로 외치기를 누가 책을 펴며 그 인을 떼기에 합당하냐 하니 하늘 위에나 땅 위에나 땅 아래에 능히 책을 펴거나 보거나 할 이가 없더라."

심은 성경을 초등학교 때 읽었다. 그 후론 성경책은 펴본 적도 없었다. 하지만 그는 느끼고 있었다, 광신도의 외침에 무언가 중요한 전언이 담겨 있음을, 하찮게 여겨선 안 되는.

"네가 적은 능력을 가지고도 내 말을 지키며 내 이름을 배반치 아니하였도다……"

그 전언은, 광신도의 마이크 앞을 떠나 회사로 가고 퇴근해 자정이 넘어 집에 들어가서도 심의 귓전에서 떠날 줄을 몰랐다. 스스로의 의지를 가진 듯이 그의 귓속을 파고들어 쉴 새 없이 그의 머릿속을 맴도는, 생명을 가진 메아리 같았다.

목소리는 심의 머릿속을 하루에도 몇 번씩 쿵쾅쿵쾅 되울리며 그를 일깨웠다. 어떤 임무, 그가 해야만 하는 어떤 임무를 끊임없이 일깨웠다. 그가 배반해선 안 된다고, 아무리 능력이 하잘것없다고 해도 세상엔 그가 꼭 해야만 하는 일이 있다고, 끊임없이 그를 종용하고 있었다.

'이제 마음껏 소리를 지르라고! 비명을, 고함을!'

'네 혀에 불을 질러!'

심은 며칠 뒤 퇴근길에 화방에 들러 잉크를 샀다. 그는 목소리를 듣지 못할 화방 점원을 향해 의미 없는 미소를 지어 보였다. 귀 막힌 가련한 것들. 잉크는 샀고, 바늘은 아내의 것을 쓰면 된다. 새로운 임무에 대한 기대로 그는 귀를 후비는 일도 잠시 잊었다.

령은 열다섯에 학교를 그만두고 열여섯에 가출을 해서 술집에서 일하기 시작했고, 열여덟부터는 지금의 평촌 나이트클럽에서 일하며 망치를 만났다. 그리고 갓 스물한 살이 된 얼마 전 자신의 명의로 된 아파트를 장만했다.

'이만하면 성공한 인생 아냐?'

"응?"

'이제 성공했으니 다른 일을 한번 해보는 건 어때?'

"뭔 일? 낄낄."

령은 망치가 하는 말인가 하고 돌아보았지만 그는 텔레비전에 정신이 팔려 있었다. 확실히 망치의 목소리와는 달랐다. 그가 계집아이 같은 목소리를 낼 리가 없었다. 둘은 한가한 월요일 오후를 보내고 있었다. 그는 한 집안의 진짜 가장처럼, 반바지와 러닝셔츠 차림으로 소파에 앉아 가랑이를 쩍 벌리고 맥주를 마시며 야구 중계를 보고 있었다. 그녀 아버지의 마지막 모습이기도 했다.

망치가 없었으면 이 안락한 거실도 없었다. 정신 나간 계집애 몇몇의 집을 털었다고 해서 아파트로 이사할 수는 없었다. 둘은 그 사실을 뼈저리게 깨닫고 있었다. 그때 나타나준 사람이 그 변호사였다. 마포구 어느 유명한 교회의 종교법인 변호사라며 령의 손에 명함을 쥐여주었다. 그 뒤로 보름이 멀다 하고 클럽으로 령을 찾아와 구애를 했다.

령은 망치와 상의를 해 계획을 짰다. 반년 동안 몇 번쯤 변호사와 섹스를 했다. 그 모습을 얼빠진 변호사 몰래 망치가 촬영했다. 반년이 지나자 변호사는 령에게 살림을 차리자고 들러붙었다.

"오빠, 내가 몇 살인지 가르쳐줬잖아. 스물이 넘었어. 내 보지도 늙었어. 오빠 마음속의 롤리타가 아니라고."

"이 거짓말쟁이. 열여덟이잖아! 나이를 속여? 넌 도망 못 가!"

변호사는 다정하게, 물론 롤리타가 되기엔 열여덟은 이미 늦은 나이라고 했다. 그러면서 자신은 롤리타를 원하지는 않는다고 했다. 변호사는 그녀가 무슨 얘기를 해도 자기 판단을 고치려 들지 않았다. 주민증을 까서 보여줘도 믿지 않았다. 그는 세상을 믿고 싶은 대로 믿었다.

령은 변호사를 설득해 그녀 이름으로 평촌에 아파트를 사게 했다. 그는 능력 있는 변호사였고 그녀의 바람 중에 그의 힘으로 되지 않는 것은 얼마 없었다. 아파트에 살림을 차리고 변호사는 평일에 이틀씩 와서 지내다 가곤 했다. 한 달쯤 지나자 망치가 들어와 함께 살기 시작했다. 변호사는 기겁을 했다. 망치는 소파에 앉아 짝짝 육포를 씹으며 홈시어터로 동영상을 틀었다. 오십오 인치 고해상도 텔레비전 화면이 령의 알몸 위에서 꿈틀거리는 변호사의 민망한 엉덩이로 가득 채워졌다. 망치가 볼륨을 높이자 거실이 떠나갈 듯 변호사가 내뱉는 욕지거리가 울려 퍼졌다.

"변태네."

망치가 중얼거렸다. 령은 일이 그 정도에서 끝나기를 바랐다. 하지만 변호사는 감히 자기를 협박하느냐고 노발대발했다. 그는 부들부들 떨며 두 손을 모으고 무릎을 꿇고 앉아 성경 구절을 외우기 시작했다.

"……볼지어다! 내가 네 행위를 아노니 네가 적은 능력을 가지고도 내 말을 지키며 내 이름을 배반치 아니하였도다……"

한참을 외우는 동안 이 구절이 후렴구처럼 몇 번이고 되풀이됐다. 다윗의 열쇠, 문, 봉인된 책, 이런 단어들이 띄엄띄엄 령의 귓전에 남아 맴돌았다. 변호사가 거실 가운데 무릎을 꿇고 앉아 하나님 아버지를 불러들이는 동안, 망치는 점점 화가 치밀어 자제하기 어려운 지경까지 이르렀다. 그는 참을성이 얼마 없었다. 망치는 자기든 남이든 뭘 읽는 모습을 싫어했다. 클럽에서도 그의 곁에서는 아무도 책이나 신문을 읽지 않았다.

"애초에 십계명을 잘 지켰으면 딴 집 살림도 차리지 않았을 거 아냐! 무슨 새삼스럽게 하나님을 찾아!"

변호사가 기도를 끝내고 자리에서 일어나자 망치는, 변호사의 머리끄덩이를 잡고 베란다까지 끌고 나가 창문을 열고 이십 층 아래 화단으로 던져버렸다. 밤 한 시였다.

령은 명함 케이스에서 변호사와 함께 클럽에 오곤 하던 사무장의 명함을 찾아 전화를 걸었다.

"나요? 정화예요, 기억나죠? 기억 안 나면 안 되는데…… 지금 최 변호사님이 베란다에서 뛰어내렸거든요. 그래요, 이십 층인데 안 죽었으면 기적이지. 경찰이 와서 물어보면 난 내가 최 변호사님의 내연녀라고 할 거예요. 그러지 말라고? 그럼 빨리 튀어 와. 빨리."

령은 아파트 주소를 불러주었다. 그녀는 망치에게 계단으로 걸어서 아파트를 나가라고 일렀다. 망치가 나가고 한 시간쯤 지나자 사무장이 왔다. 그녀는 사무장이 일을 처리하도록 내버려두었다. 사무장은 시체를 자신이 발견한 것처럼 신고를 했다. 경찰이 오자 그는 령이 자신의 동거녀인 양 행동했다. 그녀도 사무장 곁에 팔짱을 끼고 꼭 달라붙어 겁먹은 눈을 하고 있었다.

령과 망치는 교도소의 삶이 얼마나 시시하고 지루하고 하찮은지 귀가 닳도록 들어서 알고 있었다. 그녀는 망치에게, 어떤 멍청한 놈이 또 다른 멍청한 놈을 베란다에서 집어 던지는 바람에 둘 다 교도소에 가게 됐다며 몇 번이나 잔소리를 해댔다. 이제 망치를 뜻대로 움직이기가 더 수월해질 것이다.

'불붙은 망치를 휘둘러.'

다시 목소리가 들려왔다. 눈을 떠보니 망치는 자기 위에서 미친 듯이 허리를 흔들고 있었다. 그녀는 절정에 다다라 정신을 잃기 직전이었다. 그런데도 그 무게감 없는 계집애 같은 목소리는 또렷하게, 아주 명료하게 속삭여왔다.

'세상의 버르장머리를 고쳐놓는 거야.'

"아, 씨발…… 열쇠와 책."

새벽녘, 령은 화장대 앞에 앉아 혀를 쑥 내밀어보았다. 폭이 좁고 얇은 혀가 달빛에 발그레하게 빛났다. 여기에 뭘 써넣을수 있을까. 그녀는 혀를 이리저리 굴려보았다. 아프겠지, 틀림없이 아플 거야. 하지만 천하의 그녀도 거스를 수 없는 일은 있었다. 그녀는 조만간 망치의 늑대를 새겨준 문신사를 다시 한번 방문하기로 했다. 그녀는 거울 속 자신에게 의미 없는 미소를 지어 보였다.

효는 발아래 널브러진 두 마리 비둘기를 내려다보았다. 짓이겨지고 갈라지고 터진 새 대가리를 보았다. 비밀의 탑은 무너졌고 거짓과 음모의 신은 죽었고 정의는 마침내 실현됐다. 그의 세계에도 이제 서광이 비칠 것이다. 뜨뜻한 방구들에 허리를 지지고 마누라와 새끼들도 다시 보게 될 것이다. 그는 어깨와 팔에 힘을 뺐다. 정의봉이 정강이까지 축 늘어졌다. 날이 희부옇게 밝아오고 있었다.

"해방감이 뭔지 알 것 같아."

효는 한 손으로 턱을 움켜쥐고 마사지하며 중얼거렸다.

'뭔데?'

코치가 물었다.

"고통을 다시 느끼기 시작한다는 거지. 치통 때문에 죽겠어. 이걸 어떻게 참고 있었지?"

지끈지끈 머리까지 쑤셔오는 치통에 효는 비명이라도 지르고 싶어졌다. 이 고통을 어떻게 억누르고 살았는지, 어떻게 외면할 수 있었는지 자신도 이해가 되지 않았다. 그는 가방을 챙겨 얼른 자리를 떴다. 누가 봤는지 안 봤는지, 감시 카메라에 찍혔는지 안 찍혔는지는 중요하지 않았다. 왜냐하면 현재의 그를, 과거의 그나 미래의 그와 연결 짓지 못할 것이기 때문이었다.

한 달 동안 효는 치과를 오가며 스무 개의 치아를 뽑았다. 십 년 노숙 생활에 치아를 잡아주는 치조골까지 어디 한 군데 성한 곳이 없었다. 발치를 하고 남은 텅 빈 자리에서 썩은 뼈조직과 살을 긁어내고, 소독하고 꿰매고 아물면 실밥을 뽑고, 다른 치아를 뽑는 과정이 한 달 내내 반복됐다. 치아 하나를 뽑을 때마다 시체 썩는 내가 입안에서 이틀쯤 진동했다.

치료를 끝내고 거울을 보니 효에겐 이제 치아뿐만 아니라 잇몸이라고 할 만한 것도 거의 남아 있지 않았다. 이제 그는 노숙자들의 임금처럼 합죽이가 되었다. 그래도 구취와 치통은 사라졌다. 그는 싸구려 틀니를 하나 해 끼웠다. 그는 찜질방과 서울역을 오가며 살았다. 용산구 문화체육센터에서 두 시간씩 헬스를 하고 식사는 무른 과일과 물로만 해결했다. 한 달이 지나 목이 가늘어지고 볼살이 좀 빠지자, 그는 이십 년 전 사진을 꺼내 들고 이발소를 찾아갔다.

정의가 실현되고 두 달이 지나자 효는 칠십 킬로그램이라는 옛 체중을 되찾았다. 거처도 고시원으로 옮겼다. 그는 거짓과 음모의 뒤를 쫓으면서도 틈틈이 챙겨두었던 아내의 현 주소지로 찾아갔다. 보라매공원 근처의 주택가였다. 양복에 넥타이까지 매고 있었지만 어쩐지 때에 전 운동복 시절보다도 못나보였다. 그는 대로를 지나며 통유리가 나타날 때마다 멈춰 서서 옷매무새를 확인했다.

효는 점심때부터 골목을 서성이며 아내가 나타나길 기다렸다. 아내가 뭘 하며 살까. 직장엘 다닐까. 아들은 다 컸을 테고 아들하고 사이가 좋았으니 둘이 같이 살고 있을까. 그가 행복한 대여섯 시간을 보내는 동안 해가 지고 보안등이 켜졌다. 그는 조금씩 조바심이 들었다. 맞은편 골목에서 여자와 남자가 나타났다. 멀지 않은 거리니 보안등 아래서도 아내를 금방 알아보았다. 늙고 군살이 붙었고 그가 싫어하는 파마를 했지만 그 전에도 외모로 아내를 사랑하지는 않았다. 다른 한 사람은 아들인가 싶었지만 아니었다. 그는 가방을 챙겨서는 아내를 향해 달려갔다. 입안에서 틀니가 덜그럭거렸다.

아내는 현관을 열다 말고 불청객을 발견하고는 비명을 지르며 안으로 뛰어들었다. 효는 따라 들어가려다가 아내와 함께 있던 사내의 어깨에 부딪혀 땅에 쓰러졌다. 사내는 잠깐 효를 내려다보다가 안으로 들어가 현관을 잠갔다. 안쪽에서 아내의 새된 목소리가 몇 마디 들려왔다. 그는 멍하니 바닥에 주저앉아 있다가 일어나 문을 두드리기 시작했다. 그러면서 충동적으로 살의가 치미는 자신을 타일렀다. 이제 실현해야 할 정의는 남아 있지 않고 더 이상 법을 어길 이유가 없다고.

채 십 분도 지나지 않아 경찰차의 사이렌 소리가 들려오기 시작했다. 대로 쪽 골목으로 섬광이 번쩍거렸다. 효는 피가 거꾸로 솟는 것을 느끼며 가방을 챙겨 부리나케 뛰었다. 가방엔 아직 정의봉이 들어 있었다. 정의봉은 버릴 수 없는 트로피였다. 훗날 누가 거리에서 노숙자로 살며 무엇을 했느냐고 물으면, 피와 살점과 뼛조각이 말라붙은 정의봉을 보여주며 정의를 실현하기 위해 노력했다고 답해줄 요량이었다.

'뛰어, 믿을 건 네 두 다리밖에 없다고!'

코치였다. 그날 새벽 사라졌다가 두 달 만에 나타난 코치였다.

'새로운 임무가 떨어졌어! 넌 언제나 임무를 마다하지 않았지!'

"뭐?"

효는 입안에 주먹만 한 고깃덩이가 들어 있는 듯했다. 씹을 수도 없고 삼킬 수도 없고 뱉을 수도 없는. 일주일이나 항생제를 맞았는데도 혀의 부기는 좀처럼 가라앉지 않았다. 처음 며칠은 부은 혀 때문에 입도 다물어지지 않았다. 벌어진 입가로 침과 피가 질질 흘러내려 턱을 적시고 환자복을 물들였다.

"입 벌려보세요. 혀도 내밀어보세요."

의사가 차트를 살펴보며 효에게 말했다. 호텔 쓰레기장에서 피투성이로 발견되어 응급실에 실려 온 아침에 효는 자살 기도로 분류되어 침대에 묶이고 입에는 자살 방지용 재갈이 채워졌다. 혀가 그 모양이라 음식을 씹을 수 없어 코에 튜브를 끼우고 주사기로 유동식을 밀어 넣었다. 오늘은 비위관을 빼고 퇴원할 수 있는지 알아보는 날이었다.

"혀 상태만 보면 퇴원은 가능합니다. 가족을 부르세요."

효는 종이와 펜을 달라는 시늉을 했다. 말을 하려고 할 때마다 저도 모르게 혀가 씹히고 입가로 피를 흘렸다. 의사는 상의 윗주머니에서 메모지를 꺼내 볼펜과 함께 건네주었다.

거울에 혀 좀 비춰주세요.

효는 메모지에 또박또박 적어 보여주었다. 의사가 손거울을 들어 효의 눈높이에 맞춰주었다. 부기는 좀 가라앉았지만 여전히 사람의 혀보다는 썩은 고깃덩이처럼 보였다. 전반적으로 시든 가짓빛에, 곰팡이 빛깔의 설태가 얼룩졌다. 주운 옷핀 끝으로 긁어놓은 덜 아문 상처와 틀니로 깨물어 새로 난 상처가 얼키설키 나 있었다. 거울을 보는 동안에도 벌어진 상처에서는 피가 배어 나왔다.

이래선 혀에 문신은 제대로 새겼는지, 새로운 임무를 해냈는지, 해냈다면 얼마나 완벽하게 해냈는지 알 수가 없었다.

얼마나 지나야 딱지가 떨어질까요?

효는 다시 메모지를 들어 보여주었다.

"혀 부위라 아마 시간이 걸릴 거예요. 한 달도 부족할걸요. 왜요?"

의사의 말에 효는 의미 없는 미소를 지어 보였다.

"왜 그랬어요? 왜 멀쩡한 혀에다? 일단 보호자가 와서 저랑 상담을 해야 합니다. 퇴원은 그다음이에요."

효는 다시 한 번 웃어 보였다. 얘기해줘도 이해하지 못할 것이다, 귀 막힌 자들은. 육체의 귀가 막히고 믿음의 귀도 막혀서 목소리를 듣지 못하는 자들은.

날 보러 올 사람은 세상에 없어요.

효가 메모지를 보여주자 의사는 믿어야 할지 말아야 할지 모르겠다는 표정을 지었다.

"형제나 자매는요?"

효는 고개를 저었다.

"결혼은 안 하셨어요? 부인은요, 자식도 없나요?"

효는 다시 고개를 저었다.

"알릴 친구도 없어요?"

퇴원 지시가 떨어지자 효는 옷가지며 가방이며 몇 가지 짐을 챙겼다. 찾아오는 이 하나 없는 그의 처지를 동정한 간호사가 가져다준 낡은 성경책도 있었다. 그는 입원실을 나가기 전, 다시 한 번 요한계시록의 그 구절을 소리 내 읽었다. 혀도 엉망이고 틀니까지 덜그럭거려 발음은 엉망이었다.

"……이 책을 펴거나 보거나 하기에 합당한 자가 보이지 않기로 내가 크게 울었더니."

병원을 나서는 효에게 영혼의 멘토가 따라붙었다.

'네가 열쇠로 그 문을 닫을 것이요, 네가 그 책을 펼쳐 능히 읽을 것이라.'

"꺼져. 너는 신이 아니야. 그냥 허깨비지."

'신은 벌써 네가 때려 죽였잖아. 그러면 너한테 임무를 내리는 건 뭐지?'

효는 문득 고개를 들었다. 듣고 보니 맞는 말이었다. 신은 내가 죽였다…… 그럼 내게 임부를 내리는 이 가냘픈 목소리는 누구지? 에이전트도 영혼의 멘토도 코치도 아닌, 이 정체불명의 네번째 목소리는? 가냘프지만 단호한, 명령조의 이 목소리는?

"날 좀 내버려두고, 꺼져."

효는 종알종알 잔소리를 해대는 목소리를 향해 왼손을 휘휘 내저었다. 새 임무는 이미 시작되었다. 목소리의 정체에 의문을 품을 때는 이미 지났다. 그는 서울역으로 가는 버스를 타기도 전에 마음을 정했다. 목소리의 뜻을 따르기로. 어차피 할 일도 없었다. 그는 다윗의 열쇠로 세상의 문을 닫을 것이요, 신의 오른손에 놓인 책을 펴 읽을 것이다.

효는 불의 혀를 가진 것이다.

수는 정원에 내리쬐는 공허한 여름 햇살을 잠깐 바라보다가 등을 돌렸다. 기온은 한여름 수준이었고 잔디밭은 웃자란 잡풀에 벌레와 새 들로 들끓었지만, 보면 볼수록 적막하기만 했다. 기름진 이파리들과 바람과 비에 갈고 닦인 화강석들이 환히 빛나도, 어쩐지 온기나 생명력은 느껴지지 않았다.

지난겨울 연구원을 떠나보내고 수는 유산 정리와 보험금 정산에 두 계절을 보냈다. 자신만의 시간을 가지게 된 건 겨우 두어 달 남짓부터였다. 그녀는 귀찮은 것들을 떼어버렸다는 홀가분함에 그녀의 것이 된 집의 인테리어부터 싹 바꾸었다. 서재에 있던 연구원의 책은 업자를 불러다 한꺼번에 처리했고 그가 아꼈을 빈티지 책장도 넘겨버렸다. 그러자 안방보다 넓은 공간이 나타났다. 도배를 하고 가구와 조명을 바꾸자 전보다 한 배반은 더 값져 보였다.

수는 한결 넓고 감성적이 된 거실의 신상 가죽 소파에 앉아 궁리를 했다. 그래, 이번엔 무슨 괴물이 돼볼까. 그녀는 엊그제 산 고화질 텔레비전의 위성 채널을 이리저리 돌려보았다. 연구원이 떠나고 나서 뉴스 채널의 범죄 뉴스를 찾아보는 야릇한 취미가 생겼다. 어디서 누가 어떤 짓을 했는데, 얼마 만에 어떻게 잡혔다는 기자의 해설을 영상과 함께 보다 보면 마음이 차분해졌다. 점퍼를 덮어쓴 강간범이 형사들에게 둘러싸여 카메라 앞으로 걸어 나오면 꼭 그만큼, 그녀 마음을 옥죄고 갉작대던 불안감이 뒤로 물러났다.

그러다가 한 달 전쯤에 그 사내를 보았다. 하늘색 마스크를 쓰고 벽돌색 홑옷 점퍼를 걸치고 있었다. 키가 어찌나 작은지 양옆에 선 형사들의 중학생 어린 아들처럼 보였다. 수는 또 어떤 변태가 어떤 가련한 여고생을 강간했나 하는 심상한 마음으로 뉴스를 보고 있었다. 사내는 경찰서에서 끌려 나오다 잠시 보도 카메라 앞에 멈춰 섰다. 그러고는 고개를 들더니 수갑 찬 손을 올려 눈 깜짝할 사이에 마스크를 끌어내렸다. 사내는 카메라를 올려다보며 혀를 쑥 내밀었다. 카메라 기자가 놀랐는지 화면이 약간 출렁거렸다. 무슨 일인지 깨달은 형사들이 뒤에서 잡아당기고 고개를 누를 때까지 사내는 계속 혀를 빼물고 있었다. 혀의 좌우로 무슨 문양 같은 게 그려져 있었다. 혀가 화면에 가득했던 건 삼 초나 사 초쯤이었다.

뜻밖의 장면에 수는 손에 들고 있는 찻잔을 내려다보았다. 첫 모금부터 환각인가.

사내는 소리를 질러댔다. 키는 작았지만 목소리만큼은 무게감이 있는 중년의 목소리였다. 그가 질러댄 내용은 무전유죄 유전무죄, 이런 식상한 내용이 아니었다. 사내는 확신으로 가득 찬 광신도의 목소리로 외쳤다.

"우리는 하나의 목소리를, 하나의 영혼을 공유한다!"

아니 그렇게 외쳐댔다고 수는 생각했다. 아니, 그렇게 외쳐대는 것을 그녀는 들었다. 그 목소리를 확실히 들었다.

"불의 혀를 봐! 불의 혀를 보라고!"

사내의 발음은 분명하고 똑똑했다. 이백칠십만 원짜리 첨단 에이브이 시스템 덕일 수도 있었다. 수는 오래전에도 그 비슷한 방송 사고가 있었음을 기억했다. 한 사내가 방송사 뉴스룸에 뛰어들어 생방송 중에 자기 귀에 도청장치가 들어 있다며 난리를 쳤다.

"네 혀에 불을 질러!"

이제 목소리는 수를 향해 윽박지르고 있었다. 고래고래 날카롭게 째지는 듯한 고함을 지르고 있었다. 그녀는 믿기지 않는 표정으로 들고 있던 찻잔을 내려다보았다. 스페셜 티를 몇 잔씩 연거푸 마신 것도 아닌데, 이럴 수는 없었다. 그녀는 목소리에서 도망이라도 치려는 듯 소파에서 일어나 유리창을 열고 맨발로 정원으로 나갔다. 아직도 손엔 찻잔이 들려 있었다. 이제 목소리는 사방에서 들려오고 있었다. 고개를 드니 하늘에서 시뻘건 불의 혀가 내려와 그녀의 이마를 핥았다. 그녀는 정신을 잃고 정원 풀밭에 널브러졌다.

그 일이 있은 다음 수는 성당의 신부를 찾아 면담을 신청했다.

"혀에서 뭘 봤어요. 뚜렷하지는 않은데, 혀가 워낙 지저분해서…… 오른쪽엔 책이 있었고, 펼쳐져서요. 왼쪽엔 열쇠 문신이 있었어요, 아마."

수가 텔레비전에서 본 사내의 혀에 대해 이야기하자, 신부가 손가락으로 다탁을 톡톡 두드리며 무언가 골똘히 생각하는 표정을 지었다. 연구원의 소개로 알게 된 신부였다. 병원 영안실에서 연구원의 장례 미사도 집전했다. 신부는 다탁 한편에

늘 놓여 있는 성경책을 집어 들어 쭉쭉 페이지를 넘겼다.

"……열쇠와 책이 함께 등장하는 성경 구절이 있긴 하지."

신부가 건네준 성경 구절에는 정말로 열쇠와 책이 등장하고 있었다.

"성경 구절과 똑같네요."

"그냥 우연일걸."

신부는 신앙심 깊은 신도들에게 우연의 의미를 가르치는 데 적지 않은 공을 들이고 있었다.

"그 사람은 무슨 죄로 잡혔나?"

수는 대답을 못 했다. 그녀는 그 동영상을 두 번 다시 보지 못했다. 인터넷에 동영상도 풀리지 않은 것을 보니 세간에서 입방아를 찧을 만한 일은 아닌 듯했다. 아니 어쩌면, 동영상 자체가 그녀의 환각이었는지도 몰랐다.

수는 조금만 더 친해지면 신부에게도 스페셜 티의 맛을 가르쳐줄 계획이었다. 그녀는 신부에게 의미 없는 미소를 지어 보였다. 그녀는 요즘 하느님의 종 코스튬 플레이를 하고 있었다.

수는 가만히 숨을 다져가며 거실 벽 거울 앞에 섰다. 그녀는 턱까지 닿도록 혀를 쑥 뽑았다. 부기가 많이 빠져 이제 자기 신체처럼, 인간의 혀처럼 보였다. 통원 치료를 다니며 열심히 드레싱 하고 항생제를 먹은 덕이었다. ……태양은 묘지 위에 붉게 떠오르고 한낮에 찌는 더위는 나의 시련일지라. 나 이제 가

노라 저 거친 광야에…… 그녀는 나지막이 양희은의 「아침이슬」을 읊조리듯 불러보았다. 혀가 덜 풀려 음정도 박자도 맞지 않았고 침이 입가로 흘러나왔지만 못 들어줄 정도는 아니었다. 그녀는 대학 시절 시위 괴물이었다. 그녀의 손을 거치지 않으면 시위가 이뤄지지 않을 정도였다. 거리 시위가 있는 날이면 머리띠를 두르고 단상에 올라 「아침이슬」을 불렀다. ……진주보다 더 고운 아침이슬처럼 내 맘에 설움이 알알이 맺힐 때…… 그녀는 특히 이 구절이 맘에 들었다. 혀에도 진주 같은 아침 이슬을 새겼으면 좋았을 테지만 그녀는 그럴 수 없었다.

"열쇠와 책."

수는 다시 혀를 빼 문신 상태를 살펴보았다. 이웃 여자들은 남편을 잃고 상심한 나머지 그녀가 자해를 한 줄 알았다. 이웃들이 보내온 초콜릿과 유동식 캔이 주방에 가득했다.

태양이 정원 어딘가에 우두커니 서서 수의 거실을 들여다보고 있었다. 정원엔 공허한 빛이 가득했다. 그녀는 목소리가 시키는 대로 자신의 혀에 불을 질렀다. 혀의 고랑을 사이에 두고 오른편엔 펼쳐진 책의 형상이, 왼편엔 열쇠의 형상이 새겨져 있었다. 텔레비전의 그 사내 문신보다는 예쁘게 새겨졌다. 강남에서 요즘 인기 있다는 문신사의 솜씨니까.

신부는 사내의 혀에 대해, 인간의 언어로 하느님의 의지를 더럽히지 않도록 자기 혀에 하느님의 말씀을 직접 새겨 넣은 것일 수도 있다고 했다. 혀에 하느님 말씀을 문신해놓으면, 하느님이 직접 말씀하시는 것이 될 테니까. 인간의 말로 오염되지 않은 순수한 말씀을.

"광신도들이란······"

수는 혀를 찼다. 하지만 그녀도 자신의 혀에 광신도 짓을 했다. 문신을 마치고 마취가 풀리자 혀가 불에 덴 듯이 아려왔다. 통증이 얼마나 심한지 달군 가위로 잘근잘근 혀를 썰어대는 것 같았다.

'네 혀에 불을 질러라!'

그 목소리가 다시 들려왔다. 불의 혀라는 건 이런 건가, 신의 말씀을 혀에 불로 새기는 것?

혀가 말한다

"사람 대가리 속에 뭐가 들었는지 아직 본 적이 없지?"

모비는 가출 패밀리 대장의 머리채를 잡고 국기 게양대에 짓찧으며 으르렁거렸다. 찧을 때마다 알루미늄 게양대가 텅, 텅, 소리를 내며 출렁였다. 남자애 셋, 여자애 둘로 구성된 이 패밀리는 지난달에 대림 국제시장에 나타났다. 그는 피시방과 노래방과 모텔을 드나들며 차츰 자리를 잡아가는 패밀리를 눈여겨보아왔다. 다른 가출 패밀리 두 그룹을 쫓아내고 그쪽 여자애들을 빼앗아 조선족 술집에 팔아넘기는 것도 보았다.

모비는 대장 머리에서 뼈 바스러지는 소리가 나자 아이들 쪽으로 몸을 틀었다. 여자애들은 오금이 저린지 주저앉아 울고 있었고 남자애들은 바싹 얼어서 꼼짝도 않고 있었다.

"아까는 날 묻어버린다며?"

모비는 대장의 머리카락을 헤쳐 상처를 드러냈다. 부서진 머리뼈 조각에 달린 터럭을 잡고 들어 올리자, 핏방울이 튀며 안에서 갓 끓인 라면 국물 빛깔의 뇌가 드러났다. 저물녘이라 색깔이 살지 않자, 그는 라이터를 켜서 잘 보라며 가까이 대고 비췄다.

남자애 하나가 오줌을 지리며 주저앉고 여자애 하나는 기절해 엎어졌다. 이제 스물한 살이 된 모비는 알고 있었다. 세상에 제대로 잔인한 놈은 드물다는 사실을. 대개는 말뿐이고 진짜를 만나면 똑바로 서 있지도 못한다는 사실을.

"이제 니들 대장은 나다."

모비는 패밀리를 데리고 그들의 숙소로 들어갔다. 그는 여자애들을 시켜 시장 상인연합회 회장을 꼬셔 오게 했다. 회장을 붙잡아 모텔에서 영상을 찍고 린치를 가했다. 하지만 협박은 통하지 않았다. 무릎뼈 아래 뼈칼을 박아 넣자 이번엔 당뇨가 어쩌고저쩌고 하더니 경련을 일으키며 기절해버렸다. 얼마 지나지 않아 바깥 골목에서 경찰차의 사이렌이 들려왔다. 그러고 보니 프런트의 직원이 상인연합회 회장을 모를 리 없었다. 아이들은 겁에 질려 비명을 지르며 모텔 방 안을 맴맴 돌았다. 사이렌이 울렸으면 모텔 출입문은 벌써 막혔다는 얘기다.

모비는 널브러진 회장의 가슴 위에 올라타곤 두툼한 얼굴을 감싸 쥐었다. 그는 두 엄지손가락을 펼쳐 회장의 눈알을 동시에 지그시 눌렀다.

"놔줘요. 오빠. 놔주세요."

여자애 하나가 무릎을 꿇고 빌었다. 모비는 엄지손가락에 힘을 주었다. 핏줄기가 솟구쳐 그의 뽀얀 얼굴을 더럽혔다. 회장의 안와 주변으로 피거품과 함께 찐득찐득한 액체가 흘러내렸다. 도어벨이 울리기 시작했다. 경찰이니 문 열라는 소리가 들렸다. 그가 체중을 실어 힘껏 누르자 푹 꺼지는 느낌이 들었다. 눈알이 사라졌다.

　여자애가 팔뚝을 꼬집어댔다. 회장의 얼굴엔, 이자카야의 사케 술잔처럼 생긴 작은 웅덩이 두 개가 다글다글 거품을 뱉어내고 있었다. 이제 경찰이 방문을 두드리고 있었다. 모비는 일어나 아이들 틈에 섞였다. 그러곤 아이들이 걸친 티셔츠로 얼른 얼굴을 닦고, 손가락에 묻은 회장의 늙고 더러운 피를 쪽쪽 빨아 없앴다. 방문이 부서지는 소리가 나고 아이들이 비명을 질렀다.

　모비가 생애 처음으로 경찰에 붙잡히는 순간이었다. 그는 조사가 진행되는 과정에서, 지금까지 그가 해쳤던 그 누구도 자신을 신고하지 않았다는 사실을 알았다.

　"두 사람이 있었는데, 죽어라 싸우고 있었지. 그런 싸움은 본 적이 없어. 둘은 싸우기 전부터 이미 피투성이였지. 왜 싸우느냐고? 차 사고가 났는데 책임이 누구한테 있느냐는 거였어. 그런데 중요한 건 책임 따위가 아냐. 중요한 건 유감스럽게도 둘은 이미 죽은 상태였다는 거지. 그러니까 젠장, 나는 죽은 자들이 싸우는 걸 보고 있었던 거야."

　한창림은 맨 앞자리에 앉아 하이 톤의 목소리를, 한창 변성기를 지나고 있는 여자아이가 내는 듯한, 높게 째지면서도 낮은 탁음이 아래 깔린 이중적인 목소리를 내는 젊은 친구 앞에서 시선을 멈췄다.

"교도소가 뭐가 좋은지 알아?"

모비의 물음에 한창림은 입을 열지 않았다.

"음악이 없다는 거지…… 봐, 너만 입 닥치고 있으면 아무 소리도 들리지 않잖아."

한창림은 갓 구워낸 사기 구슬처럼 티 없이 빛나는 흰자위에, 주름 하나 없이 탱탱한 얼굴을 가진 젊은 친구를 말없이 바라보았다. 보안과장이 두어 주 전에 말한, 삼 년 동안 독방에 있었다는 친구인 듯했다. 장기 수용자들 대개는 교도소의 규칙적인 생활로 나이보다 젊고 건강해 보였다. 그런 점을 감안해도, 이 젊은 친구의 나이는 서른 초반을 넘지 않을 것이다.

"선생은 죽은 자들이 싸우는 걸 본 적이 있어?"

한창림은 대뜸 보자마자 반말지거리를 해대는 젊은 친구에게 뭐라 대꾸해야 좋을지 알 수가 없었다. 나이 차이가 십 년은 날 테니 삼촌뻘한테 반말하지 말라고? 수의를 보니 호칭 번호는 일오삼오였다. 운동선수처럼 짧게 자른 젊은 친구의 머리카락이 아침 햇살에 벼려놓은 날처럼 예리하게 빛났다.

모비는 입을 닫고 초점 없는 묘한 눈으로 바라만 보고 있었다. 한창림은 그의 샅샅이 훑는 듯한 시선에 불안해졌다. 한창림이 기침을 하자 교도관이 다가왔다. 교도관은 맨 앞자리에 앉은 일오삼오 번을 잠시 노려보다가 출입문께의 자기 자리로 돌아갔다.

한창림은 수업을 계속했다. 윌리엄 터너의 풍경화를 프로젝
터로 스크린에 띄워놓고, 이것처럼 바다에 뜬 배를 한번 그려
보라고 했다. 요트도 좋고 돛단배도 유조선도 좋다고 했다. 모
비는 스케치북 가득 코발트색이 창창한 하늘에, 황금색 파도가
치는 바다, 그리고 핏빛 통통배를 그려 제출했다. 수업을 듣는
열두 명의 수용자 가운데 시간 안에 그림을 끝낸 건 그뿐이었
다. 손놀림이 놀라웠다. 그러다가 한창림은, 모비가 삼 년을 갇
혀 있던 강력범이란 사실을 떠올리곤, 그 손놀림이 어떤 손놀
림일 수 있는가 하는 생각에 순간 아찔했다.

"길 잃은 놈들은 늘 칭얼거리지. 이 목자가 잠이 안 올 지경
이야."

모비가 다시 말했다. 주어진 주제로 그림을 끝냈으니 더 시
킬 일도 없었다. 왼편 끝자리의 수다쟁이 반장이 오늘은 웬일
로 침묵을 지키고 있었다. 입을 꾹 다물고 이따금, 자기보다 못
해도 스무 살은 어릴 모비 쪽을 흘금거리고 있었다.

한창림은 오늘 이 교실에서 서열의 이동이 있었음을 깨달았
다. 서열의 첫째는 일오삼오 호칭 번호를 달고 있는 젊은 친구
다. 이제 이 새로 온 친구가 허락할 때까지, 반장은 꿰맨 것처
럼 입을 다물고 있어야 한다.

"선생은 갈 길을 아나?"

수업이 끝나고 교도관의 감시 아래 강당을 나가며, 모비는 한창림에게 한쪽 눈을 찡긋해 보였다. 초점 없는 눈으로 미소를 지어 보였다. 한창림은 그 미소가 주는 형언할 수 없는 불쾌함에 머리끝이 쭈뼛쭈뼛 섰다.

처음 교도소에 갇혔을 때 모비는 교도소 벽이 이렇게나 낮은가 하고 놀랐다. 눈앞에 회색 콘크리트 외벽이 부드러운 만곡을 그리며 펼쳐져 있었다. 이 정도라면 도움만 좀 받으면 어렵지 않게 뛰어넘을 수 있을 것 같았다. 주변에 사다리도, 사다리 대용으로 쓸 만한 것도 없었다. 하지만 그는 날랬다. 그의 내장은 가벼웠고 근육엔 힘이 넘쳤다. 무엇보다 전지전능했다.

"한두 놈만 밑에서 받쳐주면 되겠는데."

그날 밤 모비는 어수룩한 수용자 둘을 두들겨 패고는, 내일 외곽 청소 시간에 외벽 앞에 엎드리라고 일렀다. 다음 날 새벽에 한 놈은 겁을 먹고 스스로 귀를 찢어 의료사동으로 도망을 가버렸다. 그래도 모비는 계획을 포기하지 않았다. 외곽에 날아든 낙엽을 줍는 오늘은, 운동장을 두른 철망을 지나 외곽으로 나갈 수 있는 유일한 날이었다. 외벽에 접근이 허용되는 단 하루였다.

모비가 신호를 하자 동료가 냉큼 달려가 외벽 앞에 등을 말아 엎드렸다. 그 순간부터 요란하게 경보음이 울리기 시작했다. 굉음이 외곽 전체를 둘러쌌다. 교도관이 엎드린 동료를 찾아내어 뛰기 시작했다.

모비는 얼른 쫓아가 어깨로 교도관을 밀쳤다. 그러곤 잠시도 멈추지 않고 오 미터쯤 전력 질주해 동료의 등을 힘껏 밟고 솟구쳐 올랐다. 동료의 비명이 경보음보다 더 크게 들렸다. 모비가 있는 대로 두 팔을 뻗자 창창한 늦가을 하늘이 시야에 가득 잡혔다. 일 미터 정도만 기어 올라가면 외벽을 타고 넘을 수 있을 듯했다. 하지만 모비가 허공에 뜬 채로 손가락을 박아 넣을 때마다, 콘크리트 외벽은 그의 손을 튕겨냈다. 손톱이 쪼개지고, 이제껏 누구의 손도 타지 않았던 자리에 핏빛의 지문이 남았다. 떨어질 때 그는 어깨뼈가 부러지고 머리가 깨졌다. 모비를 받쳤던 동료는 척추가 부러졌다.

그날 모비는 어찌 되었든 교도소 밖으로 나갔다. 탈옥이 아니라 앰뷸런스를 타고 병원에 실려 간 것이었지만. 그는 백주에 점프로 탈옥을 하려 했다는 이유로 교도관들에게 저능아라는 별명을 얻었다.

모비는 패배했지만 여러 가지 깨달음도 얻었다. 교도소 외벽에 전자 감지 센서가 달려 있다는 사실, 외벽 높이 오 미터는 인간이 도구 없이는 뛰어넘을 수 없는 한계치라는 사실, 그리고 무엇보다 굳이 벽을 타 넘지 않아도 교도소 바깥으로 나갈 수 있다는 사실.

모비는 강당을 나와 거실이 있는 수용동으로 가는 기다란 복도를 걸었다. 천장이 유리로 되어 있어 볕 좋은 날의 따가운 자연광이 그의 짧은 머리로 곧장 쏟아졌다. 구시렁대는 놈도 없고 교도관도 마음껏 걷는 속도를 늦추게 해주었다. 부신 눈에 앞서가는 수용자의 뒤통수가 하얗게 끓고 있었다. 그는 햇살을 들이켜듯 고개를 들고 손바닥을 펼친 채로 걸었다. 코를 벌름거리기도 했다. 기분이 나쁘지 않았다. 특별한 자신이 한층 특별하게 느껴졌다.

복도는 수용동 쪽으로 살짝 오르막이 져 있었다. 육안으로는 알 수 없는 기울기였다. 하지만 복도를 오가다 보면, 수용동에서 교육동이나 공장동으로 오가다 보면 그 차이를 느낄 수 있었다. 작업이나 교육을 받으러 갈 때 복도는 내리막이 되고, 일과를 마치고 거실에 갇히려 돌아갈 때면 오르막을 걷게 된다. 눈에 띄지 않는 기울기였지만, 내리막에선 기분이 절로 긍정적이 됐고 오르막에선 부정적이 됐다.

하지만 모비에게 교정 본부의 그런 속임수는 하찮았다. 그의 기분은 그런 따위에 영향을 받지 않았다. 그의 기분은 언제나 언짢았고, 변화도 거의 없었고, 특히 따분한 교도소에선 더욱 그러했다.

모비는 사고를 쳐서 진정방에 갇히기도 했고 자진해서 독방에 들어가기도 했다. 그렇게 이번 교도소에서 삼 년을 보냈고 지난번 교도소에서도, 지지난번 교도소에서도 그랬다. 그는 수용자들을 쭉 둘러보다가 신참을 불렀다. 그가 독방에 있는 동안 강간치상으로 들어온 대학생이었다. 그는 신참의 머리끄덩이를 잡고 화장실로 끌고 갔다. 신참은 잠깐 목에 힘을 주고 버텼지만 곧 고분고분해졌다. 그는 바지를 내리고 화장실 변기 뚜껑에 걸터앉았다.

이십 분쯤 지나 모비는 바지를 추스르며 화장실을 나왔다. 신참은 울고 있었다. 졸졸 세면대에 물 흐르는 소리가 났다.

"쌍년. 너도 바깥에서 계집애들한테 이랬잖아?"

모비는 자리로 돌아가 숨을 한번 고르고는 성경책을 펼쳤다. 어머니의 유품은 아니었지만 어머니가 읽던 것과 토씨 하나 다르지 않은 성경책이었다.

"형제들아, 너희가 선을 행하다 낙심치 말라. 누가 이 편지에 한 우리 말을 순종치 아니하거든 그 사람을 지목하여 사귀지 말고 저로 하여금 부끄럽게 하라."

모비는 성경책에서 눈을 떼고 수용자들을 둘러보며 소리를 높였다.

"순종치 않으면 사귀지 말라잖아!"

교도소에서의 생활은 바깥에서 보는 것만큼 지루하지 않았다. 섹스도 성경도 내부 조달이 가능했다. 모비는 인생에 있어 많은 즐거움을 원하지 않았다. 그는 즐거움을 잘 몰랐다. 굳이 교도소를 나갈 필요가 없었다. 하지만 그는 세상이 그를, 그의 능력을 원하고 있음을 알고 있었다. 누군가 텔레비전을 켰다. 법무부에서 인터넷으로 송출해주는 녹화 방송이었다. 그는 재롱을 떠는 개그맨을 잠깐 바라보다가 다시 성경책으로 눈을 돌렸다.

"선배, 가기 전에 교수님이랑 사진 좀 찍어요."

모비가 부르자, 흰색 면 티셔츠에 연자줏빛 롱스커트를 입은 여자가 다가왔다. 그는 막 강연을 끝낸 동양철학자 옆에 여자를 세우고 자신도 바짝 붙어 섰다. 여자의 팔뚝 맨살이 그의 맨살에 와 닿았다. 사진을 찍고 둘은 노천카페로 갔다.

"또 집에 혼잔 거야?"

여자는 모비가 누군지 몰랐다. 아니, 자기 대학 칠 년 후배인 줄 알고 있었다. 그리고 모비가 자기 이름과 출신 대학을 알아내기 위해 두 달이나 자신의 뒤를 밟았다는 사실도 몰랐다. 그녀가 아는 건, 어느 대중철학 강연에서 옆 좌석에 앉은 청년이 알고 보니 대학 후배라는 사실뿐이었다.

둘은 첫 만남 이후로 서너 번 강연을 함께 들으러 다녔다. 여자는 자기 남편이 그저 바쁜 사람이라고만 했다. 일주일에 집에 들어오는 날이 이틀도 되지 않고, 결혼하고 사 년 동안 단

한 번도 휴가를 갖지 못할 만큼 바쁜 사람이라고 했다.

"직업이 그런데 어떡해. 알고 결혼한 거야."

여자가 체념조로 말했다. 모비도 여자의 남편이 경찰인 걸 알고 있었다. 여자의 남편이 요즘 자기를 멀찌감치 뒤처져서 쫓고 있었다.

"선배같이 예쁜 와이프를 어째서 집에 혼자 두는지 이해가 안 가."

모비가 여자와 손을 잡고 키스를 나누게 되기까지 석 달이 걸렸다. 여자는 그를 호주로 기술 이민을 가기 위해 잠시 쉬고 있는 후배라고만 알고 있었다. 성격은 잘 웃지 않고, 내성적이고, 어딘지 모르게 여성적이었다. 그래서 얼마 전 그가 사랑을 고백하고 입을 맞췄을 때도 그저 놀라기만 했다. 알고 보니 남자였던 건가, 하고. 여자는 싫지 않았다. 동성 친구 같은 면이 여자를 안심시켰다.

여자는 곧 못 볼 인연이니 잠깐의 불륜 정도는 괜찮을 거라고 생각했다. 모비도 그 점을 강조했다. 남편은 얼마나 둔한지 여자가 모비와 제주도로 놀러 갔는데도 눈치를 채지 못했다. 여자는 제주도에 가서는 미리 찍어놓은 남양주 집 주변 풍경과 서울 이태원 사진을 트위터에 차례로 올렸다. 전화가 오면 여자는 모비와 눈을 똑바로 맞추며 남편과 밀어를 나눴다.

겨울이 되자 모비는 여자에게 이민 비용이 삼만 달러 정도 부족하다고 했다. 그러곤 섹스 동영상을 보여줬다.

"한 번이면 실수였다고 하지. 동영상이 몇 개야. 연속극이
냐?"

여자가 질겁하고 덤비자 모비는 여자의 귀에서 귀걸이를 잡
아뜯어버렸다.

"이년아, 어떤 또라이가 슈렉 같은 년하고 사귀어!"

모비는 경찰이 자신의 뒤를 쫓는다는 사실이 참을 수가 없었
다. 일 년 후 모비가 뒤처리를 위해 여자의 집에 찾아갔을 때,
집엔 남편과 두 딸만 있었다. 남편은 이미 경찰이 아니었다.

일곱 시쯤 되어 뉴스가 나왔다. 모비는 고개를 들었다. 날짜
를 보니 일주일 전 뉴스였다. 수용자들 사이에서 수런거리는
소리가 났다. 저거 유호 놈 아냐? 저 새끼가 왜 저랬대? 수용자
몇몇이 뉴스에 나온 인물을 알아보고는 텔레비전 쪽으로 엉덩
이를 당겨 앉았다.

뉴스에선 신원을 알 수 없는 누군가가 온몸에 불을 붙이고
인파로 북적이는 쇼핑몰 한가운데를 질주했다고 나오고 있었
다. 화면에선 사람들이 우왕좌왕하고 있고 경찰차와 앰뷸런스
의 경광등이 번쩍이고 있었다. 앵커는 컴퓨터 그래픽으로 쇼핑
몰 내부를 보여주면서, 이쪽에서 나타난 범인이 몸에 휘발유를
끼얹고는 불을 붙이고 푸드 코트 안쪽을 향해 전속력으로 달려

들어갔다고 전했다. 그러면서 마침 점심시간이라 푸드 코트에는 많은 시민들이 오가고 있었고 범인과 부딪히거나 떨어져 나온 불꽃을 맞아 십여 명이 화상을 입었다고 덧붙였다.

화상을 입고 병원에 누워 있는 피해자들의 인터뷰가 이어졌다.

"얼굴이요? 몰라요. 못 봤어요. 너무 무서워서 볼 수가 없었어요."

"사람만 한 불덩이가 그냥 달려왔어요. 피하려고 피했는데 불꽃이 날아왔어요."

"그게 사람이었대요? 어머, 어떻게 사람이 그럴 수가 있어?"

어떤 여자는 울기만 했다. 화면이 바뀌어 다시 앵커가 나왔다. 앵커는 불특정 다수를 노린 묻지 마 범죄가 또 일어났다며 목소리를 높였다. 범인은 불덩이가 된 채로 칠십 미터나 되는 푸드 코트를 정신없이 폭주하다가 결국 사망했다고 전했다. 감시 카메라에 잡힌, 새하얗게 빛나는 불덩이가 푸드 코트를 가로지는 장면이 잠시 나왔다. 화면은 흰 천에 덮여 들것에 실려 나가는 범인의 모습으로 이어졌다.

"쇼핑몰 푸드 코트에서는 현역 지역구 국회의원 일행도 식사 중이었던 것으로 알려졌지만 다행히 피해는 입지 않았다고 합니다."

수용자들은 혀를 끌끌 찼다. 수용자 몇몇이 범인을 기억하고 있었다. 작년에 출소한 키가 작달막한 초로의 살인범. 출소를 몇 달 남겨놓지 않고 혀에 자해를 하는 바람에 출소가 취소될 뻔했던 친구. 교도소 안에도 뜨쟁이라고 문신사가 있는데 굳이 제 손으로 밤새 혀를 찌르고 찢어서 문신을 새겼던 친구.

"차라리 그때 내보내지 않았으면 죽지는 않았을 거 아냐?"

아마 바깥세상이 교도소보다 더 지옥 같았으리라는 동정 어린 의견도 나왔다. 제힘으로 벌어먹고 살아가기가 막막한 나머지 그런 짓을 한 게 아니냐는 얘기였다.

"라이터를 너무 일찍 당겼네."

모비가 뒷자리에서 흥분한 눈으로 중얼거렸다.

범인과 한 거실을 썼던 수용자가 추억거리라도 된다는 듯이 말을 이었다. 아침에 화장실에 가보니 바닥이 온통 핏물이고 수의도 피투성이가 된 채로 그가 쓰러져 있더라는 얘기였다. 출소를 앞두고 자해나 자살을 하는 경우가 없지 않아 교정 본부에서는 치료만 해주고 내보냈다고 했다. 그런데 이번엔 분신자살이라니, 거참…… 수용자는 혀를 찼다.

"그런 놈이 또 있었대."

"혀에 문신 새긴 놈이?"

모비는 푸드 코트에서 있었던 묻지 마 범죄 뉴스를 보곤 흥분해서, 또 신참의 머리꼬덩이를 끌고 화장실로 갔다. 뉴스를 볼 때부터 그는 이미 절정을 향해 달리고 있었다.

"쌍년이 똥꼬까지 소심하네."

모비가 화장실에서 소리를 질렀다.

"아버지라고……"

모비가 두번째로 교도소에 들어갔을 때 그의 아버지가 면회를 왔다. 얼굴은 시커멓고 주름이 자글자글했다. 마주 앉은 자리가 짧은 거리가 아닌데도 입에서 나는 잇몸 썩는 내가 아크릴 판을 뚫고 스멀스멀 새 들어왔다.

"어머니의 남편이었던 건 알겠는데 내 아버지는 아니지."

아버지는 모비가 기억하는 선생의 옷차림이 아니었다. 빨간색 티셔츠에 등산 조끼를 걸치고 머리는 반백이 되어 있었다.

"재판에 못 가서 미안하다."

아버지는 계면쩍은 얼굴로 두 손을 들어 가만히 쇠창살을 쥐었다.

"그래, 안은 지낼 만하냐."

"……"

"네 아버지를 찾았다."

모비가 대꾸를 않자 아버지는 알았다는 듯 고개를 끄덕였다.

"주소는 편지에 적어서 넘겼다. 잘 간수했다가 여기서 나오면 찾아가봐. 나랑 살기 싫다면 친아버지하고라도 살아야지."

아버지는 대답이라도 기다리는 듯 빤히 아크릴 판 너머 모비의 두 눈을 바라보았다. 잠시 후, 그가 눈을 부라리고 험악한 표정을 짓자 아버지는 자리에서 일어나 면회실을 나왔다.

아버지 말대로 모비는 편지에 적힌 친아버지라는 사람의 주소를 잊지 않고 간직했다. 교도소에서 나오자마자 그는 신설동 사거리의 한 이발소를 찾아갔다. 이목구비가 또렷하고 체격이 호리호리한 초로의 대머리 이발사가 한쪽 발을 끌면서 다가왔다.

"어떻게 해드릴까요?"

"목소리 좋네."

"예?"

"그 좋은 목소리로 뭘 했을까?"

이발사의 목소리는 발음이 정확했고, 무게감에 힘까지 붙어 있었다.

"아저씨, 감옥에 있다 왔어?"

이발사가 놀란 눈을 하고 거울에 비친 모비를 바라보았다.

"머리나 깎아. 내일 결혼하는 아들놈 머리다 생각하고 잘 깎아."

모비는 눈을 감았다. 이발사의 불규칙한 호흡과 떨리는 손가락이 그대로 느껴졌다. 이발이 끝나자 그는 세면대로 가 머리를 감고 헤어드라이기로 공들여 머리를 말렸다.

모비는 이발소 건너편 편의점 파라솔에 자리를 잡았다. 그는 이따금 이발사의 불안한 눈과 마주치면, 고개를 끄덕이기도 했고 손도 흔들어주었다. 밤이 되어 거리가 한산해질 때까지 이발소는 문을 닫지 않았다. 그동안 이발사는 한 번도 이발소 밖으로 나오지 않았다.

모비는 다시 길을 건너 이발소로 들어갔다.

"아저씨 집에 안 가?"

이발사는 피가 쑥 내린 것처럼 얼굴이 창백했다. 모비는 출입문을 잠그고 스위치를 내려 이발소 불을 껐다. 거리를 밝히는 주황색 불빛이 어둑하니 이발소 안을 비췄다.

"이발 기술은 감옥에서 배웠어?"

이발사가 잠시 주저하다가 고개를 끄덕였다.

"감옥 가기 전에 뭐 했는데?"

이발사는 도망칠 곳도 없는 뒤쪽으로 주춤주춤 물러났다. 모비는 바지 주머니에 반으로 접어 넣어두었던 편지를 꺼내 펼쳤다.

"자양동 카타리나 개척 교회. 개척 교회가 뭐야?"

"……복음의 황무지에 그리스도의 말씀을 전하기 위해 세우는 교회입니다."

"아아, 서울 자양동이 황무지야?"

"그냥 생긴 지 얼마 안 돼 가난한 교회를 개척 교회라고 합니다."

"그래. 너 좆나 가난하게 생겼어."

이발사가 휘청거리다가 한 손으로 이발소 의자의 등받이를 짚고 자세를 잡았다.

"여기 이 편지에 보면…… 읽어줄게. 혈육을 간단히 여기지 마라. 아무리 무시한다고 해도 그 사람이 네 친아버지라는 사실까지 사라지지는 않는다. 인사라도 드려라."

모비는 편지에서 눈을 떼고 고개를 들었다.

"아저씨가 내 아버지면 아 씨발, 나도 대머리되는 거야?"

모비는 한 발 앞으로 다가섰다. 그리고 또 한 발 다가섰다.

"아, 아닙니다."

모비는 눈을 부라리다가 갑자기 기운이 빠진 듯 두 팔을 내려뜨렸다. 그는 이발사를 똑바로 노려보며 한참을 말이 없었다. 그는 편지를 다시 접어 뒷주머니에 넣었다.

"사라지는 것도 불가능한 일만은 아니지."

모비는 다른 손으로 뒷주머니에서 가죽 칼집에 든 뼈칼을 꺼냈다. 칼집은 원래 색을 알아보기 어려울 만치 변색되고 볼품없이 해져 있었다.

"십 년 넘게 써도 말짱해. 칼은 역시 독일제야. ……그래, 예수 믿는 미친년들한테 헌금 받고 네 씨를 전했냐? 몇 년이나 따먹은 거야?"

한창림은 연락을 받고 지구대로 갔다. 지난 늦봄, 그의 신고를 받고 새벽에 출동했던 두 경찰 중 나이 많은 쪽이 그를 기다리고 있었다. 한창림이 먼저 그를 알아봤다. 그가 자기소개를 하자 비로소 경찰은 다가와 손을 내밀었다.

"같이 가서 뭣 좀 확인해주시죠."

한창림이 고개를 끄덕이자 경찰은 어딘가 전화를 걸더니 목격자를 데려가겠다고 했다. 경찰과 간 곳은 양천구 신월동의 과학수사연구소였다. 경찰은 데스크에서 확인 절차를 거쳐 중앙법의학센터로 데려갔다. 흰 가운을 걸치고 연구원 배지를 단 사내가 안치실로, 시신을 넣어두는 냉장고 앞으로 안내했다. 연구원은 세 칸으로 나눠진 스테인리스 스틸 냉장고의 두번째 칸을 열고 트레이를 잡아당겼다. 거칠게 롤러가 미끄러지는 소리가 났다. 시신의 두부가 나오고 어깨가 드러나자 연구원은 트레이를 멈췄다. 살 썩는 군내와 고기 탄내가 훅 끼쳐왔다.

"누군지 알아보겠소?"

경찰의 말에 한창림은 고개를 저었다. 그는 열기에 녹아내린 플라스틱처럼 그을리고 일그러진 시신의 얼굴을 잠시 들여다보다가 눈을 돌려버렸다.

"혀 좀."

경찰은 연구원을 향해 시신의 얼굴을 가리켜 보였다. 연구원은 안치실 구석으로 가서 커다란 핀셋을 들고 왔다. 연구원은 시신의 턱을 벌리고는 핀셋으로 혀를 잡아 뺐다. 가지색 혀가 맥없이 뽑혀 나왔다.

"이 문신 봤던 거요?"

경찰은 혀에 나타난 형상을 가리켰다. 한창림은 살짝 허리를 굽히고 주의를 집중했다. 낙서처럼 단순하고 제멋대로였지만 못 알아볼 정도는 아니었다. 지난 몇 달 동안 그가 결코 정확히 기억해낼 수 없던, 그러면서도 한편으론 잊을 수도 없던 어떤 형상이었다. 그는 비로소 사내의 혀를 가까이 들여다보고 확인할 기회를 가졌다. 설태 아래, 기억의 더께 아래, 모호하게 파묻혀 있던 온전한 형상이 드러나고 있었다. 그 새벽 미니 랜턴의 불빛에 아른거리던.

한창림은 경찰과 눈을 맞추면서 고개를 끄덕였다. 둥그런 손잡이에 선 하나 그어진 형상, 열쇠였다. 구부러진 직사각형 두 개가 마주 보고 있는 형상, 책이었다. 열쇠와 책. 마트에서 삼천 원이면 살 수 있는 흔한 자물쇠의 열쇠와 펼쳐진 책. 경찰이 손짓을 하자 연구원은 트레이를 다시 냉장고 안으로 밀어 넣었다.

"교도소에서 출소한 다음에 여죄가 밝혀졌어요. 그래서 긴급체포했는데 경찰서에서 탈출을 해버렸지."

지구대로 돌아가는 동안 한창림이 이것저것 물었지만 경찰은 한마디도 대답해주지 않았다. 그 대신 이번에 대학원에 들어간 딸 이야기, 하나둘씩 은퇴하기 시작한 동기들 이야기, 아내와 함께 보는 주말 드라마 이야기를 했다.

경찰은 지구대 주차장에서 함께 내리며 그 뉴스 봤는지 모르겠지만, 하고 운을 뗐다.

"그 친구가 쇼핑몰 식당가에서 온몸에 불을 붙이고 달리기를 했던 친구요. 어떻게 잡나 했는데, 그 꼴을 하고 나타났어."

한창림은 인터넷에서 얼핏 본 기억이 났다. 쇼핑몰 감시 카메라 동영상, 흑백 영상을 좌우로 가르며 하얗게 타오르던 불꽃.

"왜 그런 짓을 했답니까?"

한창림이 다시 물었지만 이번에도 대답은 듣지 못했다.

"그런데 그 친구가 왜 선생 아파트에 갔답니까?"

경찰이 물었지만 이번엔 한창림이 말이 없었다.

한창림은 아파트로 돌아와 이른 저녁을 먹고 인터넷에서 뉴스 동영상 몇 건을 찾아 하나씩 돌려보았다. 분신자살이라고 보도한 방송도 있고 묻지 마 범죄라고 한 방송도 있었다. 누구를 해칠 의도가 있었다면 범죄겠지만 없었다면 자살이 아닌가 하고 그는 생각했다. 하지만 근처에 있다 불꽃을 맞아 화상을 입은 사람이 한둘이 아니니 범죄가 아니라고도 할 수 없었다.

사내는 죽어 냉장고 트레이에 누워 있다. 그러니 범죄 의도가 있었는지 물을 수도 없고, 무엇보다 왜 그 새벽 내 아파트 거실에 나타났냐고 물을 수도 없었다. 무슨 곡절로 불덩이가 되어 쇼핑몰 한가운데에서 뜀박질을 했는지도 영영. 한창림은 참을 수 없는 기분이 되어 사두었던 듀벨 맥주를 전부 꺼내 한 병씩 비우기 시작했다.

팔월 초의 무더위에 빨지 않은 수의에서는 쉰내가, 감지 않은 머리에서는 군내가 솔솔 풍겨왔다. 겨드랑이 털을 씻는 습관이 없는 수용자들이 태반이라 암내도 코를 찔렀다. 수의의 겨드랑이가 분비물에 노랗게 찌들어 있는 놈들도 있었다. 그렇다고 교육동으로 가면서 냄새가 싫다고 따로 떨어져서 걸을 수도 없었다.

그래도 모비는 이 복도 가득한 햇살이 싫지 않았다. 그는 느린 걸음으로 복도를 가로지르며, 태양 광선을 모으는 집열판이기라도 하듯이 허리께에서 손바닥을 펼쳐 천장을 향하게 했다. 그는 고개를 들고 반쯤 눈을 감았다. 부신 햇살에 눈꺼풀이 살짝 경련을 했다.

모비는 검사가 물을 때마다 내가 그랬어? 하고 되묻곤 했다. 그러곤 법정 최후진술을 할 때마다 맨 마지막에 내가 또 그랬나 봅니다, 저도 몰랐습니다,라는 문장을 덧붙이곤 했다. 그는 자신이 알지 못하는 자신의 잘못에 대해 아무런 말도 할 수 없었고, 때문에 법정의 판단은 드러난 증거에만 의지해 내려졌다.

"누군가는 틀림없이 죽기도 했을 것이다."

모비는 신선한 공기를 흡입하듯 쏟아지는 햇살 아래 한껏 입을 벌리고 심호흡을 했다. 어두운 배 속이 빛으로 환해지고 불러오는 것만 같았다. 그는 아직 어느 누구의 생명도 의도적으로 빼앗아본 적이 없다. 다만 현장을 떠나고 나서, 아니면 시간이 좀 흐른 다음에 범죄의 후유증으로 누군가 죽었을 수는 있다. 혹은 그에게 수치스러운 일을 당하고 나서 지옥까지 떨어진 자존감에 몇 년을 괴로워하다가 자살을 선택했을 수도 있다. 세상엔 죽는 것보다 더 나쁜 경우도 많은 것이다. 그리고 가족이 희생자보다 더한 고통을 겪을 수도 있다.

"하지만 그게 내 책임은 아니지."

뉴밀레니엄의 첫 희생자인 레스토랑 주인은, 모비가 분풀이를 마무리하기 위해 오 년 후에 다시 찾아갔을 때 이미 세상을 뜨고 없었다. 십대 시절 희생자인 쌍둥이도 비슷했다. 마지막 남은 앙금을 풀기 위해 칠 년 후 다시 찾아갔을 때, 그가 들을 소식은 쌍둥이가 불구가 됐고 그들의 엄마는 자살했다는 얘기였다. 하지만 그런 일들이 다 그의 잘못일 수는 없다.

"선생, 이 친구랑 인사라도 해야 하지 않겠어?"

교실에서 모비는 한창림에게 부드러운 미소로 권했다. 그는 옆자리에 앉은 이육사오 번의 옆구리를 툭 쳤다. 이육사오 번은 움찔하더니 턱을 들고는 칠판 앞에 선 그를 향해 길쭉하게 혀를 뽑아 보였다.

"이 친구 혀가 선생한테 뭐라고 말하는 거 같아? 응? 뭐라고?"

모비의 미소는 분노로 일그러져 있었다. 한창림은 있는 힘껏 용기를 냈다.

"뭘 보라는 거요?"

한창림은 모비를 뚫어져라 쳐다봤다. 흉악하게 일그러지는 모비의 미소를 보았다. 모비는 웃을 때는 흉측했고 화를 낼 때는 위협적이었다. 한창림이 짧게 기침을 하자 교도관이 다가와 파티션 너머로 모비를 노려보았다. 한창림은 커튼을 닫고 프로젝터로 시골 풍경을 보여주었다.

한창림은 커튼을 젖히며 떨리는 목소리로 시골집을 그려보라고 했다. 시골 고향집, 초가집, 양옥집. 시골에 가본 적이 없으면 텔레비전에서 본 기억이라도 되살려 그려보라고 했다. 서서히 창밖 운동장이 어두워지고 있었다. 그는 손가락 끝으로 손목시계의 유리 덮개를 문질렀다. 세 시 반이었다. 반장도 이육사오 번도 고개를 푹 수그리곤 열심히 파스텔을 놀리고 있었다.

어스름에 잠겨가는 동안, 모비는 벌써 숙제를 끝내고 두 손을 책상에 얹고 한창림을 향해 고개를 들고 있었다. 그의 스케치북에는 온통 시뻘겋게 칠해진 꽃 한 송이가 어둑어둑한 배경으로 그려져 있었다. 장미인지 카네이션인지, 피가 터져 나오는 것처럼 꽃잎이 활짝 벌어져 있었다. 꽃대궁과 가지, 이파리까지 피에 흠뻑 젖은 것처럼 시뻘겠다.

한창림은 모비의 흉측한 웃는 얼굴로 시선을 돌렸다가 다시 스케치북의 뻘건 꽃을 바라보았다. 뭉툭한 파스텔로 어떻게 했는지, 손톱으로 할퀸 듯한 날카로운 터치가 스케치북에 가득했다. 손톱 끝으로 북북 할퀴고 긁은 것 같았다. 창밖에서 몰려온 어둠이, 스케치북을 그의 눈앞에서 지웠다.

모비의 얼굴도 이미 삼 분의 이쯤 어둠에 잠겨 있었다.

"어때, 이 꽃? 성모화야."

"성모화?"

한창림의 목소리가 떨렸다. 강당에도 어느새 탁한 기운이 요동치고 있었다. 기껏해야 범죄자들이었다. 범죄자들 앞에서 주눅 들 이유가 없었다. 창밖은 이제 완전히라고 해도 좋을 만치 깜깜해져 있었다. 그의 자리에선 더 이상 모비의 표정을 읽을 수 없었다. 아직 낮 시간이라 불이 들어와 있는 형광등이 몇개 없었다. 그는 문득 지난 계절, 검은 구름에 뒤덮여 태양도 없이 천지가 새카매졌던 일을 떠올렸다.

"매일 아침 영혼 없이 눈을 떠."

모비의 얼굴 없는 목소리가 들려왔다.

"난 내 안에서 나를 잃어버렸어. 선생도 조만간 그럴 것이고."

깊고 어두운 한숨 소리가 들려왔다.

"예수가 몇 살 때 죽었는지 알아?"

갑자기 등 뒤에서 부산한 소리가 들렸다. 돌아보니 교도관이 잰걸음으로 건너편으로 달려가 형광등 스위치를 올리고 있었다.

형광등이 깜박이며 밝아오자, 한창림은 눈앞에 펼쳐지고 있는 광경에 기겁을 했다. 이육사오 번이 칼 같은 것으로 모비의 배를 긋고 있었다. 늑골 맨 아랫단의 왼쪽 끝에 깊숙이 칼날을 박고는 한 손으로 힘을 주어 오른쪽으로 끌어당기고 있었다. 허리춤으로 핏줄기가 죽죽 흘러내렸다.

한창림이 비명을 지르자 교도관이 파티션을 밀쳐 쓰러뜨리며 달려왔다. 수용자들이 우르르 일어나 사방으로 흩어졌다. 교도관은 곤봉을 빼들어 이육사오 번의 정수리를 후려쳤다. 그래도 이육사오 번은 손을 멈추지 않았다. 뼈 부러지는 소리가 몇 번 더 나자 그제야 이육사오 번은 혀를 빼물고 쓰러졌다.

모비는 의자에 앉은 자세 그대로 정신을 잃은 듯 고개를 수그리고 있었다. 핏물이 흘러내려 시멘트 바닥에 퍼져나가고 있었다. 피비린내와 오줌 지린내, 똥내가 코를 찔러왔다. 교도관은 곤봉을 들어 접근하지 말라는 식으로 수용자들을 가리키면서 무전기를 켰다. 채 일 분도 지나지 않아 다른 교도관들이 강당으로 몰려왔다.

상태를 확인한 교도관이 무전기로 보안과장을 불렀다. 다시 몇 분이 더 지나 보안과장이 시뻘겋게 달아오른 얼굴로 달려왔다. 보안과장이 앰뷸런스를 불렀다. 앰뷸런스는 수용동 건물 바깥에 한 대가 상시 주차되어 있었다. 사이렌 소리가 강당 바깥에서 귀 따갑게 울렸다. 들것을 든 의료사동의 보건의 두 명이 들어와, 아직도 의자에 앉아 있는 모비를 조심스레 실어 내갔다. 오른쪽 복부에, 청테이프를 감은 흉기가 그대로 꽂혀 있었다. 쇼크 상태인지 모비는 호흡도 멈춘 것처럼 보였다.

"외부인이 왜 아직도 여기 있어!"

보안과장이 한창림을 가리키며 교도관들을 둘러봤다. 교도관 하나가 다가와 나가시죠, 하고 작은 목소리로 명령했다. 그가 강당 밖으로 안내되는 사이 다른 교도관 둘이 기절한 이육사오 번을 부축해 일으켜 세웠다.

한창림이 교육동 복도를 서둘러 빠져나가는 동안, 앰뷸런스의 사이렌 소리는 점차 멀어져 아주 들리지 않게 되었다. 멀리, 아마 교도소 바깥의, 수술이 가능한 병원으로 실려 가는 모양이었다.

그제야 한창림은 바깥 날씨가 정상으로 돌아왔다는 사실을 깨달았다. 오후의 태양이 교도소 운동장 저 끝에 우두커니 서서 이쪽을 들여다보고 있었다. 복도엔 햇살이 가득했다. 충만한 햇살에서 피비린내가 진동하는 듯했다. 복도에 들것에서 흘러 떨어진 핏방울들이 점점이 떨어져 있었다. 핏방울들이 반짝반짝 빛을 냈다.

하지만 그런 작은 핏방울 몇 개에서 피비린내가 그렇게 짙게 풍겨 나올 리 없었다.

너희가 우릴 만들었다

경은 삼 년 칠 개월 동안 경리로 일하던 회사를 그만뒀다. 입사 후 첫 일 년은 채 백만 원이 되지 않는 월급을 받고 다녔다. 월급은 조금씩 올랐지만 그녀는 여전히 회사의 정규 직원이 아니었다. 근로계약서는 써본 적이 없고 초과근무 수당을 받아본 적도 없었다. 그래도 그녀가 사직서만 내지 않는다면 계속 다닐 수 있었다.

하지만 경은 더 이상 그 사무실에, 그 직종에 어울리는 사람이 아니었다. 그녀는 이제 백이십만 원짜리가 아니었고, 혼자도 아니었다. 망령들이 지켜주고, 목소리가 들리고, 혀는 불의 혀가 되었다. 그리고 전에 없이 대단한 역사에 쓰임을 받을 예정이었다.

경은 술잔을 들고 마당과 거실을 어지러이 오가는 가족들을 물끄러미 바라보았다. 거실 전면 창을 열 때마다 짠내가 물큰물큰한 바닷바람이 밀려들었다. 삼촌 셋, 숙모 둘, 고모 둘, 고모부 둘, 우르르 몰려다니는 조카들 다섯, 그리고 외삼촌 하나와 이모 둘의 가족도 있었다. 오빠 둘과 언니네 가족도 있었다. 아빠는 아까부터 안방에서 할아버지, 큰오빠와 함께 회의를 하고 있었다.

얼마 전까지 안부도 거의 없이 십 년이나 고향에 발길을 끊었던 경이 다시 본가를 찾았다는 소식에 대가족이 모두 모였다. 아빠도 엄마도 형제자매도 모두 십 년 만에 얼굴을 보는 셈이었다. 아빠의 생신이기도 했지만, 그렇다고 해서 이렇게 모두 모이진 않았을 것이다.

"왜 떠났던 거야? 왜 전화 한 통 없었어?"

경이 가장 사랑했던 언니가 그녀의 곁에 앉아 손을 꼭 잡고 있었다. 경은 웃기만 했다.

가족들은 돌아가며 어째서 고향에 발길을 끊었느냐, 그동안 뭘 하고 지냈느냐, 혀는 왜 그렇게 되었느냐, 결혼은 했느냐, 하고 다그치듯 물었지만 아무런 대답도 들을 수 없었다. 경은 누군가 말을 걸 때마다 통통 부은 혀를 내밀어 보였다. 그녀의 입에선 말간 침만 기다랗게 흘러내렸다.

경은 술잔을 들고 거실과 마당을 오가는 남자들을 보며 에이치를 떠올렸다. 그녀가 어렸을 때 삼촌과 오빠 들은 이 해풍 심한 마을에서 그녀에게 방풍막 같은 존재였다. 자전거가 망가지면 군말 없이 고쳐주고, 읍내 중학교까지 차를 태워주고, 고등학생이 되어 시내에 자취방을 얻자 우르르 몰려와 도배도 해주고 주방 싱크대도 새로 달아주었다. 그녀가 학교 일진들의 강간 타깃이 되었다는 소문이 돌자 한 놈 한 놈 붙들어다 버릇을 고쳐준 일도 있었다.

회의가 끝났는지 아빠가 방에서 나왔다. 할아버지는 이 층

방으로 올라갔다. 아빠는 경을 잠깐 흘겨보다가 읍내 마트에
서 그녀가 사온 앱솔루트 보드카 병을 내밀었다. 그녀는 아빠
의 술잔에 보드카를 따랐다. 그녀는 보드카 병을 곁에 두고 남
자들이 빈 잔을 들이밀 때마다 일일이 따라주었다. 마당엔 아
까 저녁보다 눈에 띄게 많은 사람들이 모여 있었다. 동네 이웃
들까지 찾아온 모양이었다. 그들 중 몇몇은 거실로 들어와 그
녀와 인사를 나누었다.

　열 시가 넘자 거실과 안방의 텔레비전에서는 두 드라마가 경
쟁이라도 하듯이 볼륨을 높였다. 이 층에서도 텔레비전 소리가
났다. 경은 손을 휘둘러 모기를 잡았다. 그녀는 처음 앉은 자리
에서 조금도 움직이지 않았다. 큰오빠와 둘째 삼촌은 마당 귀
퉁이에 서서 머리를 맞대고 이야기를 나누고 있었다. 진지하
게, 소곤소곤. 저 둘은 항상 진지했지. 그녀는 기억을 더듬었
다. 누군가 거실 전면 창을 열고 씹을 거리가 떨어졌다고 소리
를 질렀다.

　열두 시가 넘고 한 시가 되어도 마당과 거실의 불빛은 꺼질
줄 몰랐다. 여자들은 이제 자러 가고 없었다. 언니도 아이들과
함께 자러 갔다. 안주가 떨어지자 남자들은 읍내의 야식집에
전화를 걸었다. 거실엔 경뿐이었고 남자들은 모두 마당에 있었
다. 그녀는 보드카 병을 들고 자리에서 일어났다.

　경은 거실 전면 창을 열고 마당으로 나갔다. 거칠고 습기 찬

바닷바람이 그녀의 온몸을 훑었다. 물을 끼얹은 듯 그녀의 피부는 다시 축축해졌다. 그녀는 마당 귀퉁이에 주저앉아 혼자 뜻 모를 소리를 중얼거리고 있는 둘째 삼촌에게 다가갔다. 그녀는 그 앞에 대고 병을 흔들어 보였다. 아직 남은 보드카가 병 바닥에서 찰랑거렸다.

경은 뒷짐을 지곤 보드카 병을 가만가만 흔들며 마당을 가로질렀다. 슬쩍 돌아보니 둘째 삼촌이 바지 주머니에 두 손을 찔러 넣고 주춤거리며 따라오고 있었다. 그녀는 창고를 돌아 뒷마당으로 갔다. 뒷마당엔 술 취한 남자도 없었고 전등도 없었다. 모기들이 귓전에서 앵앵거렸지만 그녀의 주의를 흐트러뜨리지는 못했다.

"이게 몇 년 만이니."

둘째 삼촌이 말했다. 경은 화사하게 미소 지으며 삼촌의 눈을 똑바로 들여다보았다. 그녀는 삼촌의 손을 잡고 바닥의 비료 부대에 주저앉았다. 그녀는 아무 말도 할 수 없었지만, 표정으로 눈빛으로 그리고 손의 움직임으로 최대한 살갑게 삼촌을 안심시켰다. 삼촌은 그녀 옆에 앉아 옛이야기를, 그녀가 기억하지 못하는 이야기를 하나하나 꺼내 풀어놓았다.

"결혼은 안 했어?"

경은 고개를 저었다.

"이 삼촌도 안 했지. 왜 안 했게?"

경은 고개를 세우곤 정말 궁금하다는 표정을 지었다.

"미경이가 오길 기다렸지. 이 삼촌한텐 미경이밖에 없거든. 미경이도 알지? ……미경이도 삼촌을 잊지 못했던 거야?"

삼촌은 부들부들 떨리는 손을 뻗어 경의 왼쪽 엉덩이를 부여잡았다. 그러곤 더러운 숨을 몰아쉬며 그녀의 어깨에 머리를 기댔다.

경은 그대로 몸을 내맡기곤 불확실하게 흩어져 있던 기억들이 하나로 맞춰지길 기다렸다. 긴 시간이 필요한 일은 아니었다. 가족들이 그녀에게 왜 고향을 떠났냐고 물을 때 그녀도 스스로에게 묻고 있었다. 왜? 그러니까 왜? 그녀는 고통과 수치심을 꾹꾹 누르며, 망각의 안개가 완전히 걷히길 기다렸다.

둘째 삼촌 혼자만의 짓은 아니었다. 그럴 리가 없었다. 경은 주절주절 아직도 고백을 늘어놓고 있는 삼촌을 밀쳐내곤 거실로 돌아왔다. 그러곤 침실로 들어와 문을 잠그고 새벽까지 울었다. 자신의 짐작이 망상일지도 모른다는 의심은 들지 않았다. 그녀는 확신했다.

대가족의 남자들은 하나같이 넓찍하고 단단한 등을 갖고 있었다. 에이치의 등도 그랬다. 물론, 에이치가 그랬던 것처럼 삼촌과 오빠 들의 등도 흉기였다. 하지만 자신을 향한 흉기는 아니라고 어렸던 경은 믿었다. 그들 안에서 자기는 안전하다고 어린 그녀는 믿었다. 그렇게 믿음으로써, 그녀는 자신이 바꿀

수 없는 지옥 같은 환경에서 스스로를 보호했다. 그런 자기기
만이 없었다면, 그녀는 고향을 떠나 살아갈 힘을 갖추기 전에
미쳐버리고 말았을 것이다.

경은 창밖 바다가 희붐하게 밝아오자, 어구를 넣어두는 창
고로 가 고깃배에 싣고 다니는 휘발유 통을 들고 나왔다. 통에
쓰다 남은 휘발유가 반쯤 남아 있었다. 그녀는 일 층 세탁실에
처박혀 있는 둘째 삼촌을 찾아냈다. 그녀는 그의 주머니를 뒤
져 라이터를 꺼내곤 그에게 휘발유를 끼얹었다. 그녀는 그의
잠꼬대를 들으며 그의 머리에 불을 붙였다. 망령들이 불꽃처럼
춤을 췄다.

경은 차례차례 약간 서두르는 옆걸음질로 거실에서 마당으
로 나오며 휘발유를 뿌렸다. 그녀에게 손을 댔던 남자들은 거
의 다 거실과 마당에 있었다. 명이 긴 할아버지만 이 층 방에
있었다. 통이 다 빌 때쯤 해서는 그녀도 손등이며 이마가 화끈
거렸다. 화상을 입었는지도 몰랐다. 하지만 그녀는 이미 불의
혀를 갖고 있었다. 세상의 어떤 고통도 불의 혀의 고통에 비교
할 수 없었다.

경은 곧장 거실을 가로질러 마당을 빠져나와 집 밖에 세워둔
구형 베르나로 갔다. 불길이 번지는 것 같지는 않았다. 불꽃도
연기도 보이지 않았다. 그녀는 시동을 걸고 서울로 차를 몰았
다. 고향집이 시야에서 사라졌을 때 비로소 아침 하늘을 가르

며 시뻘건 연기 한 줄기가 솟아올랐다. 이제 이곳은 고향도 아
니었다. 방파제, 방풍막 같은 든든한 고향 남자들이란 그녀가
자신에게 들려준 거짓말이었다. 세상에 여자를 위한 남자의 든
든한 등 따윈 없었다. 그녀를 위한 등은 더더욱 없었다.

심은 회사에서 그를 찾는 전화가 와도 한마디도 할 수 없었
다. 혀를 바늘로 찔러대면 끔찍하게 아플 것이라는 데까지는
예상했지만, 말까지 못 하게 될 줄은 미처 몰랐다. 입에 구둣주
걱을 물고 있는 듯했다. 회사에서 과장이, 대리가, 인사부 직원
이, 그리고 나중엔 사장의 발신 번호까지 휴대폰에 찍혔지만
그는 침을 게게 흘리며 우물거리는 소리만 냈다.

심이 충남 대천의 모텔에 짐을 푼 지 열흘 만에 회사에서 해
고 통지 문자가 왔다. 그는 무감한 얼굴로 문자를 지워버렸
다. 이십 일 정도 지나자 혀가 가라앉아, 바닷바람을 쐬며 간
단히 반주도 한 잔씩 할 수 있었다. 그가 회사와도, 가족과도
멀찌감치 떨어져 혼자만의 시간을 보낸 게 얼마 만인지 기억
도 나지 않았다. 가족과 떨어져 있다 보니 성욕도 되살아났
다. 발음이 나아지자 근처 다방을 돌아다니며 종업원들에게
수작을 부렸다.

거의 한 달이 되었을 때 모텔로 지구대 경찰이 찾아왔다. 문
밖에서 경찰이라는 말이 들려오자 심은 드디어 올 것이 왔다는

생각을 했다. 토끼 귀를 지프에 던져버린 용의자가 자신이라는 사실을 마침내 경찰이 알아냈다고 생각했다. 그래서 어설프게나마 시간을 끌어보기도 했다.

"왜 전화를 안 받는 겁니까?"

심은 모르는 번호는 받지 않았다.

"폭행으로 신고가 들어온 게 있어요. 서울에서요."

다른 경찰이 말을 받았다. 그러면서 서울로 올라가서 지역 경찰서로 가보라고 했다. 경찰은 손에 들고 있던 경찰 출두 요구서를 심의 손에 쥐여주었다. 이상하게도 아직 날짜에 여유가 있었다.

체포도 없었고, 저녁때 나가보니 경찰차도 없었다. 잠복을 하는 듯한 수상한 차량도 눈에 띄지 않았다. 모텔 주인도 모르는 눈치였다. 기대한 건 아니었지만, 플래시를 터뜨릴 준비를 하며 살인범이 정체를 드러내길 기다리는 신문사 사진 기자들이나 방송 카메라도 없었다. 모텔 주차장엔 덥고 습한 바람과 저물녘의 어스름과, 낡고 흔한 시골의 국산 자동차들뿐이었다. 그는 이게 진짜 무슨 일인가, 하며 조개구이를 먹으러 내려갔다.

심은 서울 집으로 올라갔다. 집은 비어 있었다. 안방에 짐을 풀면서 보니 아내의 옷가지가 하나도 남아 있지 않았다. 아내의 패물함도 비어 있었다. 딸 방에 가보니 딸의 물건도 남아 있는 게 없었다. 어지럽게 굴러다니던 화장품도 말끔하게 사라지고 없었다. 그는 희미하게 곰팡내가 나는 휑뎅그렁한 안방에서 혼자 하룻밤을 보냈다.

"그럴 리 없습니다. 어떻게 내가 모르는 일을 내가 했다는 거예요?"

심이 귀를 후비며 말했다. 부자연스러웠지만 그래도 알아들을 만큼은 발음이 가능했다.

"그런 일 없었다니까요."

심은 경찰서 수사 과정에서 자신이 상습적인 폭력 가장으로 불리고 있음을 알았다. 토끼 귀 때문이 아니었다. 경찰은 심이 집을 비우기 직전에 있었던 일에 대해 짤막하게 설명하곤, 피해자 조서라며 사진 몇 장을 보여주었다.

넉 장은 아내의 몸을 찍은 사진이고 두 장은 딸의 몸을 찍은 사진이었다. 아내는 머리가 깨지고 이가 부러지고 손목에 피멍이 들었고 발톱 두 개가 뽑혀 있었다. 딸은 이가 부러지고 목에 손가락 자국이 남아 있었다. 경찰은 그 시퍼런 손가락 자국 네 개가 심의 것이라고 했다. 정말 모를 일이었다.

"그걸 어떻게 알아? 내 건지?"

그 말에 사무실의 경찰들이 모두 웃었다. 심의 휘청거리는 발음이 웃겼을 수도 있다.

"이거 한 장 더 봐요."

경찰은 심이 집을 떠난 바로 그날의 현장 사진이라고 했다. 출동한 지구대 경찰이 찍은 사진이었다. 욕실 바닥에서부터 거실까지 점점이 이어진 핏자국이 먼저 눈에 띄었다. 어지러이 시뻘건 발자국들도 찍혀 있었다. 그건 분명히 심이 흘린 피였고, 그의 혀에서 떨어진 피였다. 그가 부인하자 다른 사진도 내밀었다. 아내가 거실 바닥에 누워 있는 사진이었다. 이마에서 흘러나온 핏줄기가 뺨을 거쳐, 급하게 대놓느라 기울어진 베갯잇에까지 흘러내리고 있었다. 입에선 핏물이 부글부글 끓어 넘쳐 입가 좌우로 기다랗게 빨간 라인을 만들고 있었다. 머리는 피떡이 져 번들거렸다.

"왜요? 따님 사진도 보실래요?"

"아내를 불러줘요. 아내랑 얘기하게 해주세요."

경찰은 대꾸 대신 다른 병원 기록을 읽어줬다. 심이 결혼 직후부터 저질러온 폭력의 기나긴 기록이었다. 이십여 년 동안 아내와 아들, 딸의 육체에 흉터로 새겨진, 말 그대로 기나긴 폭력의 역사였다. 아내가 아들을 가졌을 때 부러뜨린 코뼈가 그 첫 기록이었다. 아들이 다섯 살 때 그가 부러뜨린 손목뼈 사진도 있었다. 딸이 초등학교 삼 학년 때 그가 걷어차 부러뜨린 갈비뼈 사진도 있었다.

심이 인정을 않자 경찰은 대질신문 스케줄을 잡았다. 하지만 목요일에 있었던 대질신문에서 결과는 더 나빠졌다. 그가 귀를 후비다 말고 아내를 경찰 앞에서 쥐어박은 것이었다. 그도 아내를 향해 주먹이 나갈 줄은 몰랐다. 스스로도 이해가 안 됐다.

"훌륭한 가장이 아니었을 수는 있지만 나쁜 가장은 아니었습니다."

심은 떨리는 목소리로 말했다. 그러고 보니 그동안 아내와 아이들을 육체적으로 좀 건드려온 것 같기도 했다. 하지만 집안을 바로 세우려면 어느 정도는 아버지의 권위가 필요했다. 손가락으로 귀를 후비고 싶었지만 수갑이 등 뒤로 채워져 있어 손을 올릴 수가 없었다.

"아내한테는 제가 사과하겠습니다. 아내를 보게 해주세요. 둘이서만 조용히 있게 해주세요. 둘이 얘기를 나누면 바로 해결될 겁니다. 사랑하는 아내와 자식들한테 어떻게 손을 댈 수 있겠어요?"

심은 자신이 어쩌다 폭력 가장의 지경에까지 떨어지게 되었는지 믿기지가 않았다. 어떻게 아내가 자신을 범죄자 취급을 하고 배신할 수 있는지 믿기지가 않았다. 아내는 오랜 세월 지속된 가정 폭력의 결과로 자신이 외상성 스트레스 증후군을 앓고 있다고 진단서를 제출했다. 딸도 어렸을 때 당한 폭행의 결과로 현재 평형 기능 장애를 앓고 있다고 진단서를 끊어 왔다. 지방에서 대학을 다니는 아들은 또 무슨 진단서를 끊을까.

이틀 후 경찰서를 나오며 심은 구슬프게 울었다. 그는 평생 가정과 사회의 안녕만을 바라며 살아온 올바른 시민이었다고 자부하고 있었다. 이제 그 자부심이 조롱받고 있었다. 복수를 해야 할까. 하지만 복수할 마음은 없었다. 네 연놈들이 원한다면 놓아주마, 하고 결정을 내렸다. 그는 마음 깊숙한 곳에서 가족을 죽여 장례까지 지내버렸다.

심에게 남은 것은 불의 혀뿐이었다.

령은 혀가 낫자 망치와 함께 망치의 엄마를 만나러 갔다. 그는 평소에도 한두 달에 한 번은 엄마를 만나러 과천에 가곤 했다. 엄마를 만나는 날이면 그 둔한 망치도 비루먹은 강아지처럼 예민해졌다. 늘 혼자 다녀왔는데 이번엔 그녀의 손을 잡아 끌었다.

"엄마가 날 좋아할까?"

령은 파란 망사 티에 흰색 리넨 반바지를 입었다. 고무줄로 머리를 묶고 입술만 짙게 화장했다. 하노라고 했지만 어쩔 수 없이 노는 언니 티가 났다.

망치의 엄마는 과천시청 건너편 빌딩에서 중국어 학원을 하고 있었다. 엘리베이터 안에서 령은 망치의 이마에 맺힌 땀을 닦아주었다. 학원은 육 층 코너에 있었다. 붉은 바탕에 황금색 한자가 요란하게 박힌 간판이 출입문 좌우에 붙어 있었다.

"엄마, 여자 생기면 가게 차려준다고 했잖아."

망치의 엄마는 아들의 말은 듣는 둥 마는 둥 령만 뚫어지게
바라봤다.

"엄마, 나도 이제 사업하고 싶어. 여자 데려왔으니 가게 내
줘."

"엄마가 언제! 결혼하면 내준다고 했지!"

"요즘 누가 결혼 같은 걸 해!"

망치의 엄마는 잔소리를 시작했다. 왜 집에 들어오지 않는
지, 아비 없이 아들 키우는 게 얼마나 힘들었는지 알기나 하
는지, 콘돔은 쓰는지, 저런 중국 술집 년 같은 애는 어디서 데려
왔는지, 덜컥 애라도 생기면 어쩔 셈인지. 령은 소파에 앉아 싸
움 구경을 하다가 문득 부아가 치밀었다.

"아줌마, 말씀이 심하시네. 내 보지가 헤픈지 안 헤픈지 아
줌마가 봤어?"

미처 피할 틈도 없이 망치의 엄마가 령에게 몸을 날렸다. 멱
살을 잡고 두툼한 손바닥으로 령의 뺨을 후려갈겼다. 그러고는
머리며 어깨며 가리지 않고 때리기 시작했다. 령은 두 손으로
주먹을 막으며 목청껏 비명을 질렀다.

"등신아! 내가 더 좋아, 엄마가 더 좋아? 응? 어쩔 거야!"

령을 위에서 짓누르던 망치의 엄마가 갑자기 공중으로 치솟
았다. 망치의 희번덕거리는 두 눈이 형광등 아래서 반뜩이고
있었다. 망치의 엄마는 원장실 맞은편 벽으로 날아가 부딪고는

바닥으로 튕겼다. 망치는 팔팔 사이즈는 좋이 될 엄마를 집어 던지고도 숨 하나 거칠어지지 않았다.

"나 사랑하는구나."

령은 모닝을 몰고 과천을 빠져나오며 뒷좌석의 망치와 룸미러로 눈을 맞추며 말했다.

망치가 엄마와의 관계를 정리했으니 이젠 령 차례였다. 일주일쯤 지나 그녀는 망치와 함께 아빠가 사는 빌라로 갔다. 둘은 이 층으로 올라갔다. 감시 카메라도 달려 있지 않은 낡고 후진 빌라였다. 그녀는 셔츠 자락을 손가락 끝에 감고는 이 층 홀수호실의 벨을 눌렀다. 망치는 그녀의 등 뒤에 바싹 붙어 있었다.

집 전체에 술내가 찌들어 있었다. 신발장 앞에 놓인 비닐봉지에는 소주병과 막걸리 용기가 넘쳐나고 있었다. 거실도 없이 손바닥만 한 방 두 개, 부엌, 화장실로 이뤄진 빌라였다. 그녀는 가출하기 전까지 이런 닭장 같은 곳을 벗어나본 적이 없었다. 그녀는 망치의 손을 잡고 안방으로 들어갔다.

"아빠, 어쩜 이사도 안 갔어?"

령의 아빠는 부엌에서 한참 부스럭거리더니 결국 맨손으로 와 앉았다. 아빠는 령의 뒤에 앉은 망치를 흘끔거리며 누구냐고 물었다. 선풍기가 덜덜거리며 돌아갔다.

"아빤 알 거 없어."

령의 아빠는 알코올중독 때문인지 북받치는 슬픔 때문인지 무릎에 놓인 두 손을 바들바들 떨었다.

"엄마는 아직 안 돌아왔어?"

"네가 엄마를 다 찾고 별일이구나. 아빠만큼이나 싫어했잖아."

"그랬지. 기억하는구나. 그래서 엄마는 봤어?"

령의 아빠는 잠시 표정을 가다듬고는 죽었다더라, 하고 큰 소리로 말했다. 자기 목소리에 놀랐는지 눈이 휑뎅그렁하게 커졌다.

"응? 어떻게?"

"네 엄마답게 죽었지."

령은 입을 다물고 아빠를 쳐다보기만 했다. 짓물러 늘어진 눈두덩, 짧게 친 반백의 머리카락, 오랜 음주로 똥색이 된 피부, 위아래로 네 개쯤 남은 앞니. 령의 매끈하고 탱탱한 피부와 비교해봤을 때 도저히 부녀간이라고 생각되지 않는 몰골이었다. 한때 닮은 구석이 있었다 하더라도 이젠 근본까지 망가져 알아볼 수 없게 된 듯했다.

"난 이젠 고아네."

령이 한숨을 쉬듯 말했다. 령의 아빠는 눈만 끔뻑거리고 있었다.

"무슨 말인지 접수가 안 되지?"

령은 기다랗게 하품을 하고는 망치를 돌아봤다. 망치가 자

리에서 일어서서 한 발짝 아빠에게로 다가갔다. 어느새 두 손
에 군용 가죽 장갑을 끼고 있었다.

"집은?"

망치가 깜박했다는 투로 말했다.

"보나마나 월세일 텐데, 건질 거 없어."

망치가 방에서 나가 이것저것 작업에 필요한 물건들을 챙기
는 동안, 령은 아빠에게서 한순간도 눈을 떼지 않았다. 아빠를
감시하는 게 아니었다. 아빠는 이제 감시할 필요가 없는 인물
이었다. 삐쩍 곯은 아빠의 팔목으로는 아무도 때리지 못할 것
이었다. 그렇다고 가출한 열여섯 살 이후 처음 보는 아빠의 몰
골에 애가 타서도 아니었다. 그녀가 그런 사람이라면 망치를
데려오지도 않았다.

"아빠 이거 봐."

령은 아빠에게 무릎걸음으로 다가가서는 혀를 비쭉이 내밀
었다. 그저 두어 걸음 다가갔을 뿐인데도 선풍기 바람에 날아
온 살 썩는 내와 쉰내, 술내가 진동을 했다. 잇몸에 곰팡이가
슨 것처럼 회색 얼룩이 져 있었다.

"봤어? 내 혀 봤지? 열쇠와 책이야."

령은 확인이라도 받으려는 듯이 다시 한 번 혀를 길쭉이 뽑
았다.

"세상에서 가장 값진 물건. 아빠도 엄마도 내게 주지 않은

보물."

혀의 문신에 놀랐는지 알코올중독으로 뭉개진 아빠의 눈동자에 총기가 돌아왔다. 그 짧은 순간, 그녀와 아빠의 콧날 사이를 가르며 무언가 빠르게 내려왔다. 아빠의 입에서 신음과 함께 더러운 침방울이 튀어나와 그녀의 뺨을 때렸다.

령은 뒤로 물러나 망치가 아빠의 누리끼리한 목에 노끈을 감아올리는 광경을 바라보았다. 노끈을 잡고 힘껏 치키자 아빠의 늙어 오그라든 몸이 공중에 대롱대롱 매달렸다. 령을 향해 헛발질을 몇 번 했다. 망치는 그 자세로 부엌으로 가 부엌에 미리 놓아둔 의자에 올라섰다. 얼굴이 진땀으로 번들거렸다. 아빠의 팔다리는 아래로 늘어졌지만 두 눈만은 멀쩡히 살아서 따라 나오는 령을 좇고 있었다. 그녀에게 들려줄 말이 있는 사람처럼. 아빠의 눈은 화난 듯이 보이진 않았다. 딸에 대한 증오나 원망도 느껴지지 않았다. 그저 당혹감과 크나큰 슬픔만이 느껴지는 눈이었다.

망치는 의자에 올라서선 부들부들 팔을 떨며 부엌 천장을 가로지르는 가스 배관에 령의 아빠를 매달았다. 망치가 매듭을 짓는 동안, 아빠의 혀가 둥글게 말린 채로 튀어나오고 있었다. 턱을 타고 걸쭉한 침 줄기가 추하게 흘러내렸다. 경련은 잦아들어서 이제 손가락 몇 개만 남아 죽음의 춤을 추고 있었다.

"내가 열쇠로 그 문을 닫을 것이요, 내가 그 책을 펼쳐 능히 읽을 것이라."

령은 아빠를 향해 중얼거렸다. 아빠의 눈이 돌아가고 완전
히 숨이 끊어질 때까지 그녀는 눈을 떼지 않았다. 그녀는 아빠
의 최후를 한순간도 놓치고 싶지 않았다. 모든 순간을 머릿속
에 넣고 두고두고 곱씹고 싶었다.

땀에 흠뻑 젖은 망치를 끌고 빌라를 나오며 령이 말했다.

"됐지? 이제 가족에 대해서는 아무것도 묻지 마. 이제 진짜
우리 일을 하자고."

효는 십 년 만에 휴대폰을 다시 장만했다. 고용지원센터에
서 일거리를 소개받으려면 우선 연락할 곳이 있어야 한다고 해
서 마련한 중고 갤럭시 폰이었다. 그가 거리에서 자신의 망상
과 투쟁을 벌이는 동안 세상이 바뀌어 어느덧 숫자 버튼이 없
는 스마트폰이 대세가 되었다. 그는 피시방에 가서 엠피스리
파일을 잔뜩 내려받아 휴대폰에 저장했다.

귀에 이어폰을 꽂으니 갑자기 십 년쯤 젊어진 기분이 들었
다. 첫날은 최호섭의 「세월이 가면」을 백 번쯤 되풀이해 들었
다. 둘째 날엔 척 맨지오니의 「산체스의 아이들」을 백 번쯤 들
었다. 셋째 날엔 레베카 피존의 「스페니시 할렘」을 백 번쯤 들
었다. 모두 그에게 가정이란 보금자리가 있었을 때 시디로 갖
고 있던 노래들이었다. 아직 직장이 있고 손도 깨끗했을 때, 탄

노이 사의 천만 원짜리 스피커로 듣던 곡들이었다.

오케스트라의 선율과 천사의 노랫말들이 귓속을 맴돌아 흐르자 다른 목소리들은 꺼져버렸다. 세상의 추악한 것들이 그의 귓전에서 물러갔다.

"일단 면접을 보셔야 해요. 면접도 없이 채용해주는 회사는 없어요. 아시죠, 쑥스럽다고 안 가고 그러면 안 돼요."

노숙인의 많은 수가 일자리를 신청했다가도 막상 면접을 보러 오라고 하면 약속을 어기기 일쑤였다. 고용지원센터의 직원이 효에게 서류 한 장을 내밀었다. 여기로 가보세요, 지금요. 직원의 목소리가 천상의 문을 열고 그에게 말을 거는 천사의 목소리처럼 들렸다.

"이런 자리라도 어디예요. 십 년 동안 경력이 단절되셨잖아요."

효가 찾아간 인력 파견 회사의 채용 담당은 그를 보더니 반가운 얼굴로 아직 젊으시네요, 하고 입을 열었다. 감색 양복바지의 무릎 부위가 반질반질 도드라져 보였다.

"그런데 말이에요, 호남석유화학에 근무하셨어요?"

채용 담당이 고용지원센터에서 보내온 이력서를 훑더니 말했다.

"대기업 영업본부에서 십오 년 근속인데, 왜 그러셨을까. 길거리가 더 좋으셨나."

효는 아무 말도 하지 않았다. 경력란을 가리키는 채용 담당의 누런 손가락을 빤히 바라보기만 했다. 채용 담당은 몇 초쯤 대답을 기다리다 이력서를 치우고 사진이 복사된 서류를 한 장 내밀었다. 용산가족공원 근처를 오가다 볼 수 있는 주상복합 빌딩이었다.

"오래 계실 수 있어요?"

"그럼요. 이게 마지막 직장입니다."

채용 담당은 효를 차에 태우고 주상복합 빌딩으로 갔다. 그러곤 관리사무소로 내려가 그를 소개했다.

그날부터 효는 경비원 제복으로 갈아입고 이십사 시간 교대 근무를 서기 시작했다. 고시원도 용산으로 옮겼다. 일주일 만에 그는, 왜 그처럼 서둘러 자신을 뽑았는지 깨달았다. 층은 삼십 층이고 연면적은 이만 오천여 평인데 경비원이 둘뿐이었다. 야간에 순찰 한 번 도는 데 제복 와이셔츠가 흠뻑 젖고, 구두를 신은 발바닥이 두들겨 맞은 듯이 쑤시고 화끈거렸다.

"저 벤츠는 삼백이 호. 저 아우디는 오백일 호."

근무 교대는 주차장을 한 바퀴 돌며 끝났다. 안 씨는 효가 외울 때까지 주차장 내 고급 차량을 소유한 호실을 가르쳐주었다.

"저 비엠더블유는, 비엠더블유 알겠어? 소리 내서 말해봐."

효가 비엠더블유, 하고 또박또박 발음하자 안 씨는 그건 펜

트하우스에 사는 어느 재벌 총수 사촌 동생의 차라고 가르쳐주
었다.

"보면 꼬박꼬박 경례 붙이고. 가끔 창문 내리고 뭘 던져줄
때도 있으니까."

안 씨는 중학교 교감 선생으로 은퇴한 교육자 출신이었다.
그 자신이 그렇게 소개했다. 효는 자신을 노숙자 출신이라고
소개했다. 그 말에 안 씨는 솔직해서 좋네, 하고 소리 내 웃었
다. 작년에도 관청에서 소개해준 노숙자가 한 사람 들어왔다
나갔다고 했다. 보름을 못 버티고. 열흘을 가르쳤는데도 차량
번호를 하나도 외우지 못했다고 했다.

하지만 효는 그 정도는 아니었다. 노숙 생활 동안 그의 뇌에
꼈던 땟국물은 이제 거의 씻어내고 벗겨냈다. 그가 못 할 일은
없었다. 그는 목소리에 의해 선택된 자였다.

"그런데 자네, 혀에 그게 뭐야?"

효는 입을 다물었다. 그러고는 대답을 기다리는 안 씨의 두
눈을 그저 빤히 바라보기만 했다. 안 씨는 순찰 일지를 넘겨주
고는 옷을 갈아입으러 갔다. 오후 여섯 시가 되자 관리사무실
직원들이 모두 퇴근했다. 혼자 남은 그는 일곱 시쯤 주차장으
로 내려갔다. 그리고 맑고 투명한 바이올렛 색으로 도장한 비
엠더블유 앞에 섰다.

효의 안에서 웅덩이가 다시 한 번 끓어오르기 시작했다. 늦

처럼 열없이 끓고 무저갱처럼 바닥없이 암흑인. 비엠더블유 앞에 삼십 분을 서 있다가 그는 다시 사무실로 올라왔다. 주차장 램프를 따라 굼뜬 걸음으로. 백 킬로그램이 넘었을 때처럼, 서울역에서 곰팡이 슨 식빵을 주워 먹던 시절처럼, 굼뜨고 육중한 걸음을 옮겼다. 그의 생각에 실현해야 할 정의가 아직 남아 있는 듯했다.

비번인 날은 아침 열 시에 퇴근해 아내의 집으로 갔다. 아들을 보기 위해. 아들이라면 자신을 반겨줄지도 몰랐다. 자신을 용서하고 고맙다며 눈물을 흘려줄지도 몰랐다. 아내가 자기를 외면했을 때 그는 자기도 그들을 위해 과거를 잊기로 했다. 그것이 아버지로서 해줄 수 있는 마지막 도리라고 여겼다. 하지만 생각해보니 아들은 아직 만나보지 못했다. 아들의 생각은 아내와 다를 수도 있었다.

효는 보름을 아침마다 골목에 가서 아들을 기다렸다. 그는 아내의 집에서 나오는 청년의 뒤를 밟아 그가 다니는 대학까지 쫓아가기도 했다. 그는 강의실 앞에 걸린 시간표를 보고 청년이 영문과 일 학년이라는 것도 알아냈다. 그리고 다시 보름이 지났을 때 그는 럭비 운동장에서 청년을 따라잡았다.

"윤서, 윤서."

청년은 효가 어깨에 손을 얹을 때까지 돌아보지 않았다.

"예?"

청년은 어느새 효보다 머리 하나는 더 커 있었다. 청년과 눈을 맞추기 위해 그는 턱을 들고 태양과 마주 서야 했다.

"아들. 우리 집안에 어찌 이런 키 큰 유전자가 있었을까."

하지만 청년은 어리둥절한 얼굴로 효를 바라볼 뿐이었다.

"괜찮아. 몰라볼 수도 있지. 어디 햄버거라도 먹으러 갈까?"

하지만 청년은 무언가 잠시 생각하더니 얼굴을 우그러뜨렸다. 그러곤 잘못 보셨네요, 하는 말만 남기고 뒤돌아 빠르게 운동장을 가로질렀다. 효는 어이가 없어 혀를 찼다. 아들을 잘못 키웠다는 자책감이 들었다.

'미련이 남았나? 또 울 거야?'

코치가 물었다.

"······아닌 것 같은데."

효는 턱을 움직여 틀니를 제자리로 잡았다. 그는 정의봉을 다시 움켜쥐어야 할 때가 가까이 왔음을 느꼈다.

"가족이 날 버린 게 아냐, 내가 가족을 버린 거야."

수는 아빠를 위해 순금 목걸이를 샀고 엄마를 위해 순금 팔찌를, 언니와 형부를 위해 현금 백만 원을 준비했다. 조카들에게도 현금을 나눠 줄 셈이었다. 올케를 위해서도 현금 오십만 원을 마련했다. 오빠가 사라지고 난 다음에도 올케가 꼬박꼬박 명절을 지켜줬다는 생각에 무시할 수가 없었다. 그리고 웰시코기 식구들을 위해서도 간식 통조림 한 박스를 사 차에 실었다.

수에게는 가족이 있었다. 가족을 보러 일 년에 두 번은 천안을 다녀왔다. 어쩌다 명절에, 어쩌다 부모님 생신에, 어쩌다 조상 제사에 가기도 했지만 한 번도 기분이 좋아서 돌아온 적은 없었다. 가족 중에 그녀가 카페를 차렸다거나 결혼을 했다는 사실을 아는 사람은 없었다. 그녀가 얼마 전에 한 재산을 챙겼다는 사실을 아는 사람도 없었다.

수가 대학을 졸업할 때 졸업식에 온 사람도 없었다. 그녀가 취업을 하고 신원 보증을 서줘야 했을 때야 졸업 사실을 알았다. 그때 아빠는 의뭉스러운 년이라며 다 큰 그녀에게 빗자루를 휘두르기도 했다. 대학 첫 학기 등록금 영수증을 보기 전까지는 그녀가 어느 대학에 합격했는지도 몰랐다. 엄마는 딸이 사춘기를 지나면서 작은 악마가 되었다며 혀를 찼다.

"너는 어떻게 서른이 넘어서야 철이 드니."

언니가 실눈을 하고서 봉투 안을 살폈다. 중학교 초등학교에 다니는 조카들은 벌써 사라지고 없었다.

수와 가족들은 천안삼거리 공원으로 피크닉을 갔다. 져가는 여름 햇살이 맨흙이 드러난 언덕 여기저기서 졸린 눈처럼 깜박이고 있었다. 돗자리 두 장을 깔고 한 장엔 여자들과 올케네 조카가, 다른 한 장엔 남자들과 언니네 조카들이 앉았다. 데리고 온 웰시코기 세 마리는 가까운 나무에 묶어두었다. 아빠가 샴페인 병을 땄다. 코르크 마개가 둔한 소리를 내며 떨어지고 흘러내린 샴페인 거품에 마른 흙이 다글다글 끓었다.

　오후 네 시였다. 조카들은 수가 준 용돈으로 샀다며 휴대폰을 들고 와 게임 아이템을 보여주었다.

　"나도 왕년에 게임 좀 했지."

　하지만 수가 올케네 조카의 휴대폰을 받아 들고 몇 번 손가락을 움직이지도 않았는데 캐릭터가 죽어버렸다. 조카는 히죽거리며 그녀의 손에서 휴대폰을 뺏어 언덕 너머로 도망갔다. 언니네 조카들은 웰시코기의 목줄을 잡고 달리기 시작했다.

　"오빠는 연락 없어요?"

　그 말에 여자들의 얼굴에 그늘이 드리워졌다.

　"경찰을 자꾸 귀찮게 해보라고요. 진정서도 넣고 탄원서도 넣고."

　엄마가 돌아앉아 훌쩍훌쩍 우는 소리를 내기 시작했다. 언니가 올케를 돌아보며 말했다.

　"상이 엄마랑 신부동 점집에 다녀왔는데, 오빠 정강이가 어느 여염집 개다리소반에 올라 있더래."

　수는 눈을 끔뻑끔뻑하며 응? 하고 되물었다.

　"너 뭐 아는 거 있어?"

　언니가 입꼬리를 말며 다시 물었다.

　"오빠 여자관계에 대해 보거나 들은 거 있냐고."

이번엔 올케가 돌아앉아 훌쩍이기 시작했다.

수와 가족의 피크닉은 공원 잔디밭이 창백하게 타오르다가 땅거미에 꺼멓게 식어갈 때까지 이어졌다. 그동안 아빠는 두 번쯤 바닥에 널브러졌고 그때마다 형부가 달려들어 일으켜 앉혔다. 원래 그 역할은 오빠의 것이었다. 오빠가 어버이날 전날 카네이션을 사 온다고 나갔다가 돌아오지 않게 된 다음부터는 형부가 그 일을 맡아 했다. 오 년 전 이맘때부터.

오빠가 사라지던 날 수가 서울에 있었는지 천안에 있었는지 경찰은 묻지 않았다. 가족들도 그녀에게 그날 어디에 있었는지 묻지 않았다. 그냥 의뭉스러운 년이 서울에서 회사 다닌다고 내려와보지도 않는다고 흉만 보고 있었다. 그녀는 그즈음 카페 창업 비용을 마련하느라 동분서주하고 있었다. 오빠가 실종되었다는 소문이 나자, 올케에게 처음 듣는 빚 독촉이 들어왔다. 사라지기 이틀 전에 진 빚이었다.

수는 피크닉 다음 날, 조카들이 모두 학교에 있을 시간에 언니와 올케를 만나 점심을 먹었다. 다들 천안 시내에 살고 있었다.

"웬일이니, 이틀이나 집에 내려와 있고."

언니가 무쇠 샤브샤브 냄비의 나무 뚜껑을 열어보며 말했다.

"고향이잖아."

"고향이 아니라 지옥이라며?"

언니가 올케에게 슬쩍 눈웃음을 지어 보였다. 올케는 쌍용동에서 학습지 교사를 하며 근근이 살고 있었다. 올케도 천안 토박이였다.

"내가? 언제? 하하. 그럼 이제 진짜 지옥을 볼래?"

그러면서 수는 두 사람 쪽으로 슬쩍 얼굴을 들이밀고는 혓바닥을 쭉 뽑았다. 두 사람 입에서 신음이 동시에 터졌다. 언니 입에서 굵은 국수 가락이 흘러내렸다.

"그게 뭐예요?"

올케 손가락 사이에서 젓가락이 벌어지더니 한 짝이 상 아래로 떨어졌다. 수는 두 사람의 표정 변화를 즐기며 혀뿌리가 아파올 때까지 그대로 있었다.

"서울 홍대 앞에서 요즘 유행이라는 혀 문신이에요. 웬만한 젊은 애들은 다 해요. 난 열쇠랑 책으로 했는데, 난 책 괴물이 잖아, 사람마다 다 달라. 램프, 병아리, 만년필, 이런 것도 있고 반지의 제왕에 나오는 반지도 있고. 일 년만 지나면 천안에도 유행이 내려올걸?"

언니와 올케는 안심하는 표정으로 고개를 끄덕였다. 셋은 점심을 먹고 차를 마시고 신세계백화점으로 가 쇼핑을 했다. 그리고 아라리오 갤러리로 가 현대 남미 미술 기획전을 보고, 다시 스타벅스로 가 커피를 마셨다.

이제 조카들이 학교에서 돌아올 시간이었다.

"점쟁이가 다른 말은 없었고?"

수가 아이스 아메리카노의 마지막 한 모금을 스트로로 빨며
물었다. 언니가 고개를 저었다.

"죽었다 살았다 말도 없고?"

둘이 아무 말도 없자 수가 입을 열었다.

"나, 오빠가 불타는 다리 한가운데로 걸어 들어가는 걸 봤어."

일어나려고 핸드백과 쇼핑백을 챙기던 언니와 올케가 고개
를 들고 놀란 눈으로 수를 바라봤다.

"오빠가 그 다리를 건너는 걸 봤어. 꿈이라고는 말 못 해. 너
무 현실 같았으니까."

"어느 다린지도 봤어요?"

올케가 떨리는 목소리로 물었다.

"봤어. 저기 중앙도서관 넘어가서 사거리에 있는 다리 있잖
아. 원성천 건너는 다리. 딱 느낌이 왔어. 우리 여름에 거기서
많이 놀았잖아."

수는 얼굴이 하얗게 질린 올케와 언니와 헤어져 서울로 갔
다. 한 시간 반이면 집에 들어갈 수 있었다. 그녀는 서울로 가
는 내내 언니와 올케를 놀려준 일을 떠올리며 즐거워했다. 그
래도 그녀는 거짓말을 하거나 하지는 않았다. 그녀는 정말로
오빠가 불타는 원성천 동부교 한가운데로 걸어 들어가는 광경
을 봤다. 목소리를 듣지 못한 나약한 그녀들에게는 그저 말만
으로도 충분히 충격일 얘기였다.

수는 언니와 올케가 경찰에 말해서 동부교 부근을 수색하게 하기를 진심으로 바랐다. 그녀들에게 그럴 눈치라도 있다면…… 그녀는 이제 그녀들한테만큼은 오빠에 대해 다 털어놓고 싶었다. 그냥 다 털고 가고 싶었다. 이제 정말로 지옥이 시작될 테고, 그러면 과거의 사소한 잘못들은 오히려 선행처럼 느껴질 것이었다.

내 이름은 공포다

온기가 느껴지는 부드러운 바람이 목덜미를 훑고 다시 뺨을 타고 올라와 이마까지 닿았다. 팔을 조금 앞으로 내밀고 손을 펼치자 손바닥에 미세하게 바람의 저항이 느껴졌다. 모비는 코를 벌름거렸다. 오래전 학교 양호실에서 맡았던 요오드 냄새가 희미하게 맡아졌다. 그는 눈을 떴다. 강청색 하늘이 다시 시야 저 끝까지 펼쳐졌다. 끝이 뾰족한 전나무가 시야의 좌우로 늘어서서 칼날처럼 하늘의 배를 가르고 있었다.

모비는 메마르고 메마른 둑길을 걷고 있었다. 황토 가루가 걸음을 뗄 때마다 한숨을 쉬듯 잠깐 떠올랐다가 가라앉았다. 둑길의 서쪽으로 빠닥빠닥한 빛을 내는 풀포기들이 멀리 태양의 턱밑까지 이어져 있었다. 바람이 불어와 어깨를 치고 지나갔다. 그는 왼편을 바라봤다. 풀들이 꿈틀대고 있었다. 작은 군락을 이룬 숲이 여기저기 외롭게 놓여 있었다.

'좋아, 아주 좋아.'

모비는 매끄럽고 단단해 보이는 강철의 하늘을, 구름 하나가 가만히 미끄러지며 흐트러뜨려놓는 것을 바라보았다.

'모차르트는 나가 죽으라고 해. 베토벤도 같이 죽으라고 해.'

모비는 모차르트와 베토벤이 뒈져서 입 닥칠 날만을 기다려온 것만 같은 표정을 지었다. 교도소와는 달리 이 세계에선 아침저녁으로 그의 평온을 깨뜨리던 두 잔소리꾼이 나타나지 않았다.

이 세계는 고요했다. 세계 전체가 벙어리가 된 듯이, 숨을 거둔 듯이 고요했다.

'난 이제 야채만 먹을 거야. 하지만 야채는 비명을 지르지 않잖아. 우유는 어때? 우유도 입이 없지. 달걀은 어때? 달걀이 고통을 알아?'

모비는 혼잣말을 흥얼거리며 앞으로 나아갔다. 걸음이 틀어지는 경우는 없었다. 둑길은 곧았고 경사 없이 평탄했고 돌부리도 없었다. 끝날 것 같지도 않았다. 그가 걸을 수 있는 한 둑길은 영원히 계속될 것 같았다. 문득 귓속으로 잘못 날아든 하루살이의 몸부림 같은 띠— 띠— 띠— 하는 단조로운 소리가 들렸다.

모비는 눈을 떴다. 그의 눈앞에 탈색된 듯 창백한 낮빛의 구름이 떠오르고 있었다. 둑길에는 전나무 그림자가 흉기처럼 드리워져 있었다. 흉기는 점점 길어졌다. 거시기처럼. 좆처럼. 점점 더 길어지고 단단해지고 둔중해졌다.

'이제 저녁인가.'

하지만 태양은 구름 너머에서 다시 나타났고 전나무 그림자도 도로 짧아지기 시작했다. 태양은 숨바꼭질하듯 이 구름 저 구름 뒤로 옮겨 다녔다. 모비는 예리하게 벼린 손날을 들어 태양의 배를 쨌다. 황혼이 흘러나와 들판을 적시기 시작했다. 태양이 고통을 못 이겨 몸을 비틀며 지평선 위를 데굴데굴 굴렀다.

'내가 와본 곳은 아니야.'

모비가 걸음을 늦추며 주위를 둘러보았다. 하지만 완전히 낯선 광경은 아니었다. 공장 아르바이트할 때 휴게실 텔레비전에서, 술집 아르바이트할 때 주방 텔레비전에서, 헤어숍에서 머리할 때, 치과에서 치료를 받을 때 컴퓨터 모니터에서 잠깐씩 본 기억이 났다. 시골. 농촌. 벼가 자라는 논과 배추가 자라는 밭. 비닐하우스라는 것도 있고 노적가리라는 것도 있고 숲정이라는 것도 있다. 추수철 마른논 한가운데에서 누런 먼지를 뿜는 게 콤바인이라는 것도 알고 있었다.

하지만 모비는 그런 것들을 실제로 본 적이 없었다. 시골 바람이 어떤지, 어떤 냄새와 맛이 나는지 몰랐다. 둑길에 전나무가 자라는지도 몰랐고 둑길을 밟는 감촉이 어떤지도 몰랐다. 전나무는 그가 언젠가 보았던 성당의 크리스마스트리에서 따다 둑길 풍경에 붙여놓은 것이었다. 빌딩 하나 없는 논밭 평야에 내려앉는 황혼이 어떤지도 알지 못했다. 그가 아는 황혼 빛은 빌딩 표면을 물들이는 노란색 얼룩이 다였다.

모비의 어머니도 아버지도 그를 데리고 시골이라는 곳에 가본 적이 없었다. 그가 어떤 반응을 보일지 알 수가 없었던 것이다. 시골로 소풍을 간 적도 없었다. 집을 나와서도 시골엔 가보지 않았다. 그런 데 가야 할 이유가 그에겐 없었다. 하지만 이제 그는, 좌우로 너른 풀밭이 있고 황혼이 대지에 낮게 깔리는 시골의 둑길을 걷고 있었다.

누군가 모비의 벗은 왼발 엄지발가락 끝을 쥐고는 앞뒤로 흔들었다. 살짝 눌러보기도 하고 젖힌 다음 잠시 가만있기도 했다. 그 과정을 다른 발가락에도 반복했다. 오른발에도 했고 날카로운 물체로 지긋이 눌러보기도 했다.

모비는 눈을 떴다. 부산하게 새들이 날고 있었다. 마른 나뭇잎들이 마른 흙과 함께 소리 없이 떠올라 떠돌았다. 그의 키만한 회오리바람이 여기저기 솟아올랐다가 스러졌다. 구름은 그가 보고 있을 때는 한없이 느렸다가 그가 시선을 돌리면 미친 듯이 빨라졌다. 누군가 눈밭에 대고 갈긴 오줌 자국 같은 구름이 그의 왼편에서 사선을 그으며 흘러내리고 있었다. 블러디메리 한 잔 같은 핏빛 구름이 오른편에서 슬슬 그를 향해 미끄러져 내리고 있었다.

태양은 아직 거기 있었다. 한참이나 시간이 지난 것 같은데도 태양은 지지 않고 있었다. 그 앞으로 뻗어 있는 둑길이 결코 끝나지 않는 것처럼, 태양도 결코 지평선 너머로 가라앉지 않았다.

방구석에서 설치류들의 울음소리가 났다.

"아직 깨어나지 않았어?"

"네."

"수액은?"

"잘 들어갑니다."

다시 설치류들의 소리가 사라졌다.

모비는 할 수 있는 일이 걷는 일밖엔 없는 사람처럼 걷고 또 걸었다. 걷는 일 말고 또 무슨 일을 할 수 있는지 그는 알 수 없었다. 그는 전지전능했지만 그 전지전능이 할 수 있는 일은 얼마 없었다. 사람을 패고 강도 짓을 하고 탈주하고 수감되는 일이 그가 해온 전부였다. 그도 이젠 나이를 먹어서 세상에는 다른 일들도 많음을 알고 있었다. 교도소 미술 선생처럼 누군가를 가르치는 일. 얼굴 길쭉한 그놈처럼 유엔 사무총장이 되는 일. 탄자니아 세렝게티로 사냥 여행을 떠나 자신보다 스무 배쯤 큰 짐승들을 쏴 죽일 수도 있다. 아 그래, 예루살렘 통곡의 벽. 통곡의 벽에도 꼭 한번 가서 어머니의 꽃을 꽂아두고 싶었다.

모비는 한계 없이 살았다. 하지만 그래 봤자 범죄의 세계 안에서일 뿐이었다. 전지전능해봤자 자신의 영토 안에서일 뿐이었다.

'아들, 성모화를 따라가. 피비린내를 따라가. 성모화가 가리

키는 곳으로.'

모비는 목소리를 기억하고 있었다. 단 한순간도 잊어본 적이 없는 목소리. 속삭이는 목소리. 갈고리처럼 뇌에 박혀 빠지질 않는 목소리. 그는 각성한 사람처럼 눈을 떴다. 턱이 덜덜 떨렸다. 슬픔으로, 폭발할 듯 꽉 차오른 슬픔으로. 어쩌면 공포로. 어찌나 가까이서 들리는지 고개를 돌리면 어머니의 썩은 입 냄새도 맡아질 듯했다.

'엄마 배고파요.'

'엄마가 성모화의 뜻이 뭐라고 했지?'

'배고파.'

'먼저 엄마가 물어본 말에 답하고.'

모비는 주위를 둘러보았다. 선혈 같은 꽃들이 대지에서 솟아나고 있었다. 찢긴 것처럼 꽃잎이며 이파리가 너덜너덜했다. 높은 데서 떨어진 짐승처럼 사방으로 형태가 흩어져 있었다. 꽃들이, 윤곽도 형태도 없는 피비린내 같은 꽃들이 너울대고 있었다. 그의 눈이 닿는 곳마다 피의 너울이 넘실대고 있었다.

'성모가 처녀의 몸으로 아기 예수를 낳다가 흘린 성스러운 피에서 피어난 꽃.'

'사막 한가운데서.'

'예. 사막 추운 한가운데서.'

모비의 눈앞에 회백색 콘크리트 사막이 펼쳐졌다. 강철의

뼈를 감추고 유리의 피부를 두르고 있는 회백색 빌딩들의 콘크리트 사막. 그에게 주어졌던 유일한 세계. 밤까지도 경계 밖으로 밀어내버린 세계.

'잊지 마, 언젠가 성모화가 죄 많은 세상에서 우리를 승리하게 해줄 테니까.'

승리…… 승리는 모비가 콘크리트 사막에서 서른세 해를 살며 바랐던 전부였다. 그는 승리의 피비린내를 좇아 서른세 해를 지나왔다. 그를 골대 대신 세워두었던 쌍둥이부터, 두 명의 아버지, 천호동 레스토랑의 사장, 국제시장의 상인연합회 회장, 경찰청 황 경위…… 그는 온갖 것들로부터 승리를 거둬야 겨우겨우 입에 풀칠하며 살아갈 수 있었다.

'엄마, 배고파요.'

'너는 이미 할 수 있어.'

모비는 속으로 할 수 있어, 하고 중얼거렸다. 그는 물론 할 수 있었다. 그는 뭐든지 할 수 있었다. 그는 전지전능했고, 어머니의 품에서 예수였다.

모비는 눈을 떴다. 그는 오른팔을 휘둘러 옆을 지나던 여자애의 팔을 끊었다. 팔은 바게트 샌드위치가 되었다. 그가 입을 크게 벌리고 한입 베어 물자 머스타드 소스가 뚝뚝 떨어졌다. 그는 또 왼팔을 휘둘러 휴대폰을 들여다보던 남자애의 머리를 잘랐다. 머리에 이로 구멍을 내고 적갈색 초코 우유를 홀홀 들이마셨다.

모비는 여의도 국회의사당 앞 광장을 가득 메운 굶주린 사람들을 향해 외쳤다.

'배고파?'

절망적인 함성이 광장 전체를 집어삼켰다.

'그럼 이거나 먹어.'

모비는 팔을 휘둘러 오피스 걸의 긴 머리채를 잡아 끌어올렸다. 그러곤 팔을 뽑아 군중에게 던졌다. 다리도 뽑아 던지고 허리도 반을 갈라 던졌다. 그걸로 부족하자, 다시 중년 사내를 낚아채 똑같은 과정을 반복했다. 피의 보라가 광장 전체로 번져나갔다.

'봐라. 물고기 두 마리로 내가 너희를 다 먹인다.'

하지만 허기의 함성은 채워질 줄 몰랐다. 모비는 어린아이 셋과 유모차 두 대를 낚아챘다. 다섯 개의 손으로 다섯 개의 모가지를 틀어쥐고 높이 들어 올렸다.

'여기 떡 다섯 덩이가 있다. 배고파? 배고프면 말해.'

제멋대로들 소리 지르느라 잘 들리진 않았지만 어쨌든 배고프다는 말 같았다.

'사람은 떡으로 사는 거야. 말씀으로 산다는 놈들은 벌써 배불리 처먹은 놈들이라고. 자, 너희도 처먹어.'

다시 한 번 피의 보라가 쏜살같이, 성난 물결같이 광장 구석 구석까지 쫓아가 물들였다. 날고기가 짝짝 입에 달라붙고, 혀로 입가를 핥는 소리가 해일처럼 광장을 덮쳤다.

누군가 모비의 왼발 엄지발가락 끝을 잡고 흔들었다. 설치류였다.

"아직도야? 어젯밤은?"

"네. 반응 없었어요."

설치류는 오른발 엄지발가락도 쥐고 흔들었다. 묵직하고 날카로운 물체로 열 발가락 하나하나를 꾹꾹 공을 들여 눌렀다.

"의사 선생님, 일주일째잖아요."

볼멘소리가 들렸다. 매일 아침마다 찾아와 우는 설치류 부류는 아니었다. 이 퉁명스러운 놈은 육식을 할 것 같은 설치류 목소리를 가졌다.

"수술하면서 뭘 잘못 건드린 거 아닙니까? ……젠장, 꿈속에 무슨 볼일이 있다고 꿈속을 헤매?"

혀 차는 소리와 함께 다시 설치류들이 사라졌다.

모비는 세상에 이렇게 쉬운 것을…… 하고 부서질 듯 짱짱한 가을 하늘을 둘러봤다. 하늘은 이제 그의 눈높이에 있었다. 그는 하늘을 보기 위해 고개를 들 필요가 없었다. 그는 하늘에 있었다. 빌딩풍을 타고 올라온 매연이 그의 콧속을 긁어댔다. 시선을 내리자 발아래 까마득히 테헤란로가 이어지고 있었다.

모비가 마천루처럼 솟은 교도소 외벽 위에 올라서자 사람들이 몰려들기 시작했다. 교도소 외벽은 영화에서나 봤던 사람들이었다. 회색 콘크리트 외벽이 테헤란로 한가운데 난데없이 등장하자 다들 얼이 나간 눈치였다.

'왜 무서워? 네가 원했던 거잖아.'

어머니였다. 어머니의 입이 다시 나타나 모비의 귀에 속삭였다. 모비는 고개를 돌려 자신이 서 있는 외벽의 뒤편을 바라보았다. 새카만 머리통들이 바글바글 외벽 앞으로 몰려들고 있었다. 시선을 옮기자 한강을 지나 멀리 공사 중인 롯데월드타워가 보였다. 뿌옇게 오염된 공기를 가르고, 포경하지 않은 자지처럼 끝으로 갈수록 점차 가늘어지는 거대한 타워가 솟아 있었다.

'엄마, 내가 뛰어내렸으면 좋겠어?'

'넌 할 수 있어.'

'엄마……'

'저 등신들이 널 받아줄 거야.'

모비는 자신의 조그만 발을 내려다보았다. 너무 작아서 세상 무엇도 지탱할 수 없을 듯했다. 이런 발로 뛰어내린다면 그는 산산조각이 나서 유리 파편처럼 아스팔트에 흩어져버릴 것이었다.

하지만 어머니는 세상에 단 하나뿐인, 세상의 유일자인 아들에게 속삭이고 있었다. 넌 이미 할 수 있어, 넌 뭐든지 할 수 있어. 모비는 어머니의 목소리 앞에서, 단 한 번만이라도 할 수 없다는 말을 하고 싶었는지도 몰랐다. 그가 진정 하고 싶었던 말은 바로 그 말이었는지도 몰랐다. 하지만 전지전능한 그가 할 수 없는 유일한 일은, 할 수 없다라는 말을 어머니 앞에서 하는 것이었다.

모비는 그럴 수 없었다. 어머니의 영원한 목소리는 그의 음침한 귓바퀴 안에서 넌 이미 할 수 있다고 끝도 없이 메아리치고 있었다.

'난 할 수 있어.'

모비는 두 발을 곧게 뻗고 테헤란로를 향해 뛰어내렸다. 물론 유리 파편처럼 깨어져 흩어지지 않았다. 깨지고 흩어진 것은 사람들이었다. 그는 사람들의 부서진 머리와 몸뚱이를 밟고 거리 한가운데로 나섰다. 작고 귀여웠던 두 발은 이제 피로 물들어, 홍기처럼 끔찍해 보였다.

다시 설치류의 목소리가 들렸다.

"열흘이면 좀 성과가 있어야 하는 것 아닙니까?"

설치류가 퉁명스러운 목소리로 짖었다.

"이 상태로 깨어나도 교도소로는 돌아가기 힘들 거예요. 환부가 아물지를 않아요. 면역에 이상이 있는 것도 아닌데."

설치류가 한숨을 뱉었다.

"어디 한번 봅시다."

"김 선생."

모비는 설치류가 단추를 끄르고 배를 덮고 있던 옷가지를 들추는 손길을 느꼈다. 자기 몸에 와 닿는 설치류의 싸늘한 발을 느꼈다.

"이런. 이게 뭐야."

"이대로라면 깨어나도 교도소로는 못 갑니다. 일단 환부가 아물어야 해요."

설치류들이 돌아가며 한 번씩 짖었다.

"교도소 보건의 말이 구급차 안에서 내장이 한번 쏟아졌다고 합니다. 아마 그때……"

"젊은이가 좀 안됐다는 생각도 들어요."

"안됐긴…… 이놈이 어떤 놈인지 알면 아마 만지기도 싫을 거요."

설치류가 으르렁거렸다.

"저능아 새끼."

모비는 눈을 떴다. 그는 왕국 위에 서 있었다. 왕국 중의 왕국, 강간범과 살인범 들의 왕국이었다. 인간의 코로는 감당할 수 없는 역겨운 냄새가 그의 폐 속으로 밀려들었다. 인간의 귀로는 감당할 수 없는 더러운 사연들이 그의 귓속으로 흘러들었다. 인간의 눈으로는 감당할 수 없는 흉악한 짓들이 그의 눈앞

291

에서 되풀이해 저질러졌다.

'세상을 다 가져. 넌 이미 할 수 있어.'

모비는 썩어 문드러져가는 어머니의 입을 바라보았다. 그렇게 아름다울 수가 없었다.

'왕국을 다 가지고 왕국의 모든 영광을 다 차지할 수 있어.'

'엄마, 난 이제 끝내고 싶어요.'

모비는 그가 낼 수 있는 가장 큰 용기를 냈다.

'끝내고 싶다고?'

어머니의 목소리가 이지러졌다.

'예. 지금요.'

모비는 자신이 그렇게 말하면 어머니가 사라지리라고 기대했다. 마땅히 그래야 했다. 여기는 그의 왕국이니까. 그가 만들어낸 그의 왕국이니까.

'넌 이미 끝낼 수 있어.'

'정말요?'

'왕국을 다 가지면 더 할 일도 없을 거야. 가져라.'

'아아, 엄마. 난 그만 죽을래요. 지쳤어요.'

어머니는 썩은 입으로 기다랗게 탄식을 내뱉었다.

모비는 눈을 떴다. 설치류들이 와 있었다.

"상태가 나빠졌어요."

"뭐래?"

"체온도 떨어지고 호흡도 느려졌어요. 활력징후가 비정상 수치에 가까워지고 있어요."

그러고 보니 귓속을 맴돌던 하루살이의 띠— 띠— 띠— 하는 날갯짓 소리가 한층 느려진 것 같았다.

"여전히 원인은 모르고?"

잠시 냉랭한 침묵이 퉁명스러운 설치류와 모비 사이를 갈랐다.

"아무래도 가족한테 연락해두는 게 좋을 듯합니다."

육식 설치류가 혀를 찼다.

모비는 자신의 왕국을 둘러싼 잿빛의 콘크리트 외벽을 바라보았다. 인간의 힘으론 넘을 수 없는 한계 오 미터.

외벽 너머에서 혀가 날름거리고 있었다. 혀가 외벽을 핥고 있었다. 혀 같기도 하고 쉭쉭거리는 불꽃같기도 했다. 불로 된 혀 같기도 하고, 불의 꽃 같기도 했다. 그것이 혓바닥처럼 날름거리고, 꽃잎처럼 너울거리고 있었다.

'엄마, 벽이 너무 높아요.'

'바보. 그러면 배라도 그어.'

모비는 눈을 떴다. 벽을 타고 넘을 수 없다면 앰뷸런스를 타고 나가면 된다. 그래, 넌 이미 한 거야.

'하지만 설치류가 병실 바깥에서 지키고 있잖아요.'

모비가 말하자 어머니의 자지러지는 웃음소리가 들렸다.

'아들, 네가 언제 설치류 따위를 겁냈니? 언제부터 설치류가

겁났니?'

모비는 공포에 부들부들 떨었다. 하늘에서 불꽃을 주렁주렁 매단 불의 혓바닥이 내려와 어머니를 핥았다. 그는 산 자는 두려워해본 적이 없었다. 그러니 그가 두렵다면 그건 이미 죽은 자일 것이다. 불의 혀가 날름거릴 때마다 어머니의 몸에서 불꽃이 비명처럼 일었다.

모비는 덜덜 떨면서 왕국을 휩쓰는 썩은 숨결의 회오리바람을 바라보았다. 어머니에게서 나온 바람이었다. 그는 그의 왕국을, 헤아릴 수 없을 만치 많으면서도 단 하나인 불의 혀가 핥고 집어삼키는 광경을 바라보았다. 그는 죽은 어머니에게서 차례로 죽은 자들이 태어나는 광경을 바라보았다. 생명의 길이 막혔으니, 이제 죽은 자들이 태어날 차례였다. 그 첫째가 모비였다.

어머니가 모비와 다정스레 눈을 맞추며 말했다.

'너는 죽은 사람의 눈을 가졌구나.'

모비는 그 말을 잊을 수가 없었다. 어머니가 처음 자신을 교회에 데려간 날, 교회에서 처음 살아 있는 것의 생살을 물어뜯고 피의 맛을 본 날, 어머니가 그에게 해준 말이었다.

'넌 죽은 사람의 눈을 가졌어.'

모비는 통곡을 하며 어머니의 발치에 엎드려 절을 했다. 이제 왕국은 그의 것이었다. 모든 영광이 죄다 그의 것이었다. 어머니는 늘 하던 대로 그를 무릎에 앉히고 성경 구절을 읽어 내려갔다.

'……아비도 없고 어미도 없고 족보도 없고 시작한 날도 없고 생명의 끝도 없어……'

모비는 어머니가 읽어준 구절을 그대로, 몇 번이고 따라 읊었다.

'……아비도 없고 어미도 없고 족보도 없고 시작한 날도 없고 생명의 끝도 없어……'

모비는 그 말을, 그 구절을 잊지 않았다. 성경 구절처럼 그는 아버지도 없고 어머니도 없고 근본도 없었다. 그는 그 구절이 자신에 대한 이야기임을 잊지 않았다. 이미 죽어서 태어난, 그러니 또 한 번 죽을 일도 없는 어떤 자에 대한 이야기. 죽어서 태어나 다신 죽지 않을 자. 시작한 날도 끝이 날 날도 없는 자, 시작도 끝도 없는 자.

죽었으면서 살아 있는 자. 밖에도 안에도 아무도 살지 않는 자. 아무도 아니면서 모두인 자. 유일한 자이면서 동시에 군대인 자.

'엄마, 왕국이 내 말을 기다릴 거예요.'

'그래 아들. 왕국이 네 말에 귀를 기울일 거야.'

모비는 눈을 떴다. 그의 발치에 왕국이 엎드려 기다리고 있었다. 그의 입에서 명령이 떨어지길 소원하고 있었다.

'형제들아.'

왕국이 내지르는 환호가 모비의 심장을 꿰뚫었다.

'너희는 선을 행하다가 낙심치 말라.'

열광에 사로잡혀 실신하는 자들이 나타났다. 흐느끼고 울부
짖고 날뛰었다. 왕국이 모비의 말을 합창했다. 그들은 이제 그
의 형제였고, 낙심치 않는 자들이었다. 그의 영광스러운 형제
였고 어떤 경우에도 의심하지 않는 자, 광신도들이었다.

'낙심치 않는 자들아. 너희는 세상을 밝히는 불이 될지어다.'

벌써 여기저기서 불꽃이 솟아오르기 시작했다. 벌써부터 자
신의 몸을 불사르는 자들이 나타났다. 불의 혀가 되는 자들이
나타났다.

'귀 있는 자들아, 너희는 왕이 하는 말을 들을지어다.'

모비는 언젠가 케이블 방송에서 본, 빨간 십자가가 수놓아
진 가운을 걸친 사내를 흉내 내며 양팔을 넓게 앞으로 펼쳤다.

'나는 거룩하고 진실하니, 내가 열면 곧 닫을 사람이 없고 내
가 닫으면 곧 열 사람이 없나니.'

모비가 두 팔을 떨 때마다 왕국엔 흐느끼는 광신의 파도가
일었다. 그의 왼편에 그가 어렸을 적 살았던 집의 욕실 문이 나
타났다. 그의 왼편에 갈색 베니어판 문이 나타났다.

'볼지어다. 내가 너희 앞에 열린 문을 두었으되 능히 닫을 사

람이 없으리라. 너희는 내 말을 지키며 내 이름을 배반치 아니하리라.'

  문이 조금씩 열릴 때마다 모비의 목소리도 차츰 고조되어, 마침내 어린 여자아이가 내지르는 비명 소리가 되었다. 그도 자신이 그런 째지는 고음을 낼 수 있을 거라곤 미처 생각지 못했다.

  '보라. 내 오른손에 책이 있으니 안팎으로 썼고 일곱 개의 인으로 봉하였느니. 너희 중 누가 감히 내 책을 펴며 그 인을 떼기에 합당하냐.'

  모비가 내민 오른손에 검은색 표지의 두꺼운 책 한 권이 들려 있었다. 교도소 보안과장의 얼굴만큼이나 커다랗고 두툼한 책이었다. 이제 모비는 자기 왕국의 광신도들처럼 황홀경에 취해 쓰러질 지경이었다. 자신의 말과 그 말이 만들어낸 감동에 광신도들처럼 그 자신도 속아 땅에 엎드릴 지경이었다.

  '하늘 위에나 땅 위에나 능히 책을 펴거나 보거나 할 이가 없더라.'

  모비는 눈물을 흘렸다. 자신의 말이 너무 비극적이고 감동적이었다. 그러자 어디선가 옹알이처럼 노랫가락이 들려왔다. 오, 수지 큐. 오, 수지 큐. 그가 한 번도 들어본 적이 없는 멜로디였다. 그런데 이번엔 이상하게 노래가 조금도 역겹지 않았다.

  '너희 중에 이 문을 닫고, 이 책을 펴기에 합당한 자가 보이

지 않기로 내가 크게 슬프도다.'

모비는 정말 슬픈 목소리로 말했다. 낙담한 여자아이 같은 목소리였다. 그러자 그는 정말 슬픈 마음이 들었고, 그러자 이게 정말 슬픔인가 하는 생각도 들었다. 이게 인간들이 말하는, 그의 아버지와 어머니와 희생자들이 말했던 슬픈 마음의 고통인가 하는 생각이 들었다.

모비는 한 번 더 기회를 주기로 했다. 한 번 더 불의 혀가 될 기회를 주기로 했다.

'너희는 내 문을 닫고 내 책을 펼칠 능력이 있느냐.'

왕국의 함성이 모비를 휘청거리게 했다.

'너희는 나의 말씀을 전할 불의 혀가 될 능력이 있느냐.'

왕국의 함성이 모비를 때리고 밀쳤다. 이제 함성이 그의 의지를 대신하고 있었다.

'그럼 나의 말을 너희 혀에 불로써 새겨라. 너희 말로 내 말을 더럽히지 말고, 너희 몸뚱이로 내 말을 직접 전하라. 너희는 내 말을 전할 불의 혀가 될 결심이 섰느냐. 너희가 불의 혀가 되겠느냐.'

왕국의 함성이 모비를 쓸어버렸다. 그는 함성에 쓸려 사라지고, 왕국이 그가 되었다. 이제 왕국이 그고 그가 왕국이었다.

모비는 눈을 떴다. 그는 팔뚝을 비틀어 그를 침대에 묶어두었던 끈을 풀었다. 그러곤 일어나 혈관에 꽂힌 카테터를 뽑고,

전극을 떼어 옆 침대에 누운 환자의 가슴에 하나씩 붙였다. 병실 시계를 보니 밤 한 시 오 분이었다.

"병실 밖에 설치류가 있나?"

모비는 겁먹은 눈을 똥그랗게 뜬 옆 침대 환자를 향해 속삭였다.

"바깥에 설치류가 지키고 있냐고!"

환자는 울상이 되어 고개를 저었다 끄덕이기를 몇 번이나 반복했다. 모비는 링거를 걸어놓는 스테인리스 대를 뽑아 들고 병실 문으로 다가갔다. 배의 환부가 다시 한 번 칼로 쑤시듯이 아파왔다. 발을 뗄 때마다 불길이 배를 타고 올라오는 것 같았다.

모비는 병실 문을 열고 오른편 의자에 앉아 토익 수험서를 들여다보고 있던 설치류를 때려눕혔다. 그러곤 가슴에 올라타 스테인리스 대가 휘고, 목에서 뚝 소리가 날 때까지 설치류의 숨통을 졸랐다. 그는 눈을 뒤집고 죽은 경찰의 얼굴을 잠시 내려다보았다. 수염도 별로 자라지 않은, 여드름이 남아 있는 앳된 얼굴이었다. 그러고 보니 제복도 경찰 제복이 아닌 공익요원의 제복이었다.

"나의 불이 세상을 깨울 거야."

모비는 공익요원을 병실로 끌고 가 운동화를 벗겼다. 신어보니 얼추 그와 사이즈가 맞았다. 그는 피가 말라붙은 환자복

299

을 벗고 공익요원의 점퍼를 걸쳤다. 바지도 공익요원의 것으로 갈아입었다.

"나의 피가 세상 전부를 깨울 거야."

모비는 병실 복도를 가로지르며 나지막이 흥얼거렸다. 그가 기억하기로, 태어나 처음 부른 노래였다. 멜로디는 아까 꿈에서 들은 「수지 큐」의 멜로디였다.

"내가 열쇠로 그 문을 닫을 것이요, 내가 그 책을 펼쳐 능히 읽을 것이라."

모비는 병원을 빠져나가 한 블록 너머 상업 지구의, 후텁지근한 바람이 부는 골목으로 완전히 사라질 때까지 그 몇 문장을 반복해서 흥얼거렸다. 노래를 부르는 일은 그의 인생에서 참으로 드문 일이었고, 전에는 꿈도 못 꿀 일이었다.

불의 혀

경은 찜질방 휴게실에서 고향집이 불에 타고 두 명이 사망했다는 뉴스를 봤다. 죽은 사람은 둘째 삼촌과 할아버지였다. 그리고 세 사람이 화상을 입고 병원에 입원했고, 경찰이 사라진 삼십대 초반의 여성을 찾고 있다는 소식도 이어졌다.

고향에서 올라오자마자 경은 배낭 하나에 간단히 짐을 챙겨 아파트를 나왔다. 계좌를 털고 차와 휴대폰을 버리고, 지하철을 타고 광진구로 갔다. 광진구는 서울에서 그녀와 연고가 없는 낯선 곳이었다. 학교도 그곳에서 다니지 않았고 그곳에서 살지도 않았고 친구나 친척도 없었다. 에이치와도 관련이 없었다. 그녀는 광진구 후미진 곳의 찜질방을 찾았다.

찜질방 휴게실에서 뉴스를 보며 경은 이제 다시는 집으로 돌아갈 수 없다는 사실을 깨달았다. 고향집으로도, 서울 아파트로도. 경찰에 쫓기는 인생이란 겪어보지 않아도 지옥일 게 뻔했다. 물론 에이치와 계속 같이 살았다 해도, 고향집에 불을 지르지 않았다 해도, 지금보다 더 나은 인생이 되지는 않았을 것이다. 그쪽도 이미 충분히 지옥이었다.

매일 잠들기 전, 경은 수제 다이어리를 열어 망령들을 풀어놓았다. 망령들은 잠든 사람들 사이를 떠다니며 얼굴을 쿡쿡 찔러보기도 했고 팔을 뻗어 배 속에 넣어보기도 했다. 심장에 망령의 손길이 와 닿을 때마다 사람들은 깊은 한숨을 쉬었다. 한숨 소리를 들으며 경은 슬픔에 가슴이 무너졌다. 세상은 살아서 지옥이었다. 지옥이 아닌 삶을 사는 사람들은 극소수였다. 그리고 그 극소수가 자신의 삶을 지옥이 아닌 상태로 유지하기 위해, 다른 사람의 삶을 지옥으로 만들고 있었다. 어찌 보면 그녀의 몸에 손을 댄 에이치도, 친척들도 희생자일지 몰랐다. 어쨌든 그들의 삶도 지옥이었으니까.

'너희 몸뚱이로 내 말을 직접 전하라.'

어린 여자아이의 것 같은 새된 목소리가 들렸다. 그러면서도 어쩐지 난폭한 사내의 묵직한 공격성이 느껴졌다.

'너희는 내 말을 전할 불의 혀가 될 결심이 섰느냐. 너희가 불의 혀가 되겠느냐.'

목소리는 다시 물었다. 목소리가 경을 똑바로 쏘아보며 대답을 재촉하는 것만 같았다.

"예."

경은 벽 쪽으로 돌아누우며 나지막이 대답했다. 그녀의 힘으로 지옥 전체를 바꿀 순 없겠지만 자기 몫의 귀퉁이는 살짝 그을릴 수 있을 듯했다.

"나의 불이 세상을 깨울 거야."

경의 입에서, 태어나 처음 듣는 낯선 멜로디로 노래가 흘러나왔다. 누군가 그녀 입속의 존재하지 않는 라디오를 찰칵 하고 컸 것 같았다.

"나의 피가 세상 전부를 깨울 거야."

경의 노래는 새벽녘 그녀가 지쳐 잠들 때까지 찜질방 한 귀
퉁이에서 계속 흘러나왔다.

일주일이 지나 경은 찜질방을 나왔다. 그사이 헤어숍에도
가고 백화점에 가 하늘거리는 원피스도 사고 오픈토 스타일의
구두도 새로 샀다. 더는 바나나우유를 마시며 찜질방 친구들과
수다를 떨지 않았다. 그리고 마지막 날, 새로 산 나스 립스틱의
포장을 뜯고 입술에 바른 다음 택시를 타고 광진구를 떠나 강
남구로 갔다.

금요일 오후 한 시. 경은 택시에서 내려 지난 일주일 내내 오
가며 살펴본 빌딩 앞으로 갔다. 입추는 지났지만 아직도 공기
는 덥고 한낮의 햇볕은 따가웠다. 말끔한 정장의 사내들 대여
섯이 일렬로 늘어서 있었다. 가장 젊어 보이는 사내도 나이 서
른은 됨 직했다. 열의 끝에 선 중년 사내가 무전기를 들고 누군
가와 통화를 하고 있었다.

"십 분."

사내가 옆으로 늘어선 다른 사내들에게 전달했다. 사내들은
슈트의 옷깃을 펴고 넥타이를 다시 한 번 풀었다 조이고 두 발
을 가지런히 놓았다. 팔차선 도로 건너편에선 해고 노동자를
복직시키라는, 빨갛고 파란 글씨가 박힌 패널을 든 작업복 차

림의 사내들이 열 명쯤 서 있었다. 머리엔 흰 글씨가 씌어진 붉은 띠를 두르고, 신발은 공장에서 신는 빛바랜 안전화를 그대로 신은 듯했다. 빌딩 앞에서 정장 차림의 사내들이 열을 맞추어 서자, 도로 건너편 사내들은 꽹과리와 북을 두드리기 시작했다.

"대법원에서 복직 판결이 났는데 왜 복직 안 시켜요?"

경이 무전기를 든 사내에게 바싹 다가가 말을 걸었다. 가까이 보니 사내의 머리는 염색한 티가 확 났고 선크림을 바른 얼굴엔 잔주름이 자글자글했다.

"대법원 명령을 무시할 만큼 당신들이 대단한 거야?"

경은 다시 사내에게 말을 걸었다. 열 발짝 떨어져서 보면 삼십대, 다섯 발짝 떨어져서 보면 사십대, 바싹 다가서 보면 오십이 훌쩍 넘은 나이로 보이는 사내였다.

"이러시면 안 됩니다. 좀 물러나세요."

그러면서 사내는 다시 칠 분, 하고 낮은 목소리로 외쳤다. 열을 지은 사내들이 일제히 차렷을 했다.

"그런데 왜 여기든 저기든 여자가 없죠? 왜 사내새끼들만 있지? 여자는 안 뽑나요? 남자들은 다 똑같아. 재수가 없어."

"죄송합니다. 잠시 비켜주시겠습니까?"

머리를 스포츠형으로 깎은 젊은 사내가 새로 나타나 경의 앞에 섰다. 그러곤 널찍한 가슴을 내밀고 경의 앞으로 한 발 두

발 다가왔다. 사내는 손끝 하나 대지 않고 경을 멀찌감치 물러
서게 했다.

"이제 좀 있으면 회장님이 오시죠?"

경이 사내의 단단한 벽 같은 가슴 너머로 소리를 질렀다.

"이제 오 분만 있으면 회장님이 오잖아!"

경은 뒤돌아 또각또각 거칠게 구둣발 소리를 내며 사내들에
게서 멀어졌다.

오 분이 지나자 은빛 캐딜락이 진입로를 따라 들어와 사내들
앞에 멈춰 섰다. 무전기를 든 사내가 다가가 뒷문을 열자 사십
대 초반으로 보이는 사내가 선글라스를 번뜩이며 차에서 내렸
다. 그 순간 누군가 소리를 질렀다. 열을 지은 사내들 중 몇몇
은 뒤를 돌아보았고, 몇몇은 일이 코앞에서 터질 때까지 아무
것도 깨닫지 못했다.

사내가 처음 발견하고 소리를 질렀을 때는, 이미 불의 혀가
코앞에서 달리고 있었다. 그는 튕겨 나온 불꽃에 눈을 맞아 얼
굴을 감싸고 쓰러졌다. 다른 사내 몇몇도 돌아봤지만 얼어붙은
듯 아무 조치도 취할 수 없었다. 불의 혀가, 불덩이가 쏜살같이
그들 사이를 지나쳐 은빛 캐딜락을 향해 뛰어들 때까지 그저
손을 놓고 있을 수밖에 없었다. 심지어 그들은 자신이 뭘 봤는
지도 알지 못했다. 시뻘겋게 불꽃을 토해내는 커다란 불덩이를
두어 발짝 앞에서 보고도 그것이 불덩이인 줄 몰랐다. 상상력

이 부족한 사내들은, 백주 강남 거리에 불덩이가 나타나 질주하리라곤 결코 생각할 수 없었다.

"내가 열쇠로 그 문을 닫을 것이요, 내가 그 책을 펼쳐 능히 읽을 것이라."

경은 노래를 흥얼거렸다. 찜질방에서 부르던 그 노래였다. 오 분 전, 뒤로 밀려난 그녀는 사내들에게서 십 미터쯤 떨어진 조각품 뒤로 가서 짐을 풀었다. 녹슨 쇳덩이로 된 거대한 토르소 뒤편이었다. 그녀는 구두를 운동화로 갈아 신고, 오늘 마트에서 산 물안경을 꺼내 얼굴에 썼다. 그러곤 이 리터짜리 휘발유 통을 꺼내 마개를 벗기고 자신의 머리에 부었다.

경은 캐딜락에서 젊은 회장이 한 발을 내리자 그를 향해 달려가기 시작했다. 그녀의 달리기 솜씨로 십 미터를 가로지르는 데 사 초쯤 걸릴 것이었다. 휘발유가 증발하며 살갗에 소름이 돋았다. 오 미터 앞으로 가까워오자 그녀는 오른손에 쥐고 있던 가스레인지용 점화기를 딸깍딸깍 눌렀다. 곧 불꽃이 튀고 그녀는 불길에 휩싸였다. 그녀의 하늘하늘한 에메랄드빛 원피스는 심지의 역할을 완벽히 해냈다. 숨 한 번 내쉴 시간에 그녀는 시뻘건 불의 혓바닥이 되어 사방으로 날름거렸다. 첫번째 비명이 들렸다.

불덩이는 캐딜락에서 방금 내린 회장을 껴안고 캐딜락 안으로 뛰어들었다. 캐딜락 내부가 불길로 가득 차는 데 채 삼 초가 걸리지 않았다. 누구도 그녀를, 성난 불덩이를, 불의 혀를 끌어낼 생각을 감히 하지 못했다. 운전기사도 불이 붙어 운전석에 눌러붙었다. 사내들은 소방차가 와 불을 끄고 나서야 그 불덩이가 사람이라는 사실을 알았다. 야외 마당 토르소 뒤편에서 경의 구두와 배낭을 발견한 건 하루나 지나서였다.

경은 자신이 껴안은 생애 마지막 남자가 누군지 잘 몰랐다. 뉴스에서 이름은 들었지만 기억하지 못했고, 심지어 회사 이름도 정확히 알지 못했다. 아는 것은 그 회사가 안하무인의 경영 방식으로 뉴스에 오르내린다는 사실뿐이었다. 그뿐이었다. 노동자들이 왜 해고됐는지, 애초에 왜 파업이 일어났는지, 어쩌다 사측이 대법원 판결까지 무시하는 큰 힘을 갖게 되었는지 몰랐다. 그녀가 정말로 아는 것은 단 한 가지, 목소리가 그러라고 속삭였다는 사실뿐이었다. 불의 혀가 되어 회장을 핥아주라는 속삭임, 그뿐이었다.

경은 이제 그녀 자신이 망령이 되어 이 지옥 같은 세상을 떠돌게 되었다.

경이 찜질방에서 지내며 최후의 원피스를 고르는 동안 심은 집에서 비참한 감정에 휩싸여 있었다. 그는 재판이 진행 중이라 집에서 멀리 벗어날 수가 없었다. 전처럼 기분이 뒤숭숭하다고 골프 배낭을 짊어지고 태국행 비행기에 오를 수 있는 처지가 아니었다. 태국은커녕 서울을 벗어날 수도 없었다.

심은 퀴퀴한 냄새가 나는 거실 소파에 몸을 뉘고 하루 종일 텔레비전 리모컨만 만지작거렸다. 그립감만 따지면 사 번 아이언 골프채처럼 손에 감겨오는 맛이 있어 마음에 들었다. 그는 채널을 이리저리 돌리다가 광화문 세월호 시위 현장이 나오거나, 기업체의 파업 뉴스가 나오면 귀를 후비다 말고 저런 빨갱이들이 다 있냐며 화를 냈다.

텅 빈 집 안에 홀로 남게 되었어도 좋은 점은 있었다. 마음껏 성질을 부릴 수 있었다. 가재도구도 내키는 대로 박살 낼 수가 있었다. 이젠 잔소리할 사람도 없었다. 그는 망치와 쇠톱을 들고 와 안방의 세 통짜리 자개장을 뜯기 시작했다. 자개장은 아내가 결혼할 때 가져온 혼수였다. 열 자가 넘는 길이도 길이지만 무게가 상당해서, 해체하지 않고는 혼자서 집 밖으로 내갈 방도가 없었다.

심은 망치로 장롱의 이음매를 때려 조각조각 떼어놓았다. 그러곤 큰 조각들은 한 손으로 옮기기 쉽게 쇠톱으로 적당히 잘라냈다. 망치로 부술 때마다 그는 아내의 비명을 듣는 듯했고, 쇠톱으로 썰 때마다 아내의 흐느낌을 듣는 듯했다. 자개장 하나를 해체해 집 밖에 쌓아놓는 데 한나절이 걸렸다. 땀으로 범벅이 되고 가운뎃손가락은 가시가 박혀 퉁퉁 부어올랐다.

그다음으로는 딸 방의 옷장을 때려 부쉈다. 옷가지는 벌써 챙겨간 뒤였다. 심은 그냥 눕혀서 끌고 나가면 될 주니어용 옷장을 한사코 망치로 부수고 쇠톱으로 잘라냈다. 그는 그렇게 해서라도 딸의 비명을, 흐느낌을, 잘못했다고 비는 소리를 듣고 싶었다.

심은 무지막지하게 화가 나 있었다. 자신이 경찰서에 출두한 게 토끼 귀 때문이 아니라, 아내와 딸 때문이라는 사실을 알았을 때부터 화가 걷잡을 수 없이 치밀었다. 그는 자신의 정치적 신념을 재판정에 세우고 싶었던 거지, 하찮은 마누라 따위에 얽매여 재판정을 오가고 싶진 않았다.

장롱 두 개를 쪼개고 썰어서 내다 버린 후 심은 집 근처의 바로 갔다. 퇴근길에 이따금 그를 불러 세우던 어린 접대부가 있는 바였다. 그는 자신이 당한 배신에 대해 하소연하고 싶었지만 아내와 딸의 이름이 기억나지 않았다. 망할 아내 이름이 뭐더라, 망할 딸 이름이 뭐더라 하며 그는 애꿎은 맥주잔을 들었다 놓았다 했다.

"미스 천. 사람 뇌가 녹을 때 무슨 냄새가 날까?"

"어머, 웃겨. 사람 뇌가 왜 녹아?"

"뭐랄까. 세균 같은 거에 감염이 됐을 수도 있고 뭔가 저주 같은 게 씌었을 수도 있고. 맡아봐."

심은 어깨를 기울여 오른쪽 귀를 미스 천에게 들이댔다. 미스 천은 머뭇머뭇 냄새를 맡더니 진저리를 내며 떨어졌다.

"그러지 말고 이차 가자, 아조씨. 내가 귀 후벼줄게. 그건 내가 잘하거든. 우리 아빠도 시원하다고 엄청 좋아했어."

심은 정색을 하고 물었다.

"너도 내가 마누라나 팰 짐승처럼 보이냐?"

미스 천은 고개를 갸웃하더니 빤히 심을 올려다보았다.

"아조씨, 대답 잘하면 이차 가자고 해줄 꼬야?"

심은 바 한 귀퉁이에 놓인 텔레비전의 뉴스 전문 채널에 정신이 팔렸다. 야당의 미래 지도자라는 젊은 정치인이 등장하고 있었다. 나이를 따져보니 그보다 열 살이나 어렸다. 저런 어린 빨갱이 놈이 나라의 미래를 이끌 거라니 기가 막혔다. 오십 평생을 헌신해온 나는 이 꼴인데……

심은 등산복 바지를 내렸다. 그는 자신이 아직 덜 늙었다는 것을, 사내구실을 할 수 있다는 것을 스스로에게 증명할 필요가 있었다. 뉴스에선 이번 주 금요일 당사에서 연석회의가 있을 예정이라는 자막이 깔리고 있었다.

심은 금요일 아침 일찍 지하철을 타고 야당 당사로 갔다. 당사라고는 하지만 남의 빌딩 이삼 층을 임대해 쓰는 것이었다. 그는 출근하는 사람들 틈에 끼어 로비를 통과했다. 후줄근한 등산복을 벗고 신사복만 빼입으면 그는 누가 봐도 관록 있는 회사원이었다. 그의 손에는 운동복 따위를 넣는 작은 천 가방이 들려 있었다.

심은 회의가 있는 삼 층 강당으로 갔다. 강당 앞 푯말에는 열 시에 대표위원 연석회의가 있음을 알리는 종이가 붙어 있었다. 그는 강당을 지나쳐 층계참으로 갔다. 그는 가방에서 던힐 담배를 꺼내 포장을 뜯어 한 개비를 입에 물었다. 십오 년 만에 피우는 담배인데도 그는 아직도 자신이 담배 필터 씹는 맛을 기억하고 있다는 데 놀랐다.

담배 필터 씹는 맛, 어린 매춘부의 입술 씹는 맛, 잘근잘근 어린 암소의 힘줄을 씹는 맛. 심은 그런 씹는 맛들이 그 안에 내재한 포악성을 일깨운다는 사실을 알고 있었다. 자기 안의 짐승, 더 이상 화를 참지 않는 짐승의 포악성.

심은 담배 필터를 씹으며 새끼손가락으로 귀를 후볐다. 구린내는 담배 냄새에도 덮이지 않았다.

'너희 몸뚱이로 내 말을 직접 전하라. 너희가 불의 혀가 되겠느냐.'

악취 한가운데를 뚫고 목소리가 들렸다. 어린 창부의 목소리였다.

"예."

심은 심상한 표정으로 대답을 하곤 세 대째 담배에 불을 붙였다. 악취로 물러진 오른쪽 귀에서 노래가 들렸다.

'나의 불이 세상을 깨울 거야. 나의 피가 세상 전부를 깨울 거야.'

심도 익히 아는 멜로디였다. 어디선가 많이 들어본, 그러나 곡명은 기억나지 않는, 혀끝에서 맴돌지만 결코 정체는 알 수 없는 익숙한 리듬과 멜로디였다.

"내가 열쇠로 그 문을 닫을 것이요, 내가 그 책을 펼쳐 능히 읽을 것이라."

심은 손목시계를 보고 자리에서 일어나 노래를 흥얼거리며 복도로 나갔다. 복도는 한산했지만 강당 내부는 벌써 소란스러워져 있었다. 방송국 카메라가 복도를 지나치는 게 보였다. 비로소 그가 원하던 것이 그 앞에 도래했다. 그는 방송 카메라의 뒤를 따라 강당으로 들어섰다. 그러곤 방향을 틀어 똑바로 앞만 보고 회의석을 향해 나아갔다. 틀림없이 카메라는 돌고 있을 테고 카메라 기자는 이 세기의 볼거리, 불의 혀를 놓치지 않을 것이다.

심은 회의석 이 미터 앞에서 가방을 열어 시너 통을 꺼내 머리부터 뒤집어썼다. 누군가 가까운 곳에서 소리를 질렀다. 하지만 아랑곳할 그가 아니었다. 그는 라이터를 당기고 회의석을 향해 뛰어들었다. 나이 오십이었지만 아직 허리도 튼튼했고 책상을 뛰어넘을 만치 다리 근육도 쓸 만했다. 미래의 빨갱이 지도자를 부둥켜안고 함께 불덩이가 되어 뒹굴 만치 팔근육도 있었다.

불덩이가 회의석을 뛰어넘어 야당 지도자를 껴안고 바닥을 굴렀다. 커다란 불의 혀가 강당 연단의 이쪽에서부터 저쪽까지 남김없이 핥았다. 머리며 얼굴에 불똥을 맞고 옷자락에 불길이 옮겨 붙은 사람들이 비명을 지르며 사방으로 튀었다. 심은 자신의 마지막 화를 다 태워버렸다. 이제 지긋지긋한 귓속의 구린내도 영원히 안녕이었다.

불의 혀가 되면서까지 행보를 멈추게 하려던 미래의 야당 지도자는 조금 뒤에 정계 은퇴를 발표할 예정이었다. 그리고 검찰에선 그날 오후, 정치자금법 위반 및 뇌물수수라는 식상한 혐의로 그를 구속할 예정이었다. 굳이 심이 불의 혀가 되어 핥아주지 않았어도 그는 그렇게 끝장날 운명이었다.

심이 뉴스 전문 채널의 부패한 정치인에게 정신이 팔려 있는 동안 **령**은 망치와 마지막 길을 함께할 방법을 찾고 있었다. 문제는 둔한 망치에게 목소리의 계시를 이해시킬 수가 없다는 사실이었다.

"마음을 가라앉히고 귀를 기울여봐."

령이 말했지만 망치의 멍한 눈빛은 달라지지 않았다.

"차분히. 뭔가 들리지 않아? 날 보지 말고 네 마음속을 봐. 마음을."

"난 그런 거 없어."

망치가 잠깐 눈을 감았다가 뜨고는 령을 바라봤다.

"나한테 마음이란 게 있다면 누나가 시킨 일을 다 했겠어? 그렇잖아?"

령은 깜짝 놀라 어깨를 움츠렸다. 망치가 이렇게 길게 말한 적도 별로 없지만, 이제 드디어 망치도 생각이란 걸 하게 되었구나 싶어서였다.

"생각하지 마. 생각은 이 누나가 할게."

령이 말하자 망치는 가만히 령을 바라보며 욕지거리를 뱉었다.

"씨발. 그래, 생각한다는 년이 일을 이 지경으로 만들었냐? 이게 생각한다는 년이 할 짓이야? 남의 자지에다 낙서나 하고 사람이나 죽이게 하고. 병신, 이제 우린 잘해봤자 감옥이야."

령은 당황해서 두 팔을 벌려 망치를 껴안으려 했다. 하지만 망치는 어깨를 비틀어 령을 떨어냈다. 령은 얼른 뒤로 돌아 치마를 올리고 팬티를 내렸다.

"우리 한 번 더 하자. 할 수 있지? 넌 늑대잖아. 늑대."

령은 허리를 내려 엉덩이가 벌어지게 했다. 침대에는 아직 령과 망치가 아침에 흘린 분비물의 흔적이 남아 냄새를 피우고 있었다. 하지만 망치는 일어나 주방으로 갔다.

그러고 보니 경찰의 추적이 이미 시작됐는지도 몰랐다. 아파트 현관에서 경찰이 벨을 누를 날도 머지않은 것만 같았다. 령은 서러운 마음에 침대에 쪼그리고 앉아 눈물을 흘렸다. 그녀는 다만 고통에서 벗어나려 발버둥쳤을 뿐이었다. 주정뱅이 아빠와 신경증 환자 엄마의 가정에서, 딸 같은 여자들의 젖가슴을 주물럭거리는 냄새나는 사내들에게서, 목숨 걸고 강도질을 해도 아파트 한 채 마련할 수 없는 주거의 고통에서 그녀는 사랑하는 남자와 그저 살아남고 싶었다.

하지만 이제 망치마저 령에게 고통이 되어가고 있었다.

'너희 몸뚱이로 내 말을 직접 전하라. 너희는 내 말을 전할 불의 혀가 될 결심이 섰느냐.'

목소리가 들렸다. 령 자신의 어렸을 적 목소리와 닮은 목소리였다. 미친 연놈의 틈에 끼어 비명을 지르던 시절의 자기와 닮은 목소리였다.

"안 보여요? 혀에 문신 새긴 거? 한다니까."

령은 어디 있는지도 모르는 목소리의 주인을 향해 혓바닥을 쑥 내밀었다.

'나의 불이 세상을 깨울 거야.'

령의 귓속에 노래가 들렸다. 언젠가 들어본 멜로디였다. 어렸을 때, 인생이 곧 고통이었을 때, 들어본 적이 있는 멜로디였다.

"알아요, 알았으니 이제 그만해요. 주방에 있는 저 얼간이 먼저 어떻게 하고."

령은 일어나 장롱의 현금과 망치의 지갑 속의 현금도 모두

찾아 챙겼다. 그러곤 언젠가 판교에서 강탈한 프라다 가방에
당장 갈아입을 속옷과 화장품 몇 개를 쓸어 넣었다.

"나의 피가 세상 전부를 깨울 거야."

곡명은 모르지만 령은 노래를 따라 부르기 시작했고, 조금
지나자 그녀의 흥얼거리는 소리만 남았다. 그녀는 지갑을 채우
고 가방을 채울 때까지 노래를 불렀고, 옷을 갈아입고 잠시 침
대에 앉아 쉬면서도 노래를 불렀다. 그녀는 배터리를 빼고 휴
대폰을 침대 한구석에 던져버렸다.

"나의 불이 세상을 깨울 거야. 나의 피가 세상 전부를 깨울
거야."

령은 노래를 흥얼거리며 방을 나와 거실로 갔다. 그러고는
다용도실로 가 라이터 기름통을 가져와 마개를 땄다. 주방 식
탁에선 망치가 등을 돌리고 앉아 보드카를 홀짝이며 훈제 햄
을 씹고 있었다. 그녀는 서너 발짝쯤 떨어진 자리에서 그의 등
을 향해 힘껏 라이터 기름을 뿌렸다. 그는 등골에 라이터 기름
이 흘러내리는데도 반응이 없었다. 그녀는 얼른 성냥 두 개비
에 불을 붙여 망치를 향해 던졌다.

다음 날, 령은 경기도 광주의 단독주택에 짐을 풀었다. 지난
달에 서울에서 쫓기는 처지가 되면 내려와 있으려고 부동산 중
개업소를 통해 알아놓은 주택이었다. 그녀는 아직 집이 나가지
않은 것을 바깥에서 확인하고, 마당에 굴러다니는 끌로 문을

뜯었다. 경기도 광주만 해도 싼값에 구할 수 있는 집이 흔했다. 심지어 단독주택이 이백만 원에 전세로 나온 경우도 있었다.

령은 그 주택에 이틀만 있었다. 이틀 동안 동네 피시방에서 그녀 인생의 마지막 남자를 골랐다. 마지막이니 될 수 있으면 근사한 남자여야 했다. 잘생겨야 하고, 재벌급이어야 하고, 다른 여자애들이 이름만 들어도 젖을 만큼 이름도 있어야 했다. 그가 자신의 늙은 보지를 좋아해줄진 미지수지만. 하긴 그는 그녀의 보지를 볼 짬도 없을 것이다.

금요일 밤, 령은 강남 테헤란로의 신축 오피스텔 오백이 호 앞에 서 있었다. 이 오피스텔 오백이 호는, 주식투자의 귀재가 내연녀와 즐기기 위해 투자자문 회사 근처에 마련했다고 소문난 숙소였다. 하지만 비밀스러운 데이트 장소는 아니었다. 누구나 이틀만 인터넷을 뒤지면, 그의 오피스텔을 드나들었던 섹스 파트너들의 감상문을 찾아 읽을 수 있었다. 다양하게 익명으로 처리된 어느 색골이, 주식투자의 귀재인 그를 가리키고 있다는 사실을 알아차릴 센스만 있다면.

"내가 열쇠로 그 문을 닫을 것이오, 내가 그 책을 펼쳐 능히 읽을 것이라."

령은 현관 밖에서도 노래를 흥얼거렸다. 그녀는 프라다 가방에서 새로 산 라이터 기름통을 꺼내 마개를 땄다. 그러곤 가슴 위로 기름을 붓고는 벨을 눌렀다. 안에서 확인도 하지 않고 걸쇠를 젖히고 문고리를 돌리는 소리가 났다. 기름이 흘러내리며 차갑게 피부를 식히자 젖꼭지가 단단해졌다.

"자기 그렇게 급했어?"

령이 혀로 한 차례 입술을 닦아내고 물었다. 그녀 손에는 리볼버 모양의 라이터가 쥐어져 있었다. 아까 테헤란로를 배회하다 라이터 기름을 사러 들른 끽연숍에서 재미있을 것 같아 하나 산 것이었다. 리볼버 라이터를 보자 사내의 희멀건 얼굴이 어두워지더니 뒤로 물러났다.

"냄새가 독하지? 나도 급하다. 어떻게 해줄까? 빨아줘? 근데 난 이제 그 짓에 지쳤거든."

령은 거실 안쪽까지 사내를 밀어붙였다.

"나 이제 정말 지긋지긋해. 넌 어떻게 싫증도 안 내고 이따위 짓거리를 계속할 수가 있니?"

령은 사내가 낌새를 눈치 채고 도망갈 자세를 취하자 라이터를 당겼다. 그녀가 불의 혀로 타오르는 데 일 초도 걸리지 않았다. 그녀는 사내의 허리를 끌어안고 아래로 끌어당겼다. 아래로, 아래로, 그녀의 고통이 있는 곳으로. 그녀뿐만 아니라, 타락한 세상 전부가 반드시 가야 할 곳으로.

령은 자신의 센스가 틀렸을 수도 있다는 생각은 조금도 하지 않았다. 그녀는 확신이라는 병에 걸려 있었다. 불운한 그 사내는 주식투자의 귀재가 아니라 건너편 빌딩 보험회사에 근무하는 보험설계사였고, 오피스텔도 야근한 직원들을 위해 회사에서 마련해준 기숙사였다. 게다가 그는 이미, 그녀가 아니더라도 충분히 고통스러운 삶을 살고 있었다.

령이 망치의 등에 라이터 기름을 끼얹는 동안 **효**는 주차장 바닥에 떨어진 오만 원권 지폐 몇 장을 줍고 있었다. 안 씨가 시킨 대로 다크 바이올렛 도장의 비엠더블유와 마주칠 때마다 열심히 경례를 붙였더니 오늘 처음 반응이 나왔다. 그 앞에 차가 멈춰 서더니 차창이 내려오고 쉰은 넘어 보이는 늙수그레한 얼굴이 나타나 그를 똑바로 쏘아보았다.

"새로 왔나?"

"온 지 달포도 훌쩍 지났는데요."

효는 좀더 길게 말을 붙이고 싶었지만 또 틀니가 덜그럭거렸다. 곧 차창 안쪽으로 얼굴이 사라지더니 피부가 매끈한 희멀건 손이 나와서는, 차가 출발하는 동시에 지폐 몇 장을 아래로 떨어뜨렸다.

효는 자신과 비슷한 연배라 소주 친구라도 삼을 수 있겠다 싶은 생각을 잠깐 했다. 안 씨도 입주민 중에 술친구가 몇 있었다. 하지만 주차장을 빠져나가는 비엠더블유의 뒤꽁무니를 바라보고 있자니 그런 생각을 한 자신이 부끄러워졌다. 비엠더블유의 주인은 자신이 아니라 정의봉과 친구를 맺는 게 더

옳아 보였다.

효는 아침 열 시에 퇴근해 고시원으로 돌아갔다. 고시원에 푼 많지 않은 짐 중엔 검은 스포츠백과 백 안에 든 홍두깨가 있었다. 그는 홍두깨를 꺼내 형광등 불빛에 비춰보았다. 정의봉이라고 쓰인 표면에는 지금까지의 사용 흔적이 고스란히 남아 있었다. 기억하는 건 다섯 번인데, 정신이 혼미할 때도 휘둘렀을 테니 그보다는 많았을 것이다. 그는 정의봉에 말라붙은 머리카락들을 찬찬히 살펴보았다. 여자 머리카락도 있고 남자 머리카락, 짧은 것, 굵은 것도 있고 하얗게 센 머리카락도 있었다. 흰 머리카락은 그의 첫번째 희생자, 노숙자들의 왕에게서 나왔음에 틀림없었다.

효는 정의봉을 한 번도 씻지 않았고 닦지도 않았고, 핏자국과 머리카락을 전쟁에서 얻은 전리품이라도 되는 듯이 소중히 간직했다. 그는 한참이나 정의봉에 새겨진 살인의 흔적들을 살펴보다가 다시 깨끗하게 빤 흰 수건에 감싸 스포츠백에 넣었다.

'너희 몸뚱이로 내 말을 직접 전하라. 너희는 내 말을 전할 불의 혀가 될 결심이 섰느냐.'

효는 목소리가 들리자 고즈넉한 눈길로 스포츠백을 바라보았다. 그의 안에는 열없는 무저갱의 웅덩이가 끓고 있었고, 그는 이미 모든 준비가 끝난 상태였다. 하지만 이승의 미련을 마저 떨쳐낼 조금의 여유가 필요했다. 신은 반드시 기다려주어야 했다.

'나의 불이 세상을 깨울 거야.'

노래가 들리기 시작했다. 노래는 아주 먼 곳에서부터 시작해 그의 귀에 도달했기 때문에, 휴대폰에 저장된 엠피스리 파일에서 들린다고는 생각할 수 없었다. 그 기억날 듯 말 듯한 곡명의 멜로디는 곧 그의 몸뚱이 전체를 울렸다. 그의 혀는 공명판이라도 된 듯 멜로디를 따라 흥얼거렸다.

"나의 피가 세상 전부를 깨울 거야."

효는 용산의 닭장 같은 고시원 방 안에 앉아 늑대처럼 울었다. 늑대처럼 울부짖었다.

"서울은 좋은 도시야. 불의는 넘쳐나고 사람들은 눈이 멀었지."

효는 비번일 때마다 밤낮으로 아내의 집에서 나온 청년을 쫓아 미행을 했다. 새벽엔 추웠지만 아직 긴팔을 입을 정도는 아니었다. 그러다가 금요일 새벽, 대학 근처의 주택가 골목에서 따라잡았다. 그는 백에서 재빨리 정의봉을 꺼내 한 손에 움켜쥐곤 청년의 무릎을 후려쳤다.

"윤서는 어디 갔지? 윤서 어떡했어?"

청년은 있는 대로 입을 벌리고 거친 숨만 내쉬면서 데굴데굴 바닥을 굴렀다. 효는 다른 쪽 무릎도 후려갈겼다. 청년은 된 침을 입가를 흘리며 골목 바깥을 향해 기기 시작했다.

"아저씨 누구세요!"

효가 엉덩이를 발로 누르자 청년이 물었다.

"나?"

효는 자신이 누군지 잠깐 생각했다. 사냥감을 사냥할 때면 생각의 폭이 몹시 좁아져, 사냥감 이외의 것엔 머리가 잘 돌아가지 않았다.

"음. 나는 금지된 자지."

효는 자기가 방금 한 말이 무슨 뜻인지 생각해보았다. 무슨 뜻인지는 잘 몰라도 뭔가 근사하게 들리기는 했다.

"아니, 금지된 자였지."

효는 정의봉을 들어 청년의 가슴을 찍어 눌렀다.

"너 윤서 아니지?"

청년이 고개를 젓자 효는 내 진짜 아들은 어디에 있지, 하고 물었다. 다시 틀니가 덜그럭거렸다. 청년은 정의봉 아래서 고통스레 울기만 했다.

"넌 그냥 창녀의 자식이야."

효는 정의봉으로 청년의 머리를 두들기기 시작했다. 그는 같은 날 오전 열 시에도 펜트하우스에서 누군가의 머리를 두들기고 있었다. 그 두 사건 사이에는 여섯 시간이라는 시차가 있었지만, 그의 뒤죽박죽된 머리에는 연속된 장면이나 마찬가지였고, 그의 망가진 시계로는 길어야 오 분의 차이밖엔 나지 않 았다.

효는 출근하자마자 경비원복으로 갈아입고 펜트하우스로 올라가 벨을 눌렀다. 한 손엔 스포츠백이, 다른 손엔 휘발유 통 이 들려 있었다. 그는 현관이 열리자마자 정의봉을 휘둘러 가 사도우미를 쓰러뜨렸다.

효가 비엠더블유의 주인을 찾으며 잠시 둘러보니 안 씨가 말 한 것처럼 그렇게 부잣집 같지는 않았다. 재벌가 하면 떠오르 는 골동품이랄지 서화 작품이랄지 하는 것들도 별로 없고 거실 바닥에 깔린 양탄자도 꽤 낡아 보였다. 벽지만큼은 비단 재질 인 양 고급스러운 윤기가 흘렀다.

"세상에는 말이야, 정의가 있어야 하는 거야. 닭의 모가지를 비틀어도 새벽은 오지 말이야."

효는 늙은 놈의 왼쪽 발목을 잡고 침실에서 거실로 질질 끌 고 나오면서 말했다. 늙은 놈은 거실에서 그의 앞에 무릎을 꿇 고 양손을 싹싹 비볐다. 얼마나 피부 관리를 잘했는지 얼굴이 며 손등에 피기 시작한 검버섯이 다 투명해 보일 정도였다.

"닭의 모가지를 안 비틀어도 새벽은 오잖아. 그게 참 섭섭해. 넌 안 그래?"

늙은 놈은 고개를 끄덕였지만, 효 자신도 자기가 주워섬기 는 말의 뜻을 알지 못했다. 그는 다음 스케줄이 있는 것도 아닌데 서둘러 일을 마쳤다. 그는 터져 나온 뇌수가 희멀건 낯빛을 적시고 양탄자를 물들이고 벽지마저 더럽힐 때까지 늙은 놈의 머리를 쳤다.

효가 잘못을 깨달은 때는 튄 핏물과 뇌수로 자신까지 더러워지고 나서였다. 그는 불의 혀가 되지 않았다. 깜빡 잊고 휘발유를 뿌리지도 라이터를 당기지도 않았다. 그는 큰 실수를 한 듯 양심에 깊은 가책을 느꼈다. 그 자신이 해결되어야 할 불의처럼 느껴졌다.

"내가 열쇠로 그 문을 닫을 것이요, 내가 그 책을 펼쳐 능히 읽을 것이라."

하지만 다시금 노래가 입에서 흘러나오기 시작했다. 효는 다시 노래를 허락해준 신께 진심으로 감사드렸다. 그는 휘발유통의 마개를 따고 어깨부터 뒤집어썼다. 그러곤 라이터를 집어 불을 댕겼고, 고통 속에서 노래를 흥얼거리며 주상복합 빌딩의 펜트하우스 창문을 깨고 뛰어내렸다.

효의 아들 이름은 윤서가 아니라 기윤이었다. 오랜 거리 생활이 그의 머릿속에서 아들 이름까지 녹여버렸다. 새벽 애인의 하숙집 근처에서 따라잡은 청년은 그의 아들이 아니었다. 심지어 그의 망가진 뇌가 기억하는 아내도 진짜 아내가 아닐 수 있었다. 처음부터 아내나 아들 따위는 없었고, 그의 삶 자체가 하나의 실체 없는 음모일 수도 있었다.

효는 불의 혀가 되어 뛰어내리면서 두 명을 더 희생자로 만들었다. 목격자는 하늘에서 불덩이가 내려왔다고 증언했다. 하늘이 갈라지는 큰 소리가 나더니 난데없이 불덩이가 쏟아졌다고 했다. 목격자가 본 것은 천벌처럼 하늘에서 불꽃이 내려와 혓바닥같이 날름거리며, 행인 둘을 덮치고 핥는 영화 같은 광경이었다.

효가 주차장 바닥에 떨어진 지폐를 줍고 있을 때 **수**는 꿈을 꾸고 있었다. 그녀는 일이 없었기 때문에 내키는 대로 낮잠을 잘 수가 있었다. 카페는 다른 호구에게 넘겼다.

수는 긴 수염이 멋진 백발의 노인네가 활화산을 배경으로 서 있는 광경을 봤다. 하늘은 먹구름이 잔뜩 끼어 어둡고 사방에서 번개가 내리치고 있었다. 산봉우리는 뚜껑이 날아간 콜라병처럼 쿨럭쿨럭 잿빛 연기를 내뿜고 있었다. 검은 구름 사이로 시뻘건 불꽃이 날름거렸다. 불의 혀가 검은 구름의 한가운데서 심장처럼 두근거리고 있었다. 높이 치켜든 두 팔 끝엔 노인네의 머리통이 들려 있었다. 뜨거운 불의 폭풍이 몰아치자 노인네의 수염이 사방으로 휘날렸다.

수는 꿈을 꾸면서도 그 꿈이 어디에서 왔는지 알고 있었다. 언젠가 동네 성당의 신부가 추천해준 성경 배경 영화의 포스터였다. 그녀는 신부에게 자신이 한때 디브이디를 천 개쯤 소장했던 필름 괴물이었다며, 그래도 깜박 놓친 영화가 있었다며 너스레를 떨었다. 영화 속 노인네인 찰턴 헤스턴은 그녀의 꿈 속에 나타나 세상이 타락했다며 거품을 물었다. 그러면서 세상에 곧 재앙이 닥칠 거라며 저주를 퍼부었다. 재앙이라니.

모세는 석판 대신 자신의 머리통을 들고 있었다. 한껏 치켜든 두 팔은 화산보다 높았다. 머리통은 지상의 가장 높은 곳에서 재잘재잘 잔소리를 늘어놓고 있었다. 그녀는 꿈의 모든 게 즐거웠다. 뚜껑이 열린 활화산과 재앙이 덮칠 이 세상과 머리가 떨어져 나간 잔소리꾼 모세.

'너희 몸뚱이로 내 말을 직접 전하라. 너희는 내 말을 전할 불의 혀가 될 결심이 섰느냐.'

수는 꿈인지 생시인지 오락가락한 가운데 째지는 목소리를 들었다. 백발에 수염이 무성한 서양 노인네의 목소리는 아니었다. 아니, 모세가 그런 변성기 여자아이 목소리로 세상이 타락했다며 징징거린다면 더 재미있을 것 같았다.

"예."

수는 꿈인지 생시인지 입을 벌려 대답을 했다. 그녀는 일어나 주방으로 갔다. 식탁 의자를 끌어다 놓고 찬장 제일 높은 칸의 네슬레 코코아 통을 옆으로 밀쳤다. 예. 그녀는 완전히 졸음에서 깨어난 목소리로 당당하게 답했다. 그녀의 주방 찬장엔 아직도 일곱 명쯤 중독시킬 수 있는 스페셜 티가 남아 있었다.

수는 정원에서 자신의 거실을 물끄러미 들여다보고 있는 태양을 느꼈다. 그녀는 소파에 몸을 파묻고 정원에 가득한 태양빛을 바라보았다. 계절이 가을로 접어들자 태양빛은 더욱 공허했다. 아주 오래전부터 태양은, 그녀가 사춘기를 지나고 있던 때부터 그녀의 절친한 친구였다. 그녀의 유일한 친구이자 진정한 애인이자 마음을 다해 사귀었던 단 하나의 대상이었다. 태양이 좆이 달린 남자라는 상상도 종종 했다.

수는 태양이 자신을 바라봐주는 것만으로도 고마웠다. 그녀는 자신을 잠자코 지켜봐주는 누군가가 있다는 것이, 얼마나 얻기 힘든 행운인가를 나이를 먹어가며 깨달았다. 하지만 이제 그런 태양과도 마지막 인사를 나눌 때였다. 그녀는 자신을 향해 우두커니 서 있는 태양을 향해 인사를 했다.

"안녕."

'안녕.'

태양도 수를 향해 인사를 했다.

수는 보온병과 다기 세트를 싸들고 신부를 찾아가 차를 대접했다. 올여름부터 정기적으로 해오는 일이었다. 신부도 싫은 내색은 아니었다. 둘은 다탁을 두고 마주 앉던 사이에서 나란히 앉는 사이로 발전했다. 신부도 어느새 그녀의 차 맛에 중독되어 있었다.

"신부님."

수는 신부의 허벅지에 손을 얹고 손가락으로 장단을 맞추면서 말했다.

"천사는 어디로 가 죽나요?"

신부는 무슨 뚱딴지같은 소리냐는 표정을 지었다.

"제가 자꾸만 천사 같다는 생각이 들어서요."

수는 짐짓 한숨을 내쉬었다.

"평생을 기다려왔지만 난 아직 천사를 본 적이 없어."

신부가 차 두 모금에 벌써부터 꼬부라지기 시작한 발음으로 중얼거렸다. 언제 보게 되면 실컷 물어봐줄게. 신부는 수의 손에 자신을 손을 얹고 고샅으로 끌어당겼다. 그녀는 지금이라도 신부를 천사들 곁으로 보내줄 수 있었다. 하지만 그녀는 금요일까지 기다려야 했다. 금요일에 있을 최후의 순간에, 신부가 열쇠가 되어줄 것이었다.

"나의 불이 세상을 깨울 거야."

수는 성당을 나오며 귓속에서 들리는 노래를 따라 흥얼거렸다. 아주 멀리서, 인간의 경험과 시야가 미치지 않는 곳에서 들려오는 노래였지만, 그녀는 노래의 멜로디를 분명히 기억하고 있었다. 지난 세기에 명성을 떨쳤던 어느 코미디언이 디너쇼에서 불렀던 노래의 멜로디였다.

수는 그 노래를 생애 첫 서울 유람에서 보고 들었다. 반포 근처의 극장식 식당이었고, 그녀는 아직 초등학생도 되지 않은 나이였다. 어느 멀쩡하게 생긴 아저씨가 코미디언의 그 노래를 듣다 경련을 일으켜 테이블을 뒤집고 실려 나갔다. 커다랗게 배가 부풀어 오른 예쁘장한 아가씨가 종종걸음으로 뒤따라나 갔다. 그녀는 그때 그 코미디언이, 그 노래가 마법을 부렸다고 생각했다. 마법을 부려 그 불쌍한 부부에게 저주를 내리고 불행한 삶을 살게 했다고 믿었다.

"나의 피가 세상 전부를 깨울 거야."

수가 흥얼거리는 노래의 멜로디는 바로 그 노래의 멜로디였다. 그녀는 금요일 아침에도 그 노래를 부를 생각이었다. 세상에 저주를 내리고 그녀 자신이 재앙이 될 작정이었다.

금요일 아침, 수는 성당에 들러 이번에 새로 마련한 신형 아반떼에 신부를 태우고 용산의 천주교 순교 성지로 갔다. 백 년도 더 전에 용산에서 살해당한 성직자와 신도 몇 사람을 위해 바티칸에서 귀한 손님이 오기로 되어 있었다. 인간의 역사를 신의 역사로 더럽히며 죽어간 이들을 위해 바티칸에서 주교가 오기로 되어 있었다. 신부는 자신의 교구를 대표해 손님을 맞기로 했고, 그녀는 신도 대표로 꽃다발을 들고 따라간 것이다.

"내가 열쇠로 그 문을 닫을 것이요, 내가 그 책을 펼쳐 능히 읽을 것이라."

수는 차 안에서도, 성지에 세워진 새남터 성당 안에서도 노래를 흥얼거렸다. 태양이 그녀의 편이었다. 태양은 그녀에게 용기를 북돋우며 멀찌감치 서서 그녀를 지켜봐주었다.

"날씨가 참 화창하네요. 공기 오염이 심각한 서울에선 드문 일입니다."

신부가 바티칸의 주교에게 말을 건넸다. 다른 교구에서 온 신부들은 인사를 마치고 뒤편으로 물러나 있었다.

"그렇죠. 태양이 좀더 뜨거웠으면 좋겠는데."

수가 바티칸의 주교에게 함박 미소를 지어 보이며 말했다. 통역은 무슨 의미인지 몰라 잠시 뜸을 들였고, 신부는 아무것도 못 들은 표정이었다. 용산의 새남터는 가톨릭 신자들에게는 순교 성지일지 몰라도, 그녀에게는 조선시대 때부터 내려온 처형장이었다. 아주 오래전에 죽은 사람들의 초상이 벽을 따라 걸려 있었다. 순교와 처형, 처형과 순교…… 그녀는 의미 없는 미소를 지어 보이며 손에 든 꽃다발을 주교에게 건넸다.

그러고는 곧장 백에 든 반 리터짜리 생수병을 꺼내 뚜껑을 열고, 안에 든 시너를 자신의 가슴에 부었다. 수가 라이터를 당길 때까지 주교와 신부는 날씨에 대한 인사말을 나누느라 그녀의 행동을 눈치 채지 못했다. 그리고 코앞에 서 있던 그녀가 마침내 불의 혀가, 불의 재앙이 되었을 때에도 그들은 사태의 심각함을 깨닫지 못했다.

주교와 신부는 너무 오랫동안, 위험한 환경에서 멀리 떨어진 평화로운 삶을 살아왔다. 성실한 성직자로서 안락한 삶을 살지는 않았지만, 그래도 위험은 없는 삶이었다. 그들은 그들의 순교 성지에서, 그들의 고결한 삶을 불의 혀와 함께 마쳤다.

수는 불의 혀가 되어 바티칸의 주교를 핥는 최후의 순간까지도 노래를 잊지 않고 있었다. 나의 불이 세상을 깨울 거야. 나의 피가 세상 전부를 깨울 거야, 하고 그녀는 진심을 다해 흥얼거렸다. 내가 열쇠로 그 문을 닫을 것이요, 내가 그 책을 펼쳐 능히 읽을 것이라,라고 진심으로 기도했다. 그녀도 나름대로 자신의 신념을 위해 순교를 했고, 동시에 자기 자신을 처형했다.

공포의 왕

모비는 황홀경 속에서 왕국이 불타는 광경을 봤다. 불의 혀가 눈길 닿는 곳마다 치솟아 왕국을 촘촘히 불살라버리는 광경을 봤다. 그들은 그의 종이었다. 종들은 다투어 불의 혀가 되어 타올랐다.

모비는 이미 눈을 떴고, 목소리 없이 세상에 혼자였다. 그는 적막 속에서 멀리 도로를 달리는 차량과 골목을 오가는 오토바이들의 엔진 소리를 들었다. 그는 매일 늦은 아침 침대에서 일어나 쑤시는 배를 끌어안고 주방으로 가, 밤새 얼려둔 얼음으로 환부를 찜질하곤 다시 침대로 돌아오곤 했다. 그러다 내키면 정해진 때 없이 짜장면이나 햄버거 따위를 시켜 먹었고, 다시 침대로 돌아갔다. 침대에서 그는 잠만 잤다. 처음 일주일 동안 그는 하루에 스무 시간씩 잤고, 다음 일주일 동안은 열여섯 시간씩 잤다. 그러는 동안 계절이 바뀌었고, 서울에서 다섯 번의 불길이 치솟았다.

모비는 잠이 덜 깬 몽롱한 상태에서 그 소식을 들었다. 화장실이나 주방에 가기 위해 거실을 지날 때 잠깐씩 그는 텔레비전을 켜고 뉴스를 봤다. 하루에 몇 번 되지 않았지만 그래도 세상이 무슨 일로 시끄러운지 알기엔 충분했다.

자신의 사건도 두어 번 봤다. 모비는 감시 중이던 공익근무요원을 살해하고 도주한 흉악범이 되어 있었다. 앵커가 사건의 진척을 소개하는 내내 화면에 그의 얼굴 사진이 떠 있었다.

"범인은 현재 행적을 알 수 없는 가운데 서울 전역에……"

"범인은 정신 병력이 있는 것으로 알려졌으나 경찰은 이를 무시……"

"어째서 중범죄인의 감시에 경찰이 아닌 공익근무요원이 투입되었는지……"

모비는 텔레비전에서 자신의 얼굴을 처음 보았을 때, 거울 앞으로 가 지금의 얼굴과 비교해보기도 했다. 머리는 두 달째 자르지 않아 막 자란 개털처럼 무성했고 눈은 퀭했고 뺨은 푹 꺼졌고 턱은 수염으로 새카맸다.

"범인의 양아버지와 인터뷰를 시도해보았지만 거부 의사를 밝혀왔습니다. 경찰 내 소식통에 의하면 범인의 친아버지는 벌써……"

모비는 중환자 꼴인 자신을 누가 알아볼까 싶었다. 그 자신도 거실의 전신 거울 앞을 지날 때면, 자기 모습에 흠칫 놀라 경계심을 품곤 했다. 경찰도 못 알아볼걸. 게다가 경찰은 서울을 들고 나는 길목만 지키고 있잖아. 그는 커다랗게 하품을 하고는 다시 침대로 돌아가 잠을 잤다.

모비는 침실 창문을 열고 밤공기를 쐬었다. 이제 바람은 낮이든 밤이든 제법 쌀쌀했다. 그는 창틀에 팔꿈치를 얹고 자신

333

이 누워 있던 병원의 응급실 네온사인 간판과 불 켜진 창문들을 바라보았다.

병원에서 빠져나오긴 했지만 모비는 두 블록 이상은 걸을 수가 없었다. 통증이 몸 구석구석까지 번져 보이지 않는 불길에 전신이 타오르는 듯했다. 배의 꿰맨 자리가 터져 내장이 길바닥에 쏟아질 것 같았다. 그는 고통으로 눈이 뒤집히는 순간 바로 옆 주택 차고에 주차하고 있던 차 속으로 뛰어들었다.

렉서스 차의 운전자인 여자는 지금 차 안에서 조용히 썩어가고 있다. 그는 차고 문을 닫고 목 졸려 죽은 여자를 트렁크에 넣고 핸드백을 뒤져 집 열쇠를 찾아낸 다음, 이 층 침실로 들어가 이틀이나 내처 잠을 잤다. 그는 고통이 너무 심하고 피곤해 방문자가 있을 수 있다는 생각은 하지 못했다. 경솔한 행동이었지만 다행히 여자에겐 방문자가 없었다. 그는 다시 움직일 수 있게 되자 차고로 내려가 여자를 꺼내 운전석에 도로 앉혔다. 그러곤 시동을 걸고 에어컨을 틀고는 그대로 놓아두었다.

모비는 이제 하루에 여섯 시간만 잠을 잤다. 배의 환부도 꽤 아물었고 통증도 견딜 만했다. 텔레비전 앞에도 더 자주 더 오래 앉아 있게 되었다. 평생 텔레비전 뉴스에 지금처럼 흥미를 가졌던 때가 없었다. 텔레비전 속 세상은 불의 혀에 대한 뉴스로 시끌벅적했다. 처음엔 우연인 것처럼 몇 건 벌어졌던 불의 혀 사건이, 이제는 전국에서 연쇄적으로 발생하고 있었다.

묻지 마 테러라는 이름도 붙었다. 이 처음 보는 유형의 테러
에 언론은 저마다 방화, 분신, 자살 테러 사건 같은 다른 이름
을 붙였다. 경찰은 연쇄 테러의 시작점인 경과 심, 령과 효와
수의 프로파일을 분석해 공통점을 찾으려 했다. 하지만 이 다
섯 명은 서로 전화 통화를 나눈 적도 없고, 출신 학교도 같지
않았으며, 사는 지역도 달랐고, 친인척 사이도 아니었다. 나이
도 성별도 달랐고 서로 계획을 함께 짰다는 어떤 정황증거도
나오지 않았다. 다섯 명은 서로 전혀 몰랐다.

경찰은 계획에 의한 것이 아닌, 충동에 의한 무차별 테러라
고 발표했다. 그러자 언론이 들끓었다. 어떻게 상호 모의에 의
한 범행이 아닌데, 다섯 사건이 단 하루에 동시다발적으로 벌
어질 수 있느냐는 것이었다. 어떻게 일면식도 없는 다섯 명이
똑같은 날 똑같이 몸에 불을 붙이고 테러를 저지를 수 있느냐
는 것이었다. 묻지 마 테러라는 이름은 그렇게 해서 붙여졌다.

테러범들에게는 공통점이 없었지만 테러의 타깃에는 대개
공통점이 있었다. 언론을 통해 널리 알려졌고 스케줄이 공개되
어 있으며 접근이 용이한 유명 인사였다.

첫 테러 이후 얼마 지나지 않아 불의 혀가 전국에서 타오르
기 시작했다. 여섯번째 희생자는 지역구 주민 행사에 참석한
야당 정치인이었다. 일곱번째는 종합편성 채널의 뉴스 앵커였

고, 여덟번째는 광화문에서 집회를 주도하던 보수 단체의 대표
였다. 아홉번째는 평소 기부를 많이 하기로 이름난 중견 연기
자였다. 열번째는, 열한번째는, 열두번째는……

성공해 희생자가 분명한 경우만 따져도 그랬다. 시너를 끼
얹다가, 희생자에 달려들다가, 혹은 희생자를 미행하다가 실
패한 경우는 화제도 되지 않았다. 언론은 이제 삼차원 그래픽
으로 도표를 만들어 뉴스에 내보내고 있었다.

"열두번째 테러 사건의 범인은 스물두 살의 대학생으로 평
소 현실에 불만이 많았……"

모비는 뉴스를 보다가 하품을 하고는 침대로 돌아가 딸딸이
를 치고는 잠을 잤다.

네번째 주에 모비는 더 많은 시간을 텔레비전 앞에서 보냈
다. 그의 탈출에 대한 뉴스는 사라졌다. 사람들이 그의 얼굴 사
진을 잊을 때가 온 것이다. 그는 처음 외출을 했다. 먼저 차고
로 가 차 문을 열고 여자의 상태를 살폈다. 연료가 바닥나고 시
동은 꺼져 있었다. 여자는 물기를 다 빨려 미라처럼 오그라든
상태로 서서히 녹아내리고 있었다. 계절도 가을이니, 벌레도
얼마 끼지 않았고 냄새도 심하지 않았다. 좌석 시트만 검게 젖
어 있었다.

모비는 차고를 통해 집을 나와 병원 쪽으로 걸음을 옮겼다.
그는 혼수상태로 황홀경을 경험한 병원 앞을 지나쳐 식당가를

찾았다. 그는 가정식 백반을 먹고 스타벅스에서 에스프레소 커피를 마시고 쇼핑몰로 가 몇 장 남지 않은 지폐를 털어 긴팔 셔츠와 점퍼를 샀다. 그리고 사우나로 갔다. 그는 이발을 했다. 그는 자신의 홀쭉한 배 한가운데를 가로로 길게 가로지른 환부를 보았다. 실밥들이 웃자란 수염처럼 삐죽삐죽 솟아 있었다. 살가죽을 꿰맨 실은 살 속에서 이미 녹아 없어진 듯했다. 그는 이발을 마치고 욕실에 들어가 거울을 보며 녹고 남은 실밥을 하나하나 뽑아버렸다. 피가 한두 방울 맺혔다가 샤워기 아래로 씻겨 내려갔다.

체중은 사십오 킬로그램이었다. 교도소 생활을 하며 헛되이 부푼 살들이 이번 일로 깨끗이 쓸려 내려간 것만 같았다. 모비는 더 이상 희멀건 피부의 소년 같은 인상이 아니었다. 그는 황달 기운이 있는 푸석푸석한 피부에, 비쩍 말라 뾰족한 인상이었고, 눈빛은 정신이 나간 사람처럼 초점이 없었다.

모비는 자신의 심지처럼 깡마른 팔과 다리를 유심히 살펴보았다.

모비는 사우나 휴게실로 나와 삶은 달걀을 까 먹으며 일간지들을 죽 넘겨 보았다. 스포츠 신문에까지 정치 행보가 보도되는 한 사내가 눈에 띄었다. 대부분의 신문이 일 면에서 사내를 다루고 있었다. 그는 손가락으로 글자를 하나하나 짚어가며 기사를 읽었다. 사내가 소속된 당의 이름이 나왔지만 오랜 세월 교도소를 들락거리며 보낸 그에게는 낯설기만 한 당명이었다. 심지어 지금 대통령이 여자라는 것만 알지 이름은 가물가물했다.

사내는 집권당 소속이었다. 그 사실은 알 수 있었다. 그리고 곧 있을 대통령 선거에서 당선이 유력한 후보였다. 사내는 대통령이 될 것이다, 모든 신문이 그렇게 말하고 있는 듯했다. 사내가 대통령이 되어서는 안 된다고 말하는 신문조차 그가 이미 사실상의 대통령인 것처럼 거론하고 있었다.

"왕국의 대통령……"

모비는 신문들을 옆으로 치우고 발톱을 깎았다. 왕국에 왕이 둘이 있는 셈이었다. 또 다른 왕…… 그 왕은 모비가 잡을 수 있는 가장 큰 설치류였다. 그는 휴게실에서 늘어지게 잠을 자고 늦은 밤 시간에 사우나를 나왔다. 알아보는 사람은 없었다. 그는 상쾌했고 자유로웠다. 하지만 먼저 생활비를 조금 마련해야 했다. 죽은 여자의 백은 이제 텅텅 비었다. 그는 가장 먼저 눈에 띈 오피스텔에 들어가 비상계단을 올랐다.

모비는 비상계단 출입문에 바싹 기대서서 소리가 나길 기다렸다. 엘리베이터 열리는 소리가 나고 구둣발 소리가 났다. 그리고 모든 소리가 멈춘 바로 그 짧은 순간에, 그는 비상계단 출입문을 열고 복도로 돌진했다.

모비는 죽은 여자의 집으로 돌아와 컴퓨터 앞에 앉아 밤에는 큰 설치류의 스케줄을 검색하고, 낮에는 그 스케줄을 따라 직접 현장에 나가봤다. 현장 유세, 당원 모임, 시민들과의 만남, 당무 회의, 만찬과 출판기념회장, 그리고 선거 캠프가 꾸려진 빌딩에까지 들어가보았지만 경호가 만만치 않았다. 묻지 마 테러 때문에 대통령 후보들에 대한 경호 인력이 세 배로 강화되었다는 기사를 읽은 기억이 났다. 언론을 통해 보기에 시장이나 거리에서 시민들을 직접 만나는 순간이 가장 만만해 보였다. 그는 실제로 금호사거리까지 쫓아갔다. 하지만 경호원들이 큰 설치류를 몇 겹씩 둘러싸고 움직이고 있었다. 시녀의 싸한 냄새가 살짝만 나도 큰 설치류는 인의 장막 속으로 사라질 게 뻔했다.

모비에게는 시간이 별로 없었다. 그는 쫓기는 느낌이었다.

모비는 죽은 여자의 전신 거울 앞에 섰다. 그러곤 입을 벌리고 혀를 쑥 내밀었다. 잘 새긴 문신이라고는 할 수 없지만, 그래도 뭘 그렸는지는 알아볼 만큼 또렷한 형상 두 개가 그의 혀 왼편과 오른편을 차지하고 있었다.

"열쇠와 책."

모비는 중얼거렸다. 그도 이미 열쇠와 펼쳐진 책의 형상을 혀에 갖고 있었다. 그도 이미 불의 혀였다.

"내가 열쇠로 그 문을 닫을 것이요, 내가 그 책을 펼쳐 능히 읽을 것이라."

모비는 노래를 흥얼거렸다. 노래의 멜로디는 누구나 알지만 누구도 살아서는 다녀온 적이 없는, 세상의 아주 깊고 먼 곳에서 들려오는 멜로디인 것만 같았다.

"나의 불이 세상을 깨울 거야. 나의 피가 세상 전부를 깨울 거야."

모비의 눈앞에서 피의 꽃이 피어나고, 불의 혀가 날름거리고 있었다.

한창림은 비로소 불의 혀가 무언지 알 것 같았다. 한밤중에 그의 아파트를 찾아왔던 사내가 보여주었던, 모비가 교도소를 나가기 전 보여주었던, 열쇠와 책이 새겨져 있는 혀. 그는 그저 교도소에서 미쳐버린 자들 사이의 유행병 같은 것인 줄 알았다. 하지만 같은 날 다섯 군데에서 벌어진 똑같은 유형의 사건을 보곤 그렇지 않음을 알았다. 그의 거실에 침입했던 그 사내도 국회의원이 있는 쇼핑몰에서 온몸에 불을 붙이고 달리기를 했다.

한창림은 인터넷을 뒤져 당시 동영상을 다시 돌려보았다. 그러곤 며칠 전 벌어진 사건의 동영상도 찾아 비교했다. 세 사건이 동영상으로 찍혔다. 기업체 회장 테러, 야당 정치인 테러, 가톨릭 주교 테러 사건이었다. 죽은 사람도, 죽인 사람도, 찍힌 장소도 모두 달랐지만 네 편의 동영상들엔 누가 봐도 알 수 있는 공통점이 있었다. 화면 한가운데를 가르며 하얗게 불꽃이 타올랐다는 사실이다. 그리고 불꽃은 불덩이가 되어 곧장 화면 속을 폭주하기 시작한다.

지구대 경찰은 한창림을 중앙법의학센터로 데려가 탄내가 진동하는 시체의 입을 열고 혀를 꺼내 보여주었다. 그는 책상 서랍을 뒤져 경찰의 명함을 찾았다. 그가 보기에 이 사건들엔 눈에 보이는 공통점 말고도 또 다른 공통점이 있었다.

"혀를 한번 보시라고요."

한창림은 자신을 법의학센터에 데려갔던 경찰에게 전화해 말했다.

"나한테 그럴 권리가 있겠어요?"

"예?"

"벌써 수사본부가 차려졌고 배치된 인력이 뛰고 있는데, 나 같은 지구대 경찰이 죽은 사람들 혀 좀 보자고 한다고 보여주겠느냐고요."

"안 됩니까?"

경찰이 휴대폰 저쪽에서 혀를 찼다.

"말은 전해보겠어요. 그런데 혀에 전에 그놈 것과 똑같은 문신이 있다면?"

"있을 거예요. 다들 혀에 똑같은 문신을 하고 있을 겁니다."

"그러니까 있다면요? 그래서 뭐?"

"그렇다면 우연이 아니죠. 묻지 마 테러도 아니고. 그러니까 어떤 조직일 수도 있고, 뭐랄까 누군가한테 명령을 받아서 그런 것일 수도 있고."

그 순간 한창림의 머릿속엔 병원에서 탈출한 모비의 주름 하나 없이 탱탱한 얼굴이 떠올랐다. 모비가 병원을 탈출해 바깥에 있던 다섯 명에게 테러를 명령했을 수도 있었다.

"선생이 일선 형사들보다 똑똑하다는 거요?"

경찰이 목소리를 높였다. 경찰과의 통화는 그것으로 끝이 났다.

한창림은 교도소 수업을 나갔다가 수다쟁이 반장에게서 새로운 소식을 들었다. 반장은 모비가 나가고 다시 미술반 서열의 첫번째가 되었다.

"일오삼오를 찔러서 병원으로 보낸 그 친구 있잖아요, 이육사오 번."

반장은 한창림을 제 앞으로 불러 속삭였다.

"그 친구가 불을 질렀다네, 자기 몸에. 숯덩이가 돼 죽었대. 그런데 누굴 끌어안고 같이 죽었는지 알아?"

교도관이 다가와 대화가 끊겼지만 더 궁금한 건 없었다. 모비를 찌른 그 친구의 혀에도 문신이 있었다. 한창림은 수업을 하다 말고 뛰어나가 화장실 변기에 늦은 아침으로 먹은 김치찌개 백반을 전부 토해버렸다.

342

한창림은 모비가 탈출했다는 사실과 묻지 마 테러가 유행병처럼 번져나가고 있다는 사실을 알고 있었다. 그 두 사실을 이어주는 공통분모가 있다는 사실도 알고 있었다. 모비 아니면 불의 혀, 아니면 둘 모두. 그리고 그 둘 모두 인간의 힘으로 인지 가능한 세상이 아닌 훨씬 더 깊숙한, 훨씬 더 먼, 훨씬 더 끔찍한 세상에서 비롯되어 서로 이어진 공통분모라는 사실도 알고 있었다. 그가 언젠가 본, 거대한 적란운의 한가운데서 타오르던 불꽃에 대한 망상처럼. 검은 구름 가운데 날름거리던 불의 혀에 대한 망상처럼.

하지만 한창림에게는 이 사실을 경찰과 언론에 알리고, 일을 바로잡고, 올바른 수사 방향을 제시할 방법이 없었다. 그는 그저 데생을 어떻게 하고 물감을 어떻게 섞어야 하는지를 가르치는 미술 선생일 뿐이었다. 그는 태어나 투서 한 번, 제보 한번 해본 경험이 없었다. 그 정도로 세상의 어지러움과 멀리 떨어져 살아왔다. 그의 손에는 혀 문신을 찍은 사진 한 장 들려 있지 않았다.

"형제들아, 너희는 선을 행하다가 낙심치 말라."

데살로니가후서의 성경 구절도 소용이 없었다. 유효 기간이 지난 방향제처럼 한창림의 마음에 아무런 효과도 발휘하지 못했다. 그는 공포의 망상 속에서 뭔지 모를 엄청난 존재에 압도되고 있었다. 헤아릴 수 없이 많은 불꽃들이, 불의 혀들이 자신

343

을, 세상을 핥고 덮치고 불사르고 있었다.

어쩌면 한창림만의 망상이 아닐 수도 있었다. 어제 열다섯 번째 묻지 마 테러가 있었다. 아홉 시 뉴스에까지 보도된 명백한 현실이었다. 테러의 희생자는 차세대 한류 퀸으로 기대를 모으던 어느 걸 그룹의 멤버였다. 부천 시민 축제에서 공연을 하던 중, 누군가 온몸에 불을 붙인 채 무대 뒤에서 나타나 그녀를 껴안고 뒹굴었다.

"이제 겨우 스무 살이 된 가수가 테러의 대상이 되어야 하는 이유가 뭡니까?"

뉴스 말미 사설에선 기업인과 정치인을 주된 대상으로 하던 테러가 이제는 무차별로 행해지고 있다며, 묻지 마 테러가 진짜 묻지 마가 되어가고 있는 현실을 개탄했다.

성공한 테러가 열다섯 번이라면 실패한 테러는 몇 번이나 될까. 라이터를 너무 일찍 댕기는 바람에 목표에 도달하지 못하고 쓰러진 경우, 시너를 뿌리다 발각돼 제압된 경우, 휘발유 통을 들고 주변을 배회하다 붙잡힌 경우…… 또 그저 계획 단계에서 무산된 테러는 몇 번이나 될까.

텔레비전에서는 열여섯번째 테러 소식을 알리고 있었다. 한창림은 이른 아침에 테러 소식을 듣자마자 소파에 앉은 채로 일어날 줄을 몰랐다. 씻지도 않았고 먹고 마시지도 않았고 채널을 돌리지도 않았다. 출근도 하지 않았다. 이제 불의 혀로 들끓는, 불의 혀의 근원지이자 소굴인 교도소 근처에는 가고 싶지도 않았다. 그는 전화도 받지 않았고 화장실에도 가지 않았다. 그가 흘린 오줌 줄기가 소파를 적시며 내려와 거실 바닥에 흥건히 고였다.

한창림은 저녁 뉴스가 끝나고 나서야 얼이 빠진 얼굴로 소파에서 일어났다. 그는 완전히 압도된 표정이었다. 오늘, 가장 유력한 대통령 후보가 자기 집 침대에서 불타 죽었다. 야당과 시민사회 전체가 달려들어도 쓰러뜨리지 못한 상대를 마침내 불의 혀가 핥아 죽였다.

"나의 불이 세상을 깨울 거야."

한창림은 성경에서 나온 구절이 아닌 다른 구절을 암송하고 있었다. 세상 어느 곳보다 훨씬 암담하고 참혹한 곳에서 흘러나온 구절이었다.

"나의 피가 세상 전부를 깨울 거야."

한창림은 노래를 듣고 있었다. 그는 욕실로 가며 귓속에 들리는 노래를 따라 흥얼거렸다. 그의 손에는 거실에서 챙긴 반짇고리와 서재에서 챙긴 만년필용 잉크병이 들려 있었다. 그의 바지는 하루 종일 흘린 오줌과 똥으로 흥건히 젖어 있었다.

"내가 열쇠로 그 문을 닫을 것이요, 내가 그 책을 펼쳐 능히 읽을 것이라."

한창림은 욕실 거울 앞에서 혀를 뽑아 넥타이처럼 늘어뜨렸다. 그러곤 반짇고리에서 꺼낸 가장 굵은 바늘에 잉크를 묻혀 자기 혀를 찌르기 시작했다.

비명은 없었다. 아니, 노래가 비명이었다. 한창림은 자신의 비천한 언어로 신의 언어를 더럽히지 않기 위해, 자신의 혀에 직접 신의 말씀을 기록했다. 신은 그의 몸뚱이를 통해 직접 말씀할 것이다. 인간의 언어로 오염되지 않은 순수한 말씀을.

한창림 또한 불의 혀가 되었다.

모비는 이틀째 큰 설치류의 침대 밑에 숨어 있었다. 경호원의 출입이 제한된 유일한 장소가 침실이었다. 놈이 지방 접전 지역에 내려갔을 때, 그래서 자택 경호가 소홀해졌을 때 그는 집에 침입해 침실로 숨어들었다. 놈이 돌아온 시간은 밤 열한 시였다. 놈은 씻고 식사를 하고 비서진과 인사를 나누고 열두 시가 넘어서야 침대에 몸을 뉘었다. 놈은 아내에게서 집에서 키우던 강아지가 집을 나갔다는 걱정을 들었다. 그때 뭔가 했어야 했지만 모비는 그만 잠이 들어버렸다.

모비가 잠을 깬 건 아침 다섯 시였다. 시계 알람이 울리고 침대가 출렁였다. 씨부렁거리는 목쉰 소리가 들렸다. 모비는 서둘러 시너 통의 뚜껑을 따서 몸에 끼얹었다. 그러곤 침대 밖으로 기어 나와 큰 설치류의 얼굴을 확인하곤 라이터를 댕겼다.

모비는 큰 설치류와 큰 설치류의 아내와 함께 불꽃이 되었다. 불꽃은 그의 망상 속에서 성모화의 꽃잎처럼 핏빛으로 피어났다. 그는 그 자신이 성모화가 됨으로써, 최후의 순간에 어머니와의 약속을 지켰다. 성모화의 핏빛 꽃잎들이 혓바닥처럼 날름대며 큰 설치류를 재가 될 때까지 핥고 또 핥았다. 어느 누구도 도전해 쓰러뜨리지 못한 강력한 지상의 왕을 불의 혀가 땅에 뉘였다.

모비는 진정한 왕이 되었다. 이제 모비는 죽었고, 왕국은 영원히 그만의 소유가 되었다. 어느 누구도 이미 죽은 자의 망상 속으로 들어가 그 왕과 겨룰 수 없게 되었다.

공포의 세기를 열면서 닫으며

『공포의 세기』를 시작하며 나는 이런 글을 남겼다.

　얼마 전 재미난 이야기를 트위터에서 봤습니다. 차이밍량이
라는 영화감독이 "왜 바람이 있는데 음악을 들으시나요? 왜 구
름이 있는데 영화를 보시나요?" 하고 물었다고 합니다. 만약
그 질문이 저를 향한 것이었다면, 제 답은 이랬을 겁니다. "우
리가 거대 도시에 살고 있고 그 외의 다른 삶은 모르기 때문이
지요."
　저와 제가 만들어낸 모든 인물들의 이야기가 바로 그렇습니
다. '우리'는 거대 도시에 살고 있으며, 다른 삶은 알지 못하니

다. 첫 소설, 첫 책부터 그랬고 여전히 그렇습니다.

이제 육체적 폭력을 다룬 작품들은 상당히 다양하게 찾아 읽을 수 있습니다. 마르키 드 사드의 금서들도 정식 출간되었고, 부끄럽지만 저의 『목화밭 엽기전』이 나온 지도 십오 년이 흘렀습니다.

그래서 저는, 이번 『공포의 세기』에서 폭력이 육체보다는 정신을 향하도록 했습니다. 폭력의 비중이 인물들의 정신에 더 실리게 했습니다. 전과 같은 수준과 방식으로는 더 이상 폭력을 다룰 수 없다고 생각했기 때문입니다.

『공포의 세기』의 인물들은 과장되게 말하면, 정신적 묵시록의 세계에서 살고 있는 사람들입니다. 우리 사회에서 정신이 핵심적인 문제가 되기 시작한 건 지난 세기의 말부터가 아니었나 저는 생각합니다. (아직 세기말을 벗어나지 못했고, 오히려 좀 더 심화된 세기말을 살고 있는 것 같기도 합니다.) 종교도 실은 정신의 문제가 아닌가요. 이 소설에서 저는 그러한 정신의 묵시록을 다루려고 했습니다.

—『문학과사회』 2015년 봄호

그리고 트위터에도 짤막하게 이런 바람을 적었다.

유례없이 끔찍하고 유례없이 역겹고 유례없이 급진적이고

유례없이 슬픈 책이 되렴……

차마 아름다우라는 말은 못하겠네. ㅎㅎ

—2015년 10월 8일

여기서 무언가 더 말하려고 한다면 그 말은 금세 부패해 가식이 되고 말겠지.

*

이 소설을 쓰면서 내가 가보지 못하고 겪어보지 못한 많은 상황과 장소에 대한 지식이 필요했다. 리얼리티도 꼭 살려야 했기에 상상력에만 의지할 수도 없었다. 그래서 많은 책과 사람 들의 도움을 받았다. 김효은 기자의 호의가 없었다면 이 소설은 판타지에 가까웠을 것이다. 교도소 견학을 허락해주고 친절하게 안내해주신 소장님과 직원들께도 고마움을 잊지 않고 있다. 성경과 자크 르 고프의 책 『연옥의 탄생』은 이 소설에 많은 영감을 주었다. 『범죄의 해부학』 『인간의 기적』 『악마의 문화사』 등을 참고하기도 했다.

왜 절필했었냐는 질문을 하는 분들이 아직도 있다. 이제 그 답을 찾은 듯하다. 나는 세상과 나 자신에 대해 따져 물을 시간이 필요했다.

2016년 11월

백민석